死命

薬丸　岳

幻冬舎文庫

死命

1

喫茶店に入ると、奥の席に懐かしい面々の姿があった。小杉《こすぎ》がこちらに向かって手を振っている。

「遅くなってごめんなさい」

山口澄乃《やまぐちすみの》はためらいがちにみんなのもとに向かった。

テーブル席には小杉の他に高木《たかぎ》と中村《なかむら》と綾子《あやこ》がいた。みんなの視線が自分に集中しているのを感じたが、どんな表情を返せばいいのかわからなかった。

「ひさしぶりだな。またずいぶんときれいになって。この前会ったのはたしかおれの結婚式のときか」

椅子に座ると、向かいに座った高木が声をかけてきた。

「そうそう。たしか八年前ですね」

小杉が言い添える。

「あのときはわざわざ遠いところを来てくれてありがとう」

当時、新潟で生活していた澄乃は高木の結婚式に出席するために上京した。みんなと会うのはあれ以来八年ぶりだ。

「結婚生活はどうですか？」

澄乃は訊いた。

「子供が三人できて大変だよ」

「うらやましい」

子煩悩そうな高木の笑顔を見ていると、本当にそう思える。

「澄乃はいつこっちに戻ってきたんだ」

「今年の三月です」

「そうかあ。まあ、いろいろあるよな……」

小杉から事情を聞いているであろう高木が言葉を濁した。

圭介《けいすけ》と離婚してすぐに東京に出てきた。大学時代に暮らしていた練馬の平和台に引っ越して、飯田橋のコールセンターで派遣社員をしている。

だが、こちらに戻ってきてもみんなに連絡をすることができないでいた。日々の生活が忙しいこともあったし、今の自分の現状を知られることにも抵抗があった。

先週、電車の中でばったり同じサークルだった小杉と再会した。

児童養護施設や老人ホームなどを訪ねるボランティアのオープンサークルだ。小杉と中村と綾子は澄乃と同じ大学で同学年だが、医大に通っていた高木だけは自分たちより三歳年上だった。

小杉は今でもサークルのメンバーと連絡を取り合っているようで、みんなの近況を話してくれた。

会いたいなと何気なく言うと、小杉が今回の飲み会をセッティングしてくれたのだ。

「飲み会のメンバーはここにいる人たちだけですか?」

澄乃は訊いた。

「ああ。あとのメンバーは仕事だったり家庭の用事で来られないってさ」

「どこのお店で飲むんですか」

「店……?」

澄乃が訊くと、高木が呆《ほう》けた顔をした。

「小杉、伝えてなかったのか?」高木が小杉に言って澄乃に向き直った。「今日は榊《さかき》の家で飲むんだよ」

信一《しんいち》の家で——?

「あいつ、最近マンションを買い替えたらしくて……今日は新居祝いを兼ねての飲み会だ」

動悸が激しくなった。これから信一の家に行くのだと知ると、どんな風に接すればいいのかと不安になった。

喫茶店から出るとむっとした熱気に包まれた。九月に入ったというのに、夕方の時間帯になってもいっこうに暑さが和らがない。

「手ぶらで来てくれと言ってたがそういうわけにはいかないだろう」

高木の提案でデパートの地下階に立ち寄った。男性たちが酒やつまみを豪快にカートに詰め込んでいく。澄乃と綾子はケーキ売り場に向かった。

デパートを出ると高木と綾子と同乗して銀座からタクシーに乗った。小杉と中村は後ろのタクシーに乗って一緒に信一のマンションがある豊洲に向かう。しばらくすると運河沿いに建つマンションが見えてきた。

「榊くんのマンション、あの中のどれかだよね。すごいなあ」

隣に座った綾子の感嘆した声に、澄乃も思わずその光景に見入った。

まばゆく輝く光の塔が何棟も屹立しているさまは壮観だった。

「証券会社ってそんなに景気がいいのかしら」

タクシーを降りてみんなでマンションの入り口に向かいながら澄乃は言った。

このあたりの高層マンションだといったいいくらぐらいするのだろうか。今の自分の生活を考えると溜め息が出そうになる。

「榊くん、会社はとっくに辞めたわよ」

「そうなの？」

「うん。七年ぐらい前に会社を辞めて自宅で株の売買をしているんだって。デイトレーダーっていうの？」

「へえ、そうなんだ……」

知らなかった。大学を出て新潟に帰ってからは信一に会ったのは高木の結婚式のときだけだ。

信一の事情を考えると、会社を辞めてひとりでできる仕事に変わったということに納得がいった。

「リーマンショックの前までに一生かかっても使いきれないぐらい稼いだみたいでな、悠々自適な生活を送ってるよ。おれも医者なんか目指さずに株の勉強をしておけばよかった」

「高木さん、何言ってるんですか。医者なんて羨ましいじゃないですか。うちなんてこの不況をもろにかぶってボーナスもまともに出るかどうか」

自動車会社の営業マンをしている小杉が言った。

みんなの近況を聞いて、とても自分の話はできないと思った。コールセンターの派遣社員といっても時給は千百円。土日の休みも不規則でアルバイトと変わらない。

「いらっしゃい。四十五階の四五〇七号室です――」

インターフォンから信一の声が聞こえて、オートロックのドアが開いた。

まるで高級ホテルのようなマンションだ。エントランスにはフロントがあり、スーツを着た女性がにこやかに微笑んで澄乃たちを迎えた。エレベーターで最上階に向かう。四五〇七号室の前で高木がインターフォンを押すと、ゆっくりとドアが開いた。

「どうぞ上がってください」

顔を覗かせた信一の微笑みを見て胸の奥がうずいた。

信一はみんなから隠れるように立っていた澄乃に気づき、驚いた表情になった。

「榊にも話してなかったのか?」

高木が小杉に言うと、「サプライズですよ」と笑った。

澄乃はしばらく信一の顔から目が離せないでいた。

八年前に会ったときよりもかなり顔がやつれていて頬がげっそりとしている。顔色も悪いようだ。髪が短くなったせいか、信一の顔の変化が際立って見える。

信一と定期的に会っているみんなはあまり気にならないのか、高木たちはスリッパを履いてそのまま部屋に上がっていった。

「ひさしぶりだね。どうぞ上がって」

信一が笑顔に戻って澄乃を部屋に促した。

スリッパを履いていると、奥の部屋からみんなのどよめきが聞こえてくる。大理石の廊下を渡り奥の部屋に入った澄乃は愕然とした。

三十畳はあろうかという広いリビングに吹き抜けの高い天井。壁一面の窓からは夕闇の迫った街が一望できる。まるでドラマのセットに足を踏み入れたように現実感のない空間だった。リビングの中央にあるテーブルには何皿もの豪華な料理とワインが並べられてある。

「おまえが作ったの？」

呆気にとられた声で高木が訊いた。

「まさか……ケータリングですよ」

信一が笑った。

「二階もあるのか？」

中村が階段を指さした。

「ああ」

「見てきてもいいか？」

「ちょっと散らかってるけど……」

信一から承諾を得ると、興奮したように中村と小杉と綾子が階段を上っていった。

「すごいっ。ジャグジーもある」という上からの叫び声につられて高木も二階に向かった。

二階に行こうとしたところで信一と目が合った。澄乃に何か話そうと言葉を探しているみたいだ。

「本当にすごいね。デイトレーダーをやっているんだって？」

二階に行くタイミングを逸してしまい、落ち着きなくあたりに目を向けた。

「今はほとんど仕事をしてないけどね」

信一が答えた。

「隠居するには早いんじゃない？　でも、こんなところに住めるんだったら無理して仕事する気にはなれないか」

「ちょっと見せたいものがあるんだけど」

信一が上を指さしたときに、二階からみんなが下りてきた。

「水着持ってくりゃよかった。後でゆっくりと見せてもらうことにしてとりあえず飲もうぜ」

高木の言葉で飲み会が始まった。

各々《おのおの》グラスを手にして、テーブルの料理をつまみながら談笑した。話題はサークルの思い出話や仕事の話などだ。澄乃はあまり自分からは話をせず、聞き役に回っていた。信一はみんなに料理を取り分けたり、グラスに酒を注いだりしてホスト役に徹している。

そんな信一を見てあいかわらずだなと思った。信一は昔から気遣いの人だった。サークルでも面倒くさい役割を自分から買って出て、愚痴のひとつも聞いたことがない。みんなが楽しければ、自分にとってそれが一番なのだと思うような人物だ。

「さっきからあまり飲み食いしてないじゃないか。ホスト役はもういいからおまえも飲めよ」

高木が酒のボトルを信一に差し出した。

「いや……ちょっと今日は体調がいまいちで」

信一が胃のあたりをさすりながら言った。

「そういえば、おまえかなり痩せたな。それに顔色もよくない。この家のすごさに目を奪われていてうっかりしていたが……」

高木がまじまじと信一の顔を見つめた。

「ここのところ食欲がなくて……ただの夏バテだと思うんですけど」

「いや、一度検査したほうがいい。その痩せかたはちょっと気になる」

「脅かさないでくださいよ」

信一が笑いながら手を振った。

「診てもらったほうがいいよ。高木さんの病院だったらここから近いんだし」

澄乃も心配になって言った。

「ああ……時間ができたらそのうち行くよ」

「時間なんかいくらでもあるだろう。すぐに来い」

高木は先輩らしく、最後は有無を言わさぬ口調で信一に言った。

それからふたたびそれぞれの近況についての話になった。小杉は車が売れないとぼやいている。

「榊は何に乗ってるんだ？」

「一応、ジャガーに乗ってる」

「ジャガーか。すごいな。だけど国産車もいいぞ。十台ぐらいまとめて買ってくれるとありがたいんだけどな」

小杉の冗談に信一が笑っている。

澄乃は食器を持って台所に行った。台所も六畳ほどの広さがある。今のアパートに置いた家具がすっぽりと入ってしまうだろう。

「後でやるから置いといてくれればいいよ」

食器を洗っていると、信一がやってきて言った。

「大丈夫だよ。じっとしてられないタチだし……」

「そうだったな。だけど一応食洗機があるんだよ」

信一が笑いながら近づいてきて、流しの下についた食器洗浄機を開けた。

「信一と結婚したら楽できていいね」

澄乃の軽口を受け流しながら、信一は流しに置いた食器を洗浄機に入れていく。

「みんなのところにはいなくていいの？」

澄乃が訊くと、信一は顔を上げて耳の穴を指でつつくしぐさをした。

「大勢で話をしているとちょっと疲れるんだ」

そうだった――鼓膜を破損して両耳がほとんど聞こえない信一は補聴器をつけている。

「その髪型、なかなか似合ってるね」

胸の中にこみ上げてくる重いものを振り払うように言った。

補聴器をつけていることに劣等感を抱いていたのか、信一は耳が隠れる長髪だった。就職活動もかなり苦戦して、障害者雇用枠でようやく証券会社に入ることができたのだ。それからのことは知らないが、短くした髪は幸せな生活を手に入れた信一の自信の表れだろうかと少し安心した。

「ところで、さっき見せたいものがあるって言ってたけど……」

「ああ……ちょっと上に行こうか」

澄乃はハンカチで手を拭うと台所から出て行く信一についていった。リビングでは四人が楽しそうにおしゃべりをしている。こちらに顔を向けた綾子と目が合った。どこか不機嫌そうな眼差しが気になった。

信一に続いて階段を上っていくと廊下を挟んで四つドアがあった。そのひとつを開けて澄乃を中に促す。電気をつけると大きな机があった。何台ものパソコンが置いてある。おそらくここで仕事をしているのだろう。

信一は反対側の壁際に置かれたもうひとつの机に歩み寄っていく。その上に置かれた画用紙を見てはっとした。大学時代に澄乃が絵を描いた紙芝居だ。十数年前に作ったもので、ところどころ破れているのをセロハンテープで補強している。

澄乃は懐かしさのあまり信一に断りもなく手に取った。

「懐かしいだろう」

信一が微笑んだ。

「どうしてこんなものを……」

澄乃が言うと、信一は机の引き出しを開けた。中から数枚の写真を取り出すと澄乃に渡した。写真には大勢の子供たちが野球をしたりバーベキューを楽しんでいる姿が収められている。子供たちに混じって信一の姿もあった。すぐにそこがどこであるかわかった。

「まだ、わかつき学園に行ってるの？」

わかつき学園は大学のボランティアサークルでよく行っていた児童養護施設だ。施設にいる子供たちの遊び相手をしたり、一緒にキャンプに行ったり、自家製の紙芝居をやったりした。

「たまにな……ちがう演目をやりたくて絵を描いたりしてるんだけど、どうやらおれにはそっちの才能はないみたいだ」

机の上には澄乃が描いたものではない絵も置かれている。努力の跡は窺えるが、この絵では子供たちから突っ込みを入れられるだろう。

「この子、覚えてるか？」

信一が写真のひとりを指さした。学校の制服を着た女の子だ。

「もしかして……沙織《さおり》ちゃん？」

確信はなかったが当てずっぽうで言うと、信一が頷いた。

「今、高校二年生だ。料理が好きで卒業したらどこかの店でシェフになりたいって」

あの頃はまだ小学校に入ったばかりだった。澄乃に懐いてくれた子供だったのに、大学を卒業してからは連絡を取っていない。

「澄乃おねえちゃんは元気にしているだろうかってよく話してる」

あんなにちっちゃくてかわいらしかった沙織がもう高校二年生なのか。感慨深い思いで写真を見つめた。

信一は今でも子供たちのことを気にして定期的にわかつき学園に行っているのだ。澄乃のほうからサークルに誘ったというのに。

「いつまでこっちにいられるんだ？」

信一の言葉に澄乃は顔を上げた。自分が離婚したことをまだ知らないようだ。

「こっちにいる間に時間が取れれば会いに行ってみたらどうだ」

「そうする。半年前にこっちに戻ってきて時間はいくらでもあるし」

そう言うと、信一が小首をかしげた。

「わたし、離婚したんだ」

無理に笑みを作って言うと、信一の表情が変わった。

「榊くんのマンションすごかったね」

帰りの電車の中で綾子が言った。

まだ信一の部屋にいたときの興奮が醒めていない様子だった。

「そうね……掃除が大変そうだけどね」

「そんなのわたしがいくらでもやってあげるわよ」

綾子を見つめた。冗談には聞こえなかった。

「きっと恋人がいるでしょう」

「いやあ、女がいる部屋じゃなかったよ。トイレとか台所とか見て確信した」

そこまでチェックしているとはさすがだ。大学時代には結婚など興味はないと言って遊びまわっていたが、綾子もそろそろそういうことを真剣に考える年なのだろう。

「誤解しないでね。別にあんなすごいマンションに住んでるからとか、お金持ってるからってわけじゃないよ。榊くんって魅力的だよね。学生のときには物静かな人って印象しかなかったけど、いろんな男を見てくるとね……彼みたいな人のよさがわかってくるの。控えめで誠実で優しくて……あれだけの暮らしを手に入れてもぜんぜん驕ったところがないし」

「そうね……」

たしかに信一は誠実だ。今まで知り合った男性の中で、信一ほど優しい人はいなかった。

八年ぶりに再会してもその思いはまったく変わらない。

「昔から笑顔も素敵だったしね」

綾子のうっとりしたような笑みを見て、澄乃は興ざめした。

学生時代には、障害を持っている信一のことなど眼中にないという態度をしていたではないか。

たしかに信一はいつも笑顔だ。耳が聞こえないことが影響しているのか、信一は人の態度や表情に非常に敏感なので、自分が人からどう見られているのかをことさら気にするふしがある。

だけど、今までの付き合いの中で、信一が心の底から笑っていると感じたことはない。昔の彼を知っている自分からすれば、どんなに笑顔でいても、心の中には深い闇が垂れこめているのではないかと感じずにはいられないのだ。

「ひさしぶりに会って焼けぼっくいに火がついたりなんかした？」

綾子の言葉に、澄乃は我に返った。

サークルのメンバーは大学時代に信一と付き合っていたことを知っている。だが、自分にとっての初恋の人であったことは誰にも話していない。信一にさえも。

「別に……」

澄乃は答えた。

「そうだよねえ。しばらく恋愛はこりごりでしょう」

綾子の意地悪な言葉を聞き流して、電車の案内板を見上げた。次は池袋だ。あと一駅なのに綾子と過ごす時間を長く感じた。

「榊くんとのこと応援してよ。けっこうアプローチをかけてるんだけどなかなか食いついてきてくれないの」

ようやく池袋駅に着くと、綾子が言った。

澄乃が愛想笑いを返すと、綾子は満足したように電車を降りた。電車が走り出すと溜め息が漏れた。

別にいいではないか——

信一とふたたび付き合うことなどありえないだろう。いや、そもそも自分には信一と付き合う資格などないのだ。

二度も、信一のことを見捨てたのだから——

2

榊信一はソファに寝転がって天井を見上げていた。

みんなが帰ってからずっと、記憶に焼きつけた澄乃の姿を思い浮かべている。

澄乃は薄紫色のワンピースを着ていた。榊がイメージする彼女の色は薄紫だった。誕生石であったタンザナイトのピアスをプレゼントしてから、澄乃は好んで紫色のものを身に着けるようになったのだ。

澄乃の変わっていない部分を見つけたようでたまらなく嬉しくなった。

ふたりが付き合っていた学生時代の頃のことを思い出していると、どうしようもなく狂おしい気持ちになった。

ひさしぶりに会った澄乃はますますきれいになっていた。

台所で食器を洗っていたときの、透き通るような澄乃のうなじを思い出した。下半身が焼けるように熱くなっている。罪悪感を嚙み締めながら、胃のあたりをさすっていた手をゆっくりと下半身に這わせた。ズボンのジッパーを下ろして硬くなった性器をつかんだ。何も考えないようにしながら機械的に手を動かす。ただ、早くこの欲望の源を放出させるためだけに。

どんなに思い出さないようにしても、快感が高まってくるにしたがって、十数年前になるのにまるで昨日のことのように、澄乃を抱いたときの柔らかい肌の感触や安らぎを覚えた匂いがよみがえってくる。記憶の中から必死に払いのけようとしたが無駄だった。

脳裏に澄乃の悲鳴がこだまして――ぴたっと手を止めた。

榊は硬くなったままの性器をパンツにしまい、立ち上がってズボンを穿き直した。

二階の部屋に行くと仕事用の机の引き出しから財布とセカンドバッグを手に取って一階に

戻った。時計を見ると十一時を過ぎている。榊はマンションを飛び出した。

駐車場に行きジャガーに乗ると錦糸町に向かった。

コインパーキングに車を停めるとネオンが瞬く繁華街とは逆のほうに歩いていった。公園の前で、ちらほらと女の姿を見かけた。だが、摘発を警戒しているのかなかなか寄ってこない。

「オニイサン、セックスするう?」

公園の周辺をしばらくうろついていると、ひとりの女が声をかけてきた。ブラジル人だろうか。褐色の肌に負けない濃い口紅をしていた。

「いくら」

「ニマンエン」

指を二本突き出した女をしばらく吟味した。

「ワタシ、キモチいいよ」

榊は頷いてホテル街のほうに向かっていった。女が後ろからついてくる。

ホテルの部屋に入ると女が手を差し出してきた。女の手のひらに札を置くとすぐにベッドに押し倒した。

「シャワー浴びてくる」

「いい」

榊は起き上がろうとする女を押さえつけて強引にTシャツとジーンズを剝《は》ぎ取った。強烈な体臭が鼻腔《びくう》を刺激する。汗でぬめった乳房を舐め回した。記憶の中の澄乃とはまったくちがう弾力のない鮫肌だった。この体臭と舌の感覚がどんどん澄乃を遠い存在にしてくれる。

女をバックの姿勢にさせると両腕をつかんで顔をマットに押しつけた。

「ちょ……ランボウしないで……」

セカンドバッグから手錠を取り出して女の両手に後ろ手でかける。

金属の乾いた音に反応したように、女が首をひねってこちらに顔を向けた。恐怖に引きつった顔で榊を見ている。

「ちょっと……ナニするの？　アンタ、ヘンタイ？　ハズセ！　大声ダスよ！」

唾を飛ばしながらまくしたててくる。

榊は財布に入っていた札をつかんで女に向かって投げた。二十万円近くある。

「三十分我慢すればこいつをやるよ」

女が奇怪なものでも見るような眼差しを榊に向けた。そしてベッドに散らばった札に目を向ける。それを繰り返した。

「ゴム、シテね」

ズボンとパンツを脱ぐと、硬いままの性器が脈動している。女の願いどおりにコンドームをしてから黒々としたバギナに挿入した。早く終わらせようとひたすら腰を動かした。女の腰のあたりに汗の滴が落ちる。その滴を見つめながら無心に腰を動かしていると女が喘ぎだした。やがてその声がどんどん大きくなっていく。室内に響き渡るその声を聞いているうちに、胸の奥底からどす黒い願望が萌芽してきた。女のうなじに目を向けた。手を伸ばしそうになる。

榊は両耳から補聴器を外してベッドに投げ出した。

それでもその声が心の奥底にまで響いてくる。

殺せ——殺せ——

快感が高まっていくにしたがって、自分の意志ではどうしようもできない欲望に両手が支配されていく。

あの首を絞めたい……女の喉もとに手を伸ばして思いきり絞めつけてやりたい……

危険を感じて女の両手につながれた手錠に視線を向ける。

大丈夫だ……この女は何もできない。おれが支配しているのだ。殺さなくてもいい。殺す必要などないのだ。

女の手首にかけられた手錠を見つめながら心の中で激しく蠢《うごめ》く欲望に言い聞かせた。

早く——早く——

榊は激しく腰を突き立てて、精液を吐き出した。

快感はなかった。心の中にある本当の欲望は満たされていない。後ろ手に手錠をされた女の背中に目を向けた。ぐったりしている女を見て、今日も人を殺さずに済んだという安堵感だけを嚙み締めている。

3

せっかくの休日だというのに寝覚めは最悪だった。

澄乃はベッドから起き上がるとミニキッチンに向かった。やかんを火にかけるとそのままお湯が沸くのを待った。やかんの口から湯気が立ち上ってくると紅茶を入れて椅子に座る。一口飲むと溜め息が漏れた。ようやく少しだけ落ち着きを取り戻せた。

昨日、信一と会ったせいなのか、ひさしぶりに悪い夢にうなされて目が覚めた。

自分の故郷である寺泊《てらどまり》での忌まわしい記憶だ——

八年ぶりに会った信一は痩せていたことと髪型を除いては昔と変わっていないように思えた。結婚はしていないが、幸せな生活を送っているみたいだ。

澄乃に向けた微笑みを見て、信一がいまだにあの記憶を呼び戻していないであろうと察して少し安心した。

信一のことがずっと気にかかっている。大学を卒業して寺泊に帰ってからも、圭介と結婚してからも、そして今もその思いは変わらない。

信一と出会ったのは小学校五年生の冬だった。澄乃の実家は新潟にある寺泊という港町で小さな旅館をやっている。その三軒隣りに同い年の信一が移り住んできたのだ。

もともとその家には松原《まつばら》という老人が住んでいた。だが、老人が亡くなったのを機に、ひとり息子であった信一の父親が妻と子供を伴って実家に戻ってきたのだ。

両親の話によると、信一の父親は若い頃から問題の多い人だったらしく、親から勘当されて十代の終わりにこの町を出て行ったそうだ。信一の父親と母親は自分の親と同世代だという話だったが、身なりも振る舞いもずっと若々しく見えた。今、自分がその年齢に近づいてみると、それは若さではなく、親としての責任を放棄した幼さだったことに気づく。

とりあえず住む家と親の残した金があったからか、信一の父親は働くこともなく、いつも酒を飲んでは若い女性にちょっかいを出しているような遊び人だった。信一の母親も派手な化粧をしてどこかに出かけていくのをよく見かけた。ふたりの存在は小さな閉鎖的な町の中で浮いていた。

澄乃は転校してきた信一と同じクラスになった。だが、両親から信一やその家族と親しくするなと澄乃と高校生だった姉は厳しく言い聞かせられた。クラスの他の子供たちも親から同じようなことを言い含められていたのだろう。信一はなかなか友達ができず、学校の中でもひとりでいることが多かった。

だが、信一自身は奔放《ほんぽう》な両親に似ることなく、優しくて聡明な少年だった。

ある日、小学校から家に帰る途中、澄乃は姉と同じ制服を着た女子高生の一団に囲まれた。無理やり人気のない雑木林に連れて行かれると、その女性たちに服を脱いで裸になれと脅された。女性のひとりが鞄の中からポラロイドカメラを取り出して澄乃に向けた。

どうしてそんなことをしなければいけないのかと泣きながら抵抗すると、彼女たちは「恨むんなら姉を恨みな」と嘲笑うように言った。

その言葉で、姉は目の前にいる人たちから恨みを買っているのだろうと察した。どんなことが原因なのかそのときには理解できなかったが、今となってはだいたいの想像はつく。

奔放な性格だったので、おそらく彼女たちの恋人に手を出したりしたのではないか。妹を辱めるような写真を姉に送りつけて、あまり調子に乗るなと警告するつもりだったのかもしれない。

澄乃はからだの大きな女性たちに囲まれて泣いているしかなかった。やがて、女性たちは澄乃を押さえつけると強引に服を脱がそうとした。それを止めに入ってくれたのが信一だった。

だが、いくら男の子とはいっても小学生の信一が女子高生の集団にかなうわけがない。信一は逆にその女性たちからさんざん痛めつけられた。信一は黙ってその暴力に耐えていたが、隙を見て女性の手からポラロイドカメラを奪うと暴行を受けた自分の姿と女性たちを撮影した。

そして信一は澄乃のほうに走ってきて、「逃げよう」と手をつかんだ。

その行動に呆気にとられたのか、女子高生たちはすぐに追いかけることができなかったようだ。

女子高生たちから逃れると、信一は澄乃が彼女たちに囲まれた現場を目撃して心配になって後をつけてきたのだと話した。そして、暴行の証拠写真があるかぎり、彼女たちもへたなことはできないだろうと傷だらけの顔で笑った。

信一の言葉通り、それから彼女たちが澄乃に近づいてくることはなかった。

その出来事がきっかけで澄乃は信一と親しくなった。そして、親からの言いつけに反するように、どんどんと信一に惹かれていった。自分にとっての初恋の人だった。

でも、出会って一年後の冬に、信一は寺泊から出て行くことになった。

信一はいまだに気づいていないが、それは澄乃のせいだった。

携帯電話の着信音が聞こえて、澄乃は我に返った。テーブルに目を向けると携帯電話が点滅している。信一からのメールだった。

『ひさしぶりに送るけど、アドレスが変わってないといいな』

澄乃は『メール届いたよ。昨日はありがとう。沙織ちゃんの写真を見せてもらってうれしかった』と当たり障りのない返信をした。

すぐに着信があった。

『今日は何か用事はある？』

その文面を見て気持ちが揺れた。あまり信一とは会わないほうがいいともうひとりの自分が訴えかけてくる。しばらく返信できないでいるとまたメールがあった。

『今日、わかつき学園に行く予定なんだ。よかったら一緒に行かないか？』

ひさしぶりに沙織たちに会いたい。だけど、いきなり自分ひとりで会いに行くことに敷居の高さを感じている。新潟に帰ってしまったので簡単に会いに行けないことは理解してくれているだろうが、それでも自分に懐いてくれていた子供たちに手紙ひとつ出していなかったことへの後ろめたさがあった。

おそらく、自分ひとりではわかつき学園に行ってみようという気にはなれないだろう。

『わかった。今日は仕事が休みだから』

けっして信一に会いたいから行くのではないと、心の中で念を押してからメールを送った。

『二時に江古田駅の南口でどうだ？』

信一からのメールに返信すると、紅茶を飲み干してユニットバスに向かった。

わかつき学園は江古田駅から歩いて十分ほどのところにある。近くには大きな公園があり、施設を訪ねていってはよくそこで子供たちと遊んでいた。

「何だか緊張しちゃう……」

澄乃は落ち着かなくなって呟いた。

「みんなびっくりするだろうな。といっても、サークルの頃にいた子供たちは沙織ちゃんを含めて数人ぐらいだけど」

隣を歩いている信一が言った。

「他の子供たちは……」

「施設を出てちゃんと働いてるよ。ケンジって覚えてるか？　あの頃、澄乃たちが手を焼いてたガキ大将……」

覚えている。中学生だったがやんちゃな子供で、何度いたずらで胸を触られたことか。

「あいつなんか結婚して子供が二人もいるんだよ。ちょっと前に飲みに行って子供の写真を見せてもらった。何だかおじいちゃんになった気分だったよ」

　信一が嬉しそうに言った。

　途中、ケーキ店に立ち寄って、子供たちと職員のためにケーキを買った。ケーキ店を出てしばらく歩いていくと、わかつき学園の門が見えてきた。

　門を入ると、敷地で遊んでいた子供たちが信一を見つけて駆け寄ってきた。澄乃は知らない小学生ぐらいの子供たちと一緒に建物の中に入った。

「おじゃまします」

　玄関で信一が言うと、奥のほうからぞろぞろと人が出てきた。

「あらー！　澄乃ちゃん、おひさしぶりねえ」

　見覚えのある年配の女性が驚いたように澄乃に近づいてきた。施設長の遠藤《えんどう》だ。遠藤の後ろに立っている女の子と目が合った。

　あの頃と変わらない愛らしい沙織の微笑みに少し視界が潤んだ。

　自販機で冷たい缶ジュースを二本買うと沙織と公園に入った。炎天下の広場を避けて木陰のベンチに向かう。

「榊くんから聞いたんだけど、高校を卒業したら料理店で働きたいんだって？」

　ベンチに腰かけると缶ジュースを差し出しながら沙織に話しかけた。

「うん。わたしあまり勉強が得意じゃないし……」

沙織はそう言って缶ジュースに口をつけた。

広場に目を向けると、サッカーボールを持った信一が子供たちを引き連れてやってきた。

「どんなお店で働きたいの？　フレンチ？　イタリアン？」

ふたたび沙織に微笑みかけながら訊いた。

「どちらかっていうとイタリアンかな。本当はね、保母さんもいいかなって考えてたんだけど。ほら、澄乃おねえちゃん、わたしたちのためによく絵を教えてくれたり、ピアノを弾いてくれたりしたじゃない。子供心にちょっと憧れてたんだ。子供たちのためにそういうことをしてあげられる仕事もいいかなって」

「保母さんもいいじゃない。進路を決めるにはまだ時間があるんだし、じっくりと考えれば？」

「保母さんになるには学校に通わなきゃならないし……それにわたしはおねえちゃんみたいに絵の才能も音楽の才能もないもの。それに子供の頃からわたし食べることが好きだったでしょう」

「そうねえ」

沙織の子供時代を思い出して微笑んだ。

「だから、やっぱりシェフがいい」

「勤め始めたらお店を教えてくれる？　食べに行きたいから」

「だけど、働くとしたらたぶん東京だよ」

「大丈夫だよ。わたし半年前に東京に戻ってきたから」

「そうなんだ……旦那さんの転勤かなにかで？」

微笑みながら首を横に振ると、高校生の沙織にも意味がわかったらしく、少し気まずそうな顔になった。

何気なく、広場で子供たちと一緒にサッカーボールを蹴っている信一のほうに目を向けた。

「それだったら信一にいちゃんとよりを戻せばいいじゃない」

どきりとすることを言われて、沙織に視線を戻した。

「わたし、ずっとふたりは結婚するんだって思ってた。温かくて優しくてお似合いのカップルだなって子供心に感じてたもん。ふたりの子供になれたらいいなあって思ってたんだよ」

ふたりは結婚するんだって思ってた——

澄乃もずっとそう願っていた。

東京の大学に通い始めた澄乃はキャンパスを歩いているときに信一と再会した。

澄乃は目が合った瞬間、直感的に信一だと気づいた。ためらいながら近づいていって話しかけてみた。そのとき信一は松原ではなく榊と名乗った。たしかに小学生の一時期、寺泊にいたことはあるが、澄乃のことはよく覚えていないという。

ほんの一年ほどの付き合いではあったが、自分のことを覚えていないという信一の言葉が信じられなかった。あの記憶に触れられたくないから嘘をついているのだろうとそのときは感じて、声をかけたことを激しく後悔した。

だがそうではなかった。信一は声をかけてきた自分を避けてはいなかった。むしろ、寺泊でのことを必死に思い出そうとしていろいろと話しかけてきた。ようやく、自分が住んでいた家の近くに旅館があったことと、その子供が同級生だったことを思い出した。

信一は澄乃のことをほとんど覚えていないことを詫びた。その頃のことを思い出せないのは事故に遭って怪我をしてしまったせいだろうと話した。記憶を失い、どういう事故だったのかも覚えておらず、鼓膜も破損して耳が聞こえなくなってしまったそうだ。実際、信一の両耳には、昔にはなかった補聴器がつけられていた。

澄乃はすぐにその事故というのに思い当たった。だが、当然その話はできなかった。

自分との思い出のほぼすべてを忘れてしまっていることに一抹の寂しさを感じながら、覚えていないのであればそれに越したことはないと安堵した。

信一は両耳が聞こえないことにコンプレックスを抱いているようで、人と接することを避けるように大学生活を送っていた。澄乃はそんな信一を自分が入っていたボランティアサークルに誘ってみた。

もともと優しくて気遣いのできる信一はサークルの中でも、施設の子供たちの間でもすぐに人気者になった。子供の頃に劣悪な環境で育ってきたことも影響しているのか、誘った澄乃よりも、積極的にボランティア活動に精を出していた。

やがてふたりは付き合いだした。大学を卒業したら寺泊に戻ってくるという条件で両親から上京することを許されたが、このまま東京に残るつもりでいた。自分にとって信一は初恋の人というだけでなく、人生にとってかけがえのない人だと思っていたのだ。信一のすべてを受け入れて、一緒に生きていくと決心していた。

それなのに、澄乃は大学を卒業すると寺泊に戻った。

悩み抜いた末の決断だった。松原の息子である信一との仲を両親が認めるはずがない。それに澄乃自身、信一の親ともうまく付き合っていく自信もとうていなかった。何より、自分と一緒にいることで信一がいつ何時あの記憶をよみがえらせるだろうと考えると怖かったのだ。

あんなことがなければ——

「信一にいちゃん……？」

沙織の声に我に返り、澄乃は広場に目を向けた。

　信一が子供たちの輪から離れてよろよろと草むらのほうに向かっていく。苦しそうにしゃがみ込んだ。澄乃と沙織はベンチから立ち上がって信一のもとに向かった。信一は胃のあたりを手でさすりながら吐き気を堪《こら》えているようだ。

「大丈夫？」

　問いかけたが信一はすぐには反応しない。呻き声を上げながらうずくまっている。

「どうしたの。救急車を呼ぼうか？」

　背中をさすりながら言うと、信一がようやく顔を上げた。

「ちょっとはしゃぎすぎたみたいだ。年には勝てないな」

　眩しい日差しのもと、信一が笑みを向けたが、顔は血の気を失い蒼白だった。

「病院に行って検査してもらわなきゃだめだよ」

　念を押すように言うと、信一が澄乃に顔を向けて笑った。

「わかったわかった。明日にでも高木さんのところに行ってくるよ」

「絶対ね」

　澄乃は少し睨みつけるように信一を見つめた。

　あの後、信一はたいしたことはないと言ってわかつき学園に戻ると、子供たちや職員と何事もなかったようにケーキを食べた。わかつき学園にいる間はまわりの者を心配させたくないのであえて何も言わなかったが、施設を出てからは病院に行くという言質《げんち》をとるために必死だった。

「来てよかっただろう。沙織ちゃんもひさしぶりに澄乃に会えて本当に喜んでたしな」

澄乃の言葉にうんざりしているのか、信一が話題を変えた。

「うん。誘ってくれてありがとう。信一が誘ってくれてなかったら行きづらかったと思う」

「おれも嬉しかった」

子供たちや職員の喜んだ顔を見られて、という意味だろうか。

黙っていると、信一が立ち止まった。こちらを振り返る。

「澄乃と一緒にいられて大学時代を思い出した」

じっと見つめられて戸惑った。

「どうして……離婚したんだ」

信一がためらいがちに問いかけてきた。

「相性が合わなかったの」

澄乃はそう答えておいた。

大学を卒業して寺泊に戻ると両親との約束通りに旅館の手伝いを始めた。だが、その日々が澄乃にとっては耐えられないものであった。別に旅館での仕事が苦だったわけではない。

この町にいるとおぞましい記憶がよみがえってくるのだ。信一が住んでいた家の前を通るだけで、いや、そこから漂ってくる空気を吸っていると考えるだけでどうしようもない息苦しさに襲われた。姉が実家に戻ってくるとさらにその苦しさは激しくなった。

この町から出て行きたい。この町にいるかぎり昔の記憶に縛りつけられて苦しみながら生きていくことになる。

そんな澄乃にひとつの出会いがあった。友人と旅館に泊まった圭介が澄乃のことを見初《みそ》めたのだ。圭介は新潟市内に住んでいるということだったが、週末ごとに寺泊の旅館に泊まって澄乃に猛アプローチをかけてきた。

圭介は人当たりがよく、父親は新潟市内にある食品会社の創業者ということで家柄もよかった。いつの間にか、澄乃の両親も圭介との結婚を勧めるようになっていた。

自分にも打算があった。心のどこかでは信一のことを想っていたが、圭介にも好感を抱き始めていた。何よりも、この町から出て行きたい、早くあの記憶を自分の中から消し去りたいという思いが背中を押して、圭介からのプロポーズを受けた。

だが、結婚してしばらくすると、圭介の人柄を完全に見誤っていたことを思い知らされた。

亭主関白という言葉では言い表せないほど、圭介は独善的で暴力的だった。しかも、金遣いも荒く、女癖もそうとう悪かった。

澄乃はすぐに、圭介は自分のことが好きで結婚したわけではないのだと悟った。

三十歳を過ぎていた圭介は両親から早く結婚して落ち着けと口うるさく言われていたらしい。

おそらく、澄乃のようにおとなしくて、人に対して強くものを言えない女であれば、結婚しても自分の好きなようにできるだろうと考えたのだろう。

何とか我慢して結婚生活を続けてきたが、ある日、圭介が持っていたビデオカメラに映っていた映像を観てこれ以上耐えられなくなった。圭介は出会い系サイトで女子高生を買って遊んでいたのだ。信一の父親の顔がちらついて、吐きそうになってしまった。

このことは伏せておくという条件で、圭介に離婚を承諾させて東京に戻ってきた。もちろん慰謝料などはもらっていないし、原因を話していない両親にすれば、勝手に離婚した澄乃に失望を感じているだろう。

「信一は結婚しないの？」

澄乃は訊いた。

「できるんならしたいさ。だけど、おれに家族なんか持てるかな」

どこか寂しそうな眼差しで呟いた。

「付き合ってる人はいないの？」

信一が首を横に振った。

「信一だったらいくらでもいい人がいるでしょう。お金があるからって遊んでいてばかりじゃだめよ。もういい年なんだから真剣に付き合わなきゃ」

冗談めかして言った。

「澄乃と別れてから付き合った人なんかいない。真剣だろうと、不真面目だろうとね」

信一が真顔になって返した。

あれから付き合った人はいない――

信じられない思いだったが、信一がそんなことで嘘を言わないこともわかっている。

どうして――もしかして、まだ恐れているのだろうか。自分のしたことに怯えて、女性と付き合うことができないでいるのだろうか。訊いてみたかったができなかった。

「おれが好きになったのは澄乃だけだ」

澄乃をじっと見つめながら信一が言った。

4

決死の告白だったにもかかわらず、あっさりとかわされてしまった。

こみ上げてきた想いを正直に告げたときの、自分に向けられた澄乃の瞳を思い出した。戸惑いのようでもあり、怯えのようにも見えた。

やはり、澄乃はあのときの自分の行動を許してくれていないのだ。いや、表面的にはそんなそぶりは見せていないが、心の中では榊のことをいまだに恐れているのだろう。

自分の中には邪悪な血が流れている。

それを知ったのは澄乃と付き合い始めて半年ほどが経ったときのことだ。

澄乃を初めて自分の部屋に招いた。もっと早くに誘いたかったが、付き合っていく中で、澄乃が真面目な性格でかなり身持ちが硬いことを感じていたので、それまで切り出せないでいた。

そんなときに、澄乃のほうから「今度、食事を作ってあげる」と言ってきた。

胸を躍らせながら一緒に買い物をして、部屋に着いてからはテレビを観たり話したりして楽しい時間を過ごした。台所で夕食の準備を始めた澄乃を見つめながら幸せな気分に浸っていた。どうにも我慢ができなくなって澄乃に近づいていくと、後ろから抱きしめた。

その瞬間、澄乃のからだがびくっと反応した。拒絶されたのかと少し怯《ひる》んだが、澄乃はゆっくりとこちらを向くと目を閉じた。

榊は澄乃にキスをしてベッドに誘った。澄乃の服を脱がせて柔らかい肌に触れた。澄乃は恥ずかしそうに顔をそむけて初めてだと呟いた。もちろん自分も初めての経験だった。

緊張しながら澄乃の中に入っていくと、今まで感じたことがない快感に包まれた。澄乃の柔らかい肌の感触と、ほのかに香る石鹼の匂いに、全身を真綿で包まれたような心地よさを感じた。

からだを動かすたびに澄乃は痛そうに顔を歪めた。榊はできるだけ澄乃をいたわるように腰を動かした。

だが、快感が高まってくるにしたがって、得体の知れない感覚が全身を襲ってきた。からだをくねらせている彼女を見ているうちに、激しい殺意が心の底から突き上がってくるのだ。必死にその感情を抑え込もうとしたが抗いきれない。気づいたら、澄乃の首に手をかけて絞めつけていた。澄乃は驚いたように目を見開いて何かを叫んでいた。だが、澄乃の声は聞こえなかった――

ただ、殺せ――殺せ――という声が耳鳴りのように響いていた。

ベッドサイドに置いていた時計で澄乃にこめかみのあたりを殴りつけられ、我に返った。しばらく呆然としていた。先ほどまでの澄乃が苦しむ表情は目に焼きついているが、とても現実のものとして受け止められなかった。

澄乃は咳き込みながら榊を見つめていた。次の瞬間、手を伸ばしてきて榊の頭に触れた。

「血が出てる……」

そう言って立ち上がるとすぐに服を着て部屋を出ていった。

ひとり残された榊はわけもわからずに自分の両手を見つめた。

どうして……どうして……あんなことをしてしまったのだろう。

これだけ大切に思っている澄乃にどうしてあんな感情を抱いてしまったのか混乱するばかりだった。いずれにしても大切な人を失ってしまったことだけは確かなのだと思い詰めた。

しばらくすると澄乃が部屋に戻ってきた。澄乃は薬局で薬を買ってきたのだ。榊の傷を消毒して頭を冷やすための氷嚢《ひょうのう》を作ってから家に帰った。

榊は恐れていたが、それで澄乃との付き合いが終わったわけではなかった。あの出来事があってからも、澄乃は今までと変わらないように自分に接してくれた。

澄乃もきっとまだ自分のことを愛してくれているのだと感じた。榊も澄乃のことをどうしようもないくらい愛していた。しかし、あれ以来、澄乃のからだに指一本触れることができなくなってしまった。

榊はあのときの感覚が何であったのかをどうしても知りたくて、いろいろと考えを巡らせた。

自分には澄乃と過ごしたはずの寺泊での記憶が欠如していた。もしかしたら、その中に何らかの原因が隠されているのではないかと思い至った。失った記憶の中に、澄乃に殺意を抱くような出来事があったのではないかと。それを確かめずにはいられなかった。

榊はそれとなく寺泊で過ごしたときのことを澄乃に訊いてみた。だが、それらしい答えは澄乃の口から出てこなかった。当然だろう。もし、榊から殺意を抱かれるようなことを澄乃がしたのだとしたら、自分の口から言うはずがない。

榊は夜の繁華街に出向き、道で声をかけてきた女を買った。

もし、この女を抱いたときにも同じような感覚に襲われたとしたら、原因は澄乃にあるのではない。それを確認したかったのだ。

ホテルの部屋で女を抱いていると、ふたたび同じような感覚に襲われた。

この女を殺したい。この女を殺せば今までに味わったこともない快感を得られる。

射精することなんかよりもずっと大きな快感が――

自分の人生のすべてを満たしてくれるものが得られるのだ――

そんな心の声に支配されて、女の首を絞めつけていた。

激しい痛みに我に返ると、女の爪が信一の上腕の肉をえぐっていた。目の前で女が激しくむせている。信一は絞めつけていた手を離して、慌ててズボンだけ穿き服を持って部屋を飛び出した。

その日を境に、自分の心の奥底に流れている恐ろしい欲望が噴き出してきた。

人を殺したい――

それは澄乃にだけ向けられたものではなく、すべての女に向けられた自分の願望だった。

こんなことを渇望している自分は間違いなく病気だ。そんなことはわかっている。だけど、一度芽生えた欲望をどうしても消し去ることができなかった。いったい自分の心はどうなってしまったのだろう。あの男の粗暴さが遺伝してしまったのか。いや、自分が抱えている欲望はあの男の比にならないくらい邪悪なものだ。

父親は最低な男だったが、人を殺したいだなんてことは考えなかっただろう。

欲望を知るまでは自分は幸せに満たされていた。澄乃も自分との将来を考えてくれていたように思う。だけど、殺そうとした男と一緒にいることなど怖くてできなかったのだろう。

澄乃は大学を卒業すると寺泊に帰ってしまった。

自分の前から澄乃がいなくなると、さらに加速度的に殺人願望が増していった。

それまでであればセックスをしているときにしかあの感覚には襲われなかったのに、日常的にその欲望に苛《さいな》まれるようになっていったのだ。

人を殺せば警察に捕まって死刑になるかもしれない。家族にも迷惑をかけてしまう。そんな倫理観など何のブレーキにもならなかった。

まるで麻薬中毒者のようだろう。自分の欲望を抑え込むひとつの手段として、大学時代のサークルでよく遊びに行っていたわかつき学園に定期的に足を運ぶようにした。

自分を慕ってくれる子供たちの姿を目に焼きつけて、殺人者になってしまったときの彼らの反応を心に描きながら、それを最後の枷《かせ》にしてこの欲望と闘っている。

「榊さん、三番の診察室にお入りください――」

アナウンスの声に、榊はベンチから立ち上がって三番と書かれたドアに向かった。

澄乃とわかつき学園に行った翌日、高木の病院へ行った。

高木に現在の症状を告げると、苦手な胃カメラを飲まされた。さらにその後もCT検査やX線検査など、さまざまな検査を連日受けさせられている。その間の高木の表情を思い出しながら嫌な胸騒ぎがしていた。いや、胸騒ぎではなく、確信と言っていい思いだ。

軽く深呼吸してからドアを開けると、高木がこちらに顔を向けて微笑みかけてきた。

「おう、座れ」

高木に促され、榊は向かいの椅子に座った。

「検査ごくろうさまだったな」

「それで……」

「腫瘍が見つかった」

「がんですか」

榊が言うと、高木の目が反応した。

「ああ、そうだ……しばらく入院してもらうことになるが心配するような……」

「本当のことを教えてください」

高木の言葉を遮って言った。

「本当のこと？」

高木が訊き返してきた。

「ぼくは耳が利かないぶん、人の表情にはとても敏感なんです。知ってるでしょう。みんなとのババ抜きやポーカーで負けたことがない」

「だから本当のことを言ってるだろう。おまえは胃がんだ」

「最悪な告白ですね。だけど先輩はまだ嘘をついています」

榊はじっと高木の目を見つめた。

それでもしらを切り通そうというのか、高木は落ち着き払った表情を作ってじっと見つめ返してくる。

榊は両耳から補聴器を外した。

「さらに感覚が鋭くなるんです。真実を話してください」

榊が見つめていると、高木は諦めたように溜め息をついて、『わかったからホチョウキをつけろ』と口を動かした。

榊が補聴器をつけている間に、高木がいくつかX線写真を器具に貼りつけた。

「スキルス胃がんというのを聞いたことがあるか？」

高木がこちらに顔を向けて訊いた。

「スキルス……」

「胃壁の中を広がるように増殖していくがんだ。発見するのが難しくて、進行も早い。リンパ節や腹膜にも転移しているから手術はできないんだ」

「もうおしまいってことですか」

「そういう言いかたをするな」

高木がたしなめるように言った。

「抗がん剤を使った化学療法や放射線療法がある。これからの治療方針についてきちんと話し合っていこう」

「余命はどれくらいなんですか」

「あとどれくらいの命かってことか？　おれたち医者にはそこまでは言えない……というより何とも言えないんだ。半年ぐらいだと思っていた患者が治療によって一年以上生きていることだってたくさんあるからな」

「その逆もあるってことですよね」

高木はその問いに答えなかった。

「これから入院の手続きをしよう」

「いや……」

立ち上がろうとした高木を手で制した。

「しばらくひとりになりたいんです」

朝、七時に目が覚めた。

リビングの窓から明るい日差しが差し込んでいる。家に帰ってからソファで寝てしまったようだ。榊はソファの肘掛けに頭を載せたままぼんやりと天井を見つめていた。

悪い夢を見ていたような気がする……

だがすぐに、昨日起きたことはすべて現実なのだと思い直した。

この瞬間にも自分のからだを蝕んでいく病魔の存在も、心の中で蠢き続けるおぞましい欲望も、すべては自分が抱えている現実なのだ。

しかし、自分がもうすぐこの世からいなくなると知っても、不思議と動揺しなかった。

自分の死を突きつけられたら、悲しんだり苦しんだり取り乱したりするのではないかと漠然と思っていた。もちろんそういう人がほとんどだろう。だけど、どうして自分はこんなに冷静でいられるのだろう。

もしかしたら、自分はそもそもこの世界で生きているという実感がないからかもしれない。生きていて楽しいとか幸せだとか、そんな思いが希薄だからだろうか。

自分がこの世に生きてきた証《あかし》を心の中に探ってみても、思い出のほとんどがくすんだ色をしている。

ほんのわずかだが色鮮やかな景色があった。

澄乃と一緒にいたときの記憶だ。大学で澄乃と再会してから、自分のからだを流れる邪悪な血の存在に気づくまでの半年間の記憶。その記憶だけが、思い出の中できらめきを放っている。自分が生きていたと実感できた日々。幸せだと感じられた日々。この一瞬が永遠に続いてほしいと願っていたあの頃……。

携帯電話が鳴った。メールのようだ。

もしかしたら澄乃だろうか――

期待を込めて携帯の画面を見たが、メールは綾子からのものだった。タイトルは『コンサート』とある。友達からクラシックのコンサートのチケットをもらったので、明日の夜に一緒に行かないかという誘いだった。

最近、この手の類のメールがよく送られてくる。だが、まったく興味がないので、適当な理由を作って断っていた。

断りの文面を考えるのも面倒で返信せずに放っておくと、ふたたび綾子からメールがあった。

澄乃も誘っているが、榊の都合が悪ければ他のサークルのメンバーに声をかけてみるので連絡をくださいというものだ。

澄乃も誘っている——

携帯の画面を見つめながら、どう返信しようか考えていた。

翌日、有楽町駅の改札に向かうと綾子が待っていた。

綾子は残暑が厳しいとはいえ、あいかわらず露出の多い派手な格好をしている。自分と同い年だから三十三歳になるが、服装のセンスは学生時代からほとんど変わっていない。

サークル仲間のことは大切だし、何よりも澄乃と仲がよかったから態度に示すことはしなかったが、榊は学生の頃から綾子のことが苦手だった。

綾子は男好きのする顔とプロポーションで昔から男子学生の人気を集めていた。様々なサークルを渡り歩きながら男遊びにいそしんでいたみたいだ。学生のときには、耳が悪く、就職できるかどうかさえおぼつかない榊のことを蔑むように見ていたくせに、どうして今頃になってしつこく誘いのメールをよこしてくるのか。理由はいたって簡単だろう。

わかっていながら誘いに乗る自分が馬鹿みたいに思えるが、それでも澄乃の顔が見たかった。

自分に残されたわずかな時間……少しでも澄乃と一緒にいたかった。

「澄乃はまだ来ていないみたいだね」

榊はあたりを見回して言った。

「澄乃とは直接会場で待ち合わせているのよ」

綾子が微笑して歩き出した。

会場の外でしばらく待っていると着信音が鳴った。綾子がハンドバッグから携帯電話を取り出した。

「あらー」

綾子が残念そうな顔をしながら、榊に携帯メールを見せる。

『ごめんなさい。急用ができてどうしても行けなくなりました。榊くんと楽しんできてね』

メールの文面を読んで落胆がこみ上げてきたが、顔には出さないように努めた。

「わたしとふたりでもいい？」

榊の顔を窺うように綾子が訊いた。

「ああ」

とりあえず頷くと、「それじゃ、ふたりで楽しみましょうか」と綾子が笑顔になって馴れ馴れしく腕をからませてきた。

榊は眉をひそめた。鼻腔に苦手な匂いが流れ込んできたからだ。雌であることをことさらに主張するような香水の匂いだ。

会場に入った榊は気を取り直してせめて音楽だけは楽しもうと思ったが、隣に座る綾子の匂いが気になってまったく集中できなかった。

コンサートが終わって外に出ると、綾子が食事に誘ってきた。このまま帰りたかったが、コンサートのチケットをもらった手前、無下に断ることもできない。少しだけ付き合うことにして、綾子が行きたいという近くのダイニングバーに入った。あまり密着したくなかったからテーブル席に座ろうとしたが、綾子は榊の手を取ってカウンターに座った。

食欲も湧かずオリーブをつまみながら酒を飲んだ。綾子は胸もとを大きく開けた服を着ているので目のやり場に困る。自然と正面にある酒棚を見つめ、綾子と適当な会話を交わしながらその場をやりすごした。

軽くのつもりだったが、綾子はなかなか帰るきっかけを与えてくれなかった。目の前の酒がなくなりそうになるとすぐに次の酒を頼む。気がつくと綾子のペースに引き込まれていた。

綾子が発する強烈な香水の匂いと、胃のむかつきで、悪酔いしそうだった。

榊は帰りたい意思を綾子に気づかせようと、これ見よがしに何度も腕時計に目を向けた。

「榊くん、そんな時計してるの？」

綾子の驚いたような声に顔を向けた。

「もっといい時計をすればいいのに」

たしかに自分がしているのは国産の安価な腕時計だ。

「榊くんだったらきっとパテック フィリップとか似合うんじゃないかな。今度、一緒に選びに行こうか」

十四年間、腕時計を変えていない。その理由を話したところで、目の前の物欲女の嘲笑を買うだけだろう。

「考えとくよ……」

榊は言葉を濁した。

「榊くんって付き合っている人はいるの？」

マティーニを飲みながら綾子が訊いてきた。

「どうしたんだよ、急に……」

「だって、あまり浮いた話がないじゃない。榊くん格好いいし、人柄も素敵だから女としては気になっちゃうよ」

「まあ、適当にな……」

榊はぐらかした。

「澄乃のこと、まだ好きなの？」

その言葉に反応して、思わず綾子のほうを向いた。

「どうして別れちゃったの？　わたし、ふたりのことを見ながらお似合いのカップルだなって思ってたんだよ。澄乃のことがものすごく羨ましかった」

綾子の話を聞きながら、心の中で笑った。

あんなおぞましいことをしてしまう男と付き合うのが羨ましいというのか。

「だから……友人のことをこんな風には言いたくないんだけど……榊くんを捨てて実家に帰ったときにはちょっとショックだった。あれだけ実家には帰りたくないって言ってたから、きっとこっちで榊くんと一緒になるものだと思ってた」

たしかに澄乃は実家がある寺泊には帰りたがらなかった。卒業後もこのまま東京にいたいとよく話していた。自分と一緒に。

あんなことがなければ、澄乃は東京に残って、自分との将来を考えてくれていたことだろう。

「でも、けっきょく向こうにいい人がいたんだよね。澄乃の元旦那さんって有名な食品会社の社長の息子さんだったんだって。新潟市内にものすごい豪邸を構えている資産家だって言ってた」

それは知らなかった。澄乃の結婚は小杉から知らされた。だが、榊のことを気遣ってか、結婚相手の話はいっさいされなかった。もちろん、自分にとっても知りたいことではない。

あのときの衝撃は今でも覚えている。

「もし……榊くんが今でも澄乃のことを思っているならこんなことを言うべきじゃないけど……正直言って脈はないと思うな」

榊は綾子に視線を据えながらこの間のことを思い出していた。

おれが好きになったのは澄乃だけだ——

榊がそう告げると、澄乃はわかつき学園に誘った礼を言ってから、寂しそうな眼差しを向けて切り出した。

信一とはもう会わないほうがいいと思っている——と。

「わかってるさ」

榊は呟いて目の前にある酒をあおった。

「わたしってイヤな女だよね……でも、どうしても耐えられなかったんだ。この前、榊くんの部屋に遊びに行ったとき、ああ、榊くんは今でも澄乃のことを思ってるんだろうなって。

あの飲み会に澄乃を誘った小杉くんを恨んじゃった。榊くんのことを見てると何だか切なくなっちゃってさ……帰りに澄乃に宣言しちゃったんだ」

綾子が榊の目をじっと見つめてきた。

「わたしは榊くんのことが好きだって。そしたら、澄乃が協力してくれるって」

「協力……？」

榊は怪訝な思いで訊いた。

「ふたりでどこかに出かけたいんだけど、なかなか誘いに乗ってくれないんだって相談したら、榊くんはシャイなところがあるからとりあえず三人でどこかに行こうって誘ってみたらって……」

それで、澄乃は急用ができたと言って来ないことにしたというのか。

ショックだった。榊の気持ちを知っているはずなのに、澄乃がその気持ちを利用したということが信じられなかった。

綾子は少し酔ったように上半身をふらふらさせている。榊にしなだれかかってきた。

「榊くんはわたしみたいな女じゃだめかな」

からだの中を循環するアルコールで熱せられたかのように、さらに激しい雌の匂いとなって榊の鼻腔を刺激する。

その匂いにからめとられながら、どうしてこの女のことが苦手なのかようやく理解した。

どこか母親に似ているからだ――

別に母親のすべてが嫌いなわけではない。まったく働かず、いつも暴力を振るうヒモのような夫に耐えながら榊のことを育ててくれたと純粋に感謝している。

榊は子供の頃、日常的に父親からの暴力にさらされてきた。寺泊での失われた記憶はそのことに原因があるのではないかと思っている。父親から激しい虐待を受けたことで、記憶に蓋をしてしまったのではないだろうかと。

そのときの出来事、記憶が、今の自分を作っているのではないだろうか。

そんな邪悪な欲望を抱いてしまう原因はそこにあるのではないか。

人を殺したい――

あの男は自分にいったい何をしたのだろうか。記憶を呼び起こそうとしてもどうしても思い出せない。

記憶がよみがえってくるのは小学校六年の冬の頃からだ。

榊は新潟市内にある小学校に転校していた。しかも、耳がほとんど聞こえないという状態で補聴器をつけていた。友達もなかなかできず、六畳一間の安アパートに帰っても、母親は外出していていないことが多かった。

家に帰るとうっとうしい補聴器を外し、静寂と孤独をひたすら嚙み締めていた。

寺泊という港町に住んでいたという記憶はかすかに残っていたが、そこでどんな日々を送っていたのかはほとんど思い出せなかった。それ以前に住んでいた長岡での日々はしっかりと覚えている。そのときは耳は聞こえていた。

母親に自分が記憶をなくしている間のことと、どうして耳が聞こえなくなってしまったのかを訊いても、詳しい話はしてくれなかった。耳が聞こえなくなったのは事故に遭ったせいだと言い、父親の暴力に耐えかねて寺泊から出て行ったのだと語った。

母親は毎日明け方頃に帰ってきた。そして、ぐったりとしたように榊の隣で寝る。部屋中に充満する母親の匂いが嫌いだった。

きつい香水の匂いに混ざった雄の存在――

母親はそれから一年後に次の夫をつかまえた。二十歳以上歳の離れた金だけは持っている品のない会社の社長だ。高校を卒業するまでは我慢したが、そんな男と一緒にいるのが嫌で東京に出てからはほとんど実家に帰っていない。

打算的な女の匂い。鼻腔が反応するその匂いが嫌でたまらない。

綾子は自分の胸を榊の腕に押しつけるような格好でうつらうつらしていた。大きく開いた胸もとから深い谷間が覗いている。

「酔っちゃったみたい……」

綾子がとろんとした目をこちらに向けた。

早くこの場から立ち去りたかったが、気持ちとは裏腹に股間が硬く、熱く、脈打っていることに気づいて愕然とした。

無性にこの女のことを抱きたくなった。どうしてなのか理解できない。胸糞悪い女だと思っているはずなのに、心の奥底にある欲望が榊をとらえて離さなかった。

この女を殺したい――

体中の血管に魅惑的な毒素が駆けめぐるように、身も心もその欲望にがんじがらめにされている。

今なら……この欲望を解き放てるのではないか。

何もためらうことはない。自分はもうすぐ死んでしまうのだ。警察に捕まることなど怖くない。わかつき学園の子供たちの姿を頭に描きだしても、この欲望に抗う枷《かせ》にはならなかった。

もうすぐ自分は死ぬのだ。

せめてこの世からいなくなる前に、ずっと自分を苦しめ、ひたすら封じ込めていたこの欲望を解き放ちたい。

「出ようか……家まで送っていくよ」

榊は綾子の肩に手を添えて立ち上がった。

5

昨日はよく眠れなかった。

澄乃は眠気をこらえながら朝の支度をしていた。起きたらすぐに携帯電話の着信をチェックしたが綾子からの連絡はなかった。綾子と信一のことが気になってしかたがない。

一昨日の夜に綾子から電話があった。信一と付き合いたいから仲を取り持ってほしいというものだった。その内容を聞いて澄乃はためらいを覚えた。

けっして悪い人間だとは思っていないが、綾子のそういう打算的なところは昔から好きではなかった。あのサークルに参加していたのも、ボランティアをやっていると就職に有利だからと平然と言っていたくらいだ。

信一のことを騙すようで気が咎める。だが、信一とデートするきっかけだけ与えてくれればいいからと執拗に頼まれて、澄乃は断り切ることができなかった。

心のどこかで、綾子は信一のタイプではないだろうと思ったのもあったかもしれない。

他の男性の話なら笑って聞くこともできるが、信一がからんでくるとそういうわけにもいかない。昨夜、ふたりはどんな時間を過ごしたのだろうか。

通勤途中に綾子からのメールの着信に気づいた。『昨日はありがとう』とだけ書かれている。どうしても昨日のことが気になって『どうだったの？』とすぐに返信した。

『まあまあかな』

『どういうこと？』

『榊くんもわたしの魅力に気づいてくれたみたいね』

その文面を見て、澄乃は昨日の自分の行為を後悔した。

『この前会ったときに体調がよくなさそうだったけど』

澄乃はわかつき学園で会ったことは伏せて、気になっていることを訊いた。

『昨日、わたしの部屋まで来たんだけど具合が悪くなっちゃって介抱してあげたの』

今日の仕事はあまり身が入らなかった。もやもやした気持ちを引きずりながら退社して駅に向かう。

信一のことが気になってしかたなかった。綾子との仲もそうだが、それ以上に、信一の体調が気になっている。ちゃんと病院に行っただろうか。

信一に連絡してみたかったが、別れ際にあんなことを言ってしまった手前できないでいる。

澄乃は悩んだ末に携帯電話を取り出して高木にメールをした。

『お時間があるときに会いたいんですが。ちょっと気になることがあって』

駅の近くの喫茶店で時間をつぶしていると高木から返信があった。

『早いほうがいいか？』

できれば――と答えると、もうすぐ仕事が終わるから大丈夫だと返事があった。

夜の八時に高木が勤務する病院の近くの銀座で会う約束を取りつけた。

銀座一丁目にあるイタリアンレストランに行くと、すでに高木が待っていた。

「お待たせしてすみません」

澄乃が近づいていくと、高木は「まだ十五分前だよ」と言って笑った。

「腹が減ってたから先に来て食べていたんだ」

高木の前には食べかけのスパゲッティーが置いてあった。

「どうぞ食べてください」

澄乃は高木に料理を勧めて、ウエイターにコーヒーを頼んだ。

「深刻そうな顔をしてどうしたんだ？　恋愛相談ならあまり期待しないほうがいいぞ」

スパゲッティーを食べ終えると澄乃に視線を向けて言った。

「信一……いや、榊くんは高木さんの病院に行ったんでしょうか」

そう切り出すと、笑顔を向けていた高木の表情が変わった。

どう解釈していいのだろう。病院に来ていないのか、それとも病院に来たが検査の結果があまりよくないのか。

「病院に来て検査をしたよ」

「それで……」

澄乃は身を乗り出した。

「患者のことについて個人の承諾なしに話をするわけにはいかない。たとえ元恋人であってもな」

その言いかたがさらに不安を煽《あお》る。たいしたことがなければ軽い調子で話しているはずだ。

「かなり悪いんですか」

さらに訊くと、高木が困ったように視線をそらした。

「お願いです……誰にも話しませんから。ずっと気になってしかたないんです」

澄乃は懇願した。

「仮にそれを聞いてどうするんだ」

高木に訊き返され、言葉に詰まった。

「澄乃があいつの家族であるならば話すさ。だけど、そうじゃないだろう。失礼な言いかたかもしれないが、ただの友達にそんな重荷を背負わせるわけにはいかない」

この言葉で理解してくれと高木の目が訴えている。

「わかりました。突然呼び出して無理なことを訊いてごめんなさい」

店を出ると銀座一丁目駅の出入り口前で高木と別れた。駅構内に入って改札を抜ける。自宅と反対方面のホームに降り立てば信一が住む豊洲に行ける。

信一の状態を知るには直接話をするしかない。だけど、その勇気が持てなかった。

先ほどの高木の話から察するに、信一は大きな病に罹《かか》っているにちがいない。どんな病気なのだろうか。命にかかわるような病状なのだろうか。

信一のことが心配でならない。

だけど、いまさら何を言っているのだと、もうひとりの自分が澄乃を責め立てる。

自分は信一を見捨てたのだ。二度も、信一を見捨てて逃げ出したのだ。

そんな自分に信一のことをどうこう思う資格などないのではないか。

澄乃はアパートがある平和台方面のホームに向かった。

6

榊はソファの上で狂いそうなほどの心の渇きを必死に耐えていた。

昨晩、ダイニングバーを出るとタクシーに乗って綾子が住んでいる池袋に向かった。車中では酔っぱらった綾子がしなだれかかっていた。

この女を殺したい――

榊は綾子の首を絞めつけたときの苦悶《くもん》に歪む表情を思い描きながら、今にも爆発しそうな欲望を必死に抑えつけた。

だが、タクシーを降りていざ綾子のマンションに向かおうとしたときに急激に気分が悪くなった。マンションの前でうずくまると吐いてしまった。まともに食べていないので吐き出したのはほとんど胃液だった。綾子は心配そうに榊の背中をさすると自分の部屋に招き入れた。

今すぐこの女の首を絞めつけたい。この女を殺したい。心の中ではその欲望が暴れまくっていたが、からだが言うことを聞いてくれなかった。

榊はしばらくソファに横になって休んでいた。綾子はその間にシャワーを浴びてキャミソールとショートパンツに着替えていた。すぐにでもベッドに行けるようにと、榊の気分がよくなるのを待っているようだった。

ソファで休んでいる間に、榊は少しばかり冷静さを取り戻していた。

もし、このまま欲望の赴くままにこの女を殺してしまえば、自分は間違いなく警察に捕まってしまうだろうと容易に想像できた。

澄乃は榊と綾子が一緒にコンサートに出かけて行ったことを知っている。ダイニングバーの店員からも、タクシーの運転手からも、自分と綾子が一緒にいるところを見られている。

別に警察に捕まることが怖いわけではなかった。そんなことよりも早くこのどうにもならない飢えを満たしたい。だが、それでも心の片隅に澄乃の姿がちらついて離れなかった。

自分が綾子を殺したら、澄乃はどれほどの衝撃を受けるだろう。自分に対してどんな侮蔑の思いを抱くだろう。

欲望を満たすのであれば、もっとうまくやらなければだめだ。

身も心もがんじがらめにされながら何とかソファから起き上がると、綾子が止めるのを振り切って帰ることにした。

自分の部屋に戻ってきてからも、ずっと欲望を満たせなかった禁断症状にのたうち回っている。

あのとき綾子の首を絞めつけていれば、心の声に導かれるままにあの女を殺していれば、こんな苦しみを味わわずに済んだのだろうか。

気を紛らわせようとテレビをつけた。ニュース番組をやっている。殺人事件の容疑者が逮捕されたというニュースを報じていた。三日前にアパートの中で女性が首を絞められて殺された事件だ。犯人は近所に住む三十五歳の男で、借金で首が回らなくなり、金目当てで被害者の家に押し入って殺してしまったようだとキャスターは伝えている。男には妻子がいた。

警察に連行される男の映像を見つめた。

人を殺すとはどんな感覚なのだろう。人を殺したら、自分が想像しているような快感が突き上がってくるのだろうか。今の自分には到底わからない。

この男に女性の首を絞めつけたときの感触を聞いてみたかった。女が息絶えた瞬間、この男はどんな感覚に満たされたのかが知りたかった。

榊は居ても立っても居られずソファから起き上がった。

二階の部屋に行くとクローゼットを開けて服を探す。なるべく人目に付きづらい服を選んで着替えをした。帽子をかぶり、一応、サングラスとマスクを上着のポケットに入れると部屋を出た。

マンションの駐車場に行き、ジャガーに乗ると車を走らせた。

行く当てなどない。これからどうやって自分の欲望を遂げようかという計画もなかった。

ひとつだけ決めていたのは自分の馴染みではない街に行ってみようということだけだった。

渋谷にたどり着くと夜の十一時を過ぎていた。繁華街から離れた桜丘町の寂しい路地に車を停めて、しばらくあたりを歩き回った。だが、売春婦らしい姿も、ナンパの誘いを待っているような女も見当たらない。やはり、センター街にでも行かなければナンパ待ちの女などはいないのだろうか。しかし、あそこらへんにはいたるところに防犯カメラがつけられていると聞く。

万が一にも、自分のもとに捜査の手が伸びるようなことになってはならない。

心は激しい焦燥感で満たされているが、逸《はや》りすぎてはいけない。

人気《ひとけ》の少ない路地の一角に灯る看板が目に入った。目立たない雑居ビルの二階に『エキス』というクラブがある。

榊は雑居ビルの階段を上った。店のドア越しに大音量の音楽が漏れ聞こえてくる。

クラブというものに初めて入る。音のない世界と、まわりに人がいないことに子供の頃から慣れているせいか、人ごみとうるさい場所が何よりも苦手なのだ。

両耳から補聴器を外すとドアを開けた。フロアに入るなり明滅するフラッシュライトに包まれて眩暈《めまい》を起こしそうになった。

入ったことを少し後悔しながらも、この雰囲気にしばらく身を委ねることにした。

榊はノンアルコールのドリンクを飲みながら、フロアで踊り狂っている若者たちを見つめた。

だが、ナンパなどをした経験がない自分にとっては、彼女たちに声をかけてみるのが思いのほか難しかった。黙っていても向こうから近づいてくる売春婦と話をするのとはわけがちがう。

自分が知らない異質な世界で、溶け込むことができない疎外感を悟って、一時間ほどで店を出ることにした。

補聴器をつけてビルの階段を下りていくときに、前にいた女性がふらふらと階段から足を踏み外した。榊はとっさに女性の腕をつかんだ。

「大丈夫？」

榊が訊くと、女性は立っているのがつらそうに階段に座った。

何かぶつぶつと言っているが、かなり酔っているようで聞き取ることができない。

「気をつけて」

声をかけてから階段を下りていくと、「ねえ……」と女性が呼んだ。

榊は振り返った。そうとう酔っぱらって羞恥心も消失しているようで、女はミニスカートから伸びた太股を広げている。網目のストッキング越しにパンティーが見えた。

「今……何時……？」

女が訊いてきた。

「一時」

「やべっ……終電なくなってる……」

「送っていこうか」

榊が言うと、女がゆっくりと顔を上げた。

想像していたよりもかなり若い女だ。とろんとした目をこちらに向けてこくんと頷いた。

榊は階段を上って女のもとに行くと、肩を貸して立ち上がらせた。榊のからだにしがみつくようにしてゆっくりと階段を下りていく。

雑居ビルから出てジャガーを停めたほうに向かって歩いた。

アルコールの匂いに包まれながら、高揚感と緊張感がない交ぜになっている。

おれはこの女を殺すのだろうか——

「ちょ……ごめん……」

突然、女が榊の手を振り払ってふらふらと前に進んでいく。目の前に見えるコンビニの明かりに向かっているようだ。だが、女はコンビニに入ることなく目の前の電柱に手をついた。

そのままうずくまった。

女に駆け寄っていこうとしたときに、ポケットの中の携帯電話が震えた。

着信を確認して心臓が跳ね上がりそうになった。

澄乃からのメールだ。

『信一に会いたい。どうしても会いたい』

そう書かれている。

自分がこれからやろうとしていることを見透かされているような文面に、思わずあたりに目を向けた。

澄乃が見ているはずがない。

そんな当たり前のことを確認するのと同時に、ふたたび激しい飢餓感に襲われた。

コンビニの前でうずくまって髪をかきむしっている女に目を向けながら煩悶《はんもん》した。

もうすぐ自分の欲望が満たせるのだ。長年、自分を苦しめ続けてきたこの欲望をようやく満たせるんだぞ。何を迷っているのだ。澄乃の存在に決心を鈍らされたというのか。自分の気持ちを知っていながら、それを利用して、あんな糞女とくっつけようとしたのに、今さら何を言っているのだ。

榊はわずかに芽生えた迷いを振り払って女のもとに向かった。

「大丈夫か？」

声をかけたが女は反応しない。電柱の下で吐いている。

その姿を見て今までの高揚感が少し削がれたが、それでも欲望の炎はさらに火勢を増している。

榊は女の背中をさすり、何とか立ち上がらせようとした。

「水……水買ってきて……」

女が指さしたコンビニに目を向けた。ガラス張りの店内には数人の客がいた。天井に備えつけられている防犯カメラが目に入った。

もし、この女を殺したとしたら——

コンビニに入ることをためらった。あたりを見回してみたが自販機は見当たらない。だが、せっかくの獲物をこのまま放置していくのも惜しい。

榊は上着のポケットからマスクとサングラスを取り出し、それをつけながらコンビニに向かった。自分の特徴となりえる補聴器を耳から外して店に入った。

7

目が覚めると、カーテンの隙間から眩しい光が差し込んでいた。

蒼井凌《あおいりよう》は枕元にある時計を手にした。まだ六時を過ぎたばかりだ。今日はぎりぎりの時間まで寝ているつもりだったのに。頭から布団をかぶって二度寝をしようと試みたが、胃がむかむかしていてなかなか寝つけない。十分ほど布団の中にいたが諦めてベッドから起き上がった。

寝室から出るとちらっと娘の瑞希《みずき》の部屋のドアに目をやり階段を下りる。玄関に行くと昨晩帰宅したときにはなかった瑞希の黒いヒールがあった。突っ掛けを履いて外に出ると、郵便受けから新聞を取って一階にあるリビングのドアを開けた。

ダイニングテーブルでパンを頬張っている健吾《けんご》が手を止めてこちらに目を向けた。意外そうな顔をしている。だが、目の前にいる父親よりも手にしているパンのほうが大事らしい。すぐに視線をパンに戻してかぶりついた。

「早いな」

蒼井は胃をさすりながら声をかけた。

「いつもこんなもんだよ。朝練があるから」

高校二年生の健吾はサッカー部に所属している。小学生の頃からサッカーをやっていて、以前はたまに早く帰宅すると一緒にテレビでJリーグの試合を観ながらあれやこれやと話をした。最近ではまったくといっていいほどしない。どこのポジションをやっているのか、レギュラーか補欠かさえ知らないが、続けているならそれでいい。この年頃の子供にとって、部活動をやらないで自由な時間が多くなるとろくなことにならないからだ。

「パンでも食べる?」

健吾が皿を向けて訊いてきたが、蒼井はいらないと断った。

「瑞希は何時に帰ってきたんだ?」

ソファに座って新聞を広げながら健吾に訊いた。

「さあ……十一時までここでテレビを観てたからそれよりも後じゃない?」

それはわかっている。蒼井は十時半に寝室に上がっていった。早く寝るつもりだったが、胃のむかつきと瑞希が帰ってこない苛立ちが重なってなかなか眠れなかった。帰ってきたらひと言注意してやろうと思い、じっと耳を澄ませていたが、十二時を過ぎても瑞希は帰ってこなかった。

「いつもそんなに遅いのか」

「いつもってわけじゃないよ。一昨日は十時頃には帰ってきたじゃない」

知りたいのは自分が帳場に詰めているときのことだ。事件番のときにはだいたい九時頃には帰宅する。自分が早く帰宅するときには、さすがの瑞希も親の逆鱗《げきりん》に触れるような真似はしないだろう。

椅子をずらす音がして蒼井は目を向けた。立ち上がった健吾がコップと皿を台所に持っていく。

「お母さんにお水をあげてくれ」

蒼井が言うと、健吾は「悪い。遅刻しそうなんだ」と鞄を持ってドアに向かった。

あっと、健吾が立ち止まった。

「あねきが自分のシャンプーを使わないでくれって怒ってたよ」

それだけ言い残して健吾が家を出ていった。

蒼井は溜め息を押し殺しながら立ち上がった。隣にある和室に入ると仏壇の水入れを持って台所に向かう。流しには洗わないままの食器が散乱していた。それを見た瞬間、我慢していた溜め息を吐き出した。

洗い物をして仏壇に水入れを置くと二階に上がった。瑞希の部屋の前で立ち止まる。

「瑞希——瑞希——起きてるか」

何度かドアを叩いてみたが応答はない。

最近、娘のことがどんどんわからなくなっている。

ドアを見つめながら、やはりあのときに徹底的に反対すべきだったのだと後悔した。

高校三年生のとき、瑞希は大学に進学しないでダンサーになりたいと言い出した。もちろん蒼井は大反対だった。由美子《ゆみこ》がいれば思い留まらせる術《すべ》があったかもしれないが、その頃は蒼井も親子でゆっくりと話し合える時間を取ることが難しかった。何よりも子供のことはずっと亡き妻に任せっきりだったのだ。

結局、瑞希は蒼井の反対を無視して大学受験はせず、高田馬場にあるダンススクールに通い始めたのだ。親の反対を押し切ってやりたいことをやるなら授業料は自分で払えと、親としてせめてもの抵抗を示した。瑞希はファミリーレストランでバイトをして授業料を払っているようだが、見かけるたびにどんどん派手な格好になっていく。

いったいどんな生活をしているのやら……。

まだ病院の予約までは時間があったが、ここにいるとさらに胃の調子が悪くなりそうだ。寝室に入って出かける支度をした。半袖のワイシャツにネクタイを締める。上着と鞄を持つと家を出た。

十分ほど歩いて葛西駅から電車に乗った。茅場町で日比谷線に乗り換えて築地に向かう。

一ヶ月ほど前から胃の調子がよくない。三年前のことが脳裏をかすめ、すぐに病院に行きたかったが、池袋で発生したラーメン店主殺害事件の捜査に忙しく、とても抜けられるような状況ではなかった。

三年前に蒼井は胃がんになった。早期の胃がんで、十日ほど入院して手術を受け、退院して仕事に復帰した。年に一回は必ず検査をするようにと担当医師から言われていたが、忙しさにかまけて行っていなかった。蒼井が世話になったのは自分と同世代の福田《ふくだ》という医師だ。

話は合うのだが、こと治療に関しては厳しい言葉も投げかけてくる。

一週間前に被疑者を逮捕してようやく病院に行くと、案の定、福田が渋面を作りながら蒼井を迎え入れた。それから連日のように検査漬けだ。三年前にやった検査だけでなく、いくつかの新しい検査が加えられていた。これからその結果を聞くことになっている。

がんになった衝撃はいつの間にか薄れていた。

告知されたときには、今まで考えたこともない自分の死を目の前に突きつけられたようだった。毎日のように人の死に接する仕事をしてきたというのに、自分の死を意識したのはあのときが初めてだった。

早期のがんだから大丈夫だと言われても、入院している間は自分の人生の最期というものを考えずにはいられなかった。

あと、自分はどれくらい生きられるのだろう。残してしまう家族についても様々なことを思い巡らせていた。三十年近く、仕事のことばかりを考えて生きてきた。家族とどこかに出かけたという記憶はほとんどない。ふたりの子供の運動会にすら行ったことがなかった。今までそんなことを疑問に思ったことなど一度もなかったのに。

あのとき、献身的に看病してくれた由美子はその半年後に亡くなった。くも膜下出血で倒れ、病院に搬送されたときにはもう手の施しようのない状態だった。あれほど健康的だった由美子はあっけなく逝ってしまった。

　由美子だけではない。蒼井が目の当たりにする多くの人たちは、自分の死を実感する余裕もないほど唐突に命を奪われているのだ。そんな毎日に、自分の死をあれこれと考えるのは意味がないことのように思えてきた。

　三年前に抱いていた思いはいつの間にか薄れていき、目の前に次々と現れる事件に掻き消されていった。

　診察室の外のベンチで待っていると携帯電話が鳴った。着信を見ると高杉《たかすぎ》係長からだ。

「もしもし……」

　看護師の目を気にしながら電話に出た。

「アオさんか——荒川区の東日暮里で若い女性の死体が発見された。すぐに現場に来れそうか」

「わかりました。すぐに行きます」

　蒼井は上着のポケットから手帳を取り出して詳しい住所をメモした。前の患者が診察室から出て行くと、すぐに立ち上がってドアをノックした。

　ドアを開けると、椅子に座っていた福田がびくっとしたようにこちらを向いた。

「先生、申し訳ないんですが、ちょっと仕事に行かなければならなくなって……」

福田はしばらく蒼井を見つめている。少し間を持たせてから、「これからすぐにですか？」と訊いた。

「仕事が落ち着いたらまた伺います」

蒼井は福田の次の言葉を待たずに頭を下げると受付に向かった。

受付は診察や会計待ちの人たちであふれている。ベンチに座って待っているがなかなか自分の番がやってこない。苛立ちを噛み締めながら立ち上がるとそばにある売店に向かった。

食欲はなかったがこれからのことを考えると何か口に入れておいたほうがいいだろう。ゼリー状の栄養食品をひとつ買って、少しずつ胃に流し込みながら順番を待った。

ようやく会計を済ませて、病院の外に停まっているタクシーに乗り込んだ。

「このあたりなんですけどね……」

運転手の声に、蒼井は外の景色に目を向けた。透き歯のように所々更地や駐車場になっている通りを抜けると、数台の警察車両が停まっているのが見えた。

「ここで」

運転手に言うと、料金を払ってタクシーを降りた。

警察車両のまわりを野次馬が遠巻きにしていた。中高年の男女に混じって中学生らしき一団が現場のほうを見ている。敷地の入り口には黄色いテープが張られ、制服警官が立っていた。

蒼井は制服警官に警察手帳を示してテープをくぐると、あたりを見渡した。

何かの工場の跡地のようだ。朽ち果てた大きな建物が見えた。周囲の空き地には所々に廃材らしきものが放置されている。廃車同然の軽トラックが何台か停まっていた。奥の一角にブルーシートが張られている。鞄の中から白手袋を取り出してはめながらブルーシートに向かった。

ブルーシートの外に何人かが群がっている。高杉係長と五係の連中——他にも背広姿の男たちが数人。所轄署の刑事だろう。それに中学生ぐらいの少年が立っている。

「アオさん——」

高杉が声をかけてきた。

「遅くなりました。入れます？」

ブルーシートを指さした。

「もう少しかかるみたいだ。今、第一発見者から話を聞いている」

高杉が隣に立っている少年に目を向けた。

「地元の中学生でな、今日は休校日で午前中からここで野球をしてたそうだ。それた球を取りに行ったら廃材の裏にあった死体を見つけちまったって。なあ？」

「せっかくの休校日に災難だったな」

少しでも気持ちを和らげようと言ったつもりだったが、少年は身を強張らせたまま立ち竦《すく》んでいる。

「いつまでもここにいさせるのはかわいそうですよ」

「そうだな」

高杉が頷いて所轄署の刑事を見た。刑事のひとりが「警察署でもう少し話を聞かせてくれるかな」と少年を連れて行った。

がさがさとビニールの音が聞こえて、中から鑑識課員が出てきた。

「入っていただいて大丈夫です」

蒼井たちはブルーシートに囲まれた現場に入っていった。

まず目についたのは積み上げられた鉄屑だ。その裏側に入ってみると、女性が横向きに倒れていた。両肩を出したピンクの服に、裾の短いスカートがめくれ上がっていて陰部があらわになっている。

蒼井はそばに放られたストッキングを手に取った。網タイツのようなストッキングだ。

「被害者の名前は岡本真紀《おかもとまき》――聖南大学に通う二年生で二十歳です」

鑑識課員が保存用のビニールに入れた学生証らしきものを示しながら言った。

二十歳──瑞希と同い年だ。

蒼井は被害者の横にしゃがみ込んだ。めくれ上がったスカートを下ろしながら、目の前にある死体を観察した。肩から伸びた細く変色した腕にきらきらと光る指先が印象に残った。

顔面は暗紫色にうっ血してむくんでいる。頸部《けいぶ》に扼痕《やくこん》があった。首を絞められて殺されたのだろう。扼痕の周辺に引っかいたような傷痕があった。

「吉川線ですね──」

蒼井が呟くと、高杉は「ああ」と頷いた。

「ヨシカワセンって何ですか？　そんな電車ありましたっけ」

素っ頓狂な声が聞こえて振り返った。背広を着た若い男が覗き込んでくる。所轄署の新米刑事だろう。

邪魔だから、さっさと聞き込みに行ってこい──

蒼井は手で払う仕草をして、被害者の指先に目を向けた。長いきらきらとした爪。そういえば瑞希も最近こんなものをつけていた。

「アオさん、どう思う？」

高杉に訊かれて、蒼井はそばにあったハンドバッグに目を向けた。

「中には何が？」

鑑識課員に訊いた。

「財布、携帯電話、化粧品……あと、こんな物が入っていました」

保存用のビニール袋を差し出した。プラスチックのケースと、中に入っていたであろうピンクの丸い錠剤が二錠。

「MDMAかな……」

「鑑定してみないとわかりませんがその可能性があります。ちなみに財布の中には二万円近い現金が残っていました」

被害者のからだから薬物反応が出たとしたら、交友関係の中に犯人がいる可能性が高いのではないだろうか。麻薬をやってセックスをしている最中に何らかの理由で被害者を殺してしまい、ここに死体を放置したと考えられる。

「被害者の交友関係は真っ先に潰しておきたいところです」

蒼井は高杉を見つめて言った。

「ここでそれを言うのは早計じゃないかな」

その言葉に、蒼井は振り返った。

いつの間にか岩澤兵馬《いわさわひょうま》が立っている。蒼井と同い年の警部補だ。

「強姦って可能性もある。ここを通りかかったときに連れ込まれてな」

「被害者の自宅は板橋だ」

「友人がこの近くにいたかもしれない。まずはこの周辺で同様の事件が起きてないか、不審者などが出ていないかを聞き込むべきだろ」

「着衣の乱れ具合から強姦とは考えづらい。ストッキングは傷ついていない。おそらく高価なものだから被害者が自分で丁寧に脱いだんだろう。合意の上だ」

階級が下の蒼井に言い返され、岩澤が不機嫌そうに舌打ちを返した。

「まあ、ここであれこれ言ってもしょうがない。とりあえず署に行ってからだ」

高杉がいつものように執り成した。

すでに日暮里警察署の前には何台かの報道陣の車両が停まっている。

警察署に入るとすぐに三階にある講堂に向かった。講堂では署の若い刑事たちが長机を並べて特別捜査本部開設の準備をしていた。

蒼井が指揮を執っていると、五係の片桐《かたぎり》が入ってきた。

「部屋長、係長が呼んでます」

「じゃあ、あとは任せていいか」

蒼井は片桐に言ってドアに向かった。

「あいかわらず主任とやり合ってましたね」

片桐の言葉に振り返った。

「おまえはどう思う？」

蒼井は訊いた。

「初動の見立てとしては部屋長のほうが正しいと思います。ただ、主任には言えませんけどね」

片桐が苦笑しながら答えた。

「それでいいよ」

蒼井は講堂を出て二階の刑事課に向かった。刑事課には本庁の一課長、管理官、日暮里署の署長や刑事課長など幹部が集まっている。これから捜査本部の陣形を考えるのだろう。その中に高杉もいた。

「アオさん——もうすぐ被害者のご両親がやってくるそうなんだ。立ち会ってくれるか」

被害者の実家は名古屋にある。先ほど両親と連絡が取れたと聞いていた。遺族から話を聞くのは気が重いが、いつも自分の仕事だった。

それをさせる高杉の自分へのメッセージも感じ取っている。

「わかりました」

蒼井は一階にある受付に向かった。ベンチに座って両親の到着を待つ間に瑞希に電話をかけた。

「もしもし……」

不機嫌そうな瑞希の声が聞こえた。

「瑞希か。今どこにいる」

「高田馬場」

「バイトは？」

「終わった」

そう言った次の瞬間、「しまった」という耳に聞こえない間を感じた。

「そうか。家に戻って一週間分の着替えを入れて日暮里署まで持ってきてくれ」

「ちょ、ちょっと……健吾に頼んでよ。わたし、これから用事があるのよ」

「用事ってなんだ？」

「バイトの飲み会。お世話になった人の送別会がある」

「嘘だ」

「嘘じゃないよ。何でそういうこと言うの！」

瑞希が尖った声を上げた。こういうときにむきになるのは嘘をついている証拠だ。

「おまえの声を聞けば何でもわかる」

「何がわかるって言うのよ！　わたしのことなんか何もわからないくせに！」

瑞希の声を聞きながら、先ほど見た遺体が脳裏をかすめた。

「今回の被害者はおまえと同い年の女の子だ。しばらく夜遊びは禁止だからな。じゃあ、着替えよろしく」

蒼井は瑞希の抗議を遮るように電話を切った。

三十分ほどその場で待っていると、五十歳前後の男女が受付に駆け込んできた。そうとう狼狽《ろうばい》しているのが少し離れたところからでもわかった。

蒼井は立ち上がって受付に向かった。

「岡本さんでしょうか」

声をかけると、男女が同時に振り返った。ふたりとも今にも泣き出しそうな目でこちらを見つめていたが、やがて小さく頷いた。

「警視庁の蒼井です。ご心労はお察しします。申し訳ありませんが御遺体の確認をお願いできますか」

遺体――という言葉に、ふたりの表情が大きく歪んだ。

うなだれた両親を連れて警察署の建物を出る。警察署の裏手に回ると二階建ての小さな建物に入った。『遺体安置所』と書かれた一階のドアをノックして開けた。

中にはふたりの刑事がいた。両親を促して部屋に入る。

中央の大きな台にシーツをかぶされた被害者が載せられている。刑事のひとりがシーツを剝ぐと、室内に嗚咽《おえつ》が響いた。父親も母親も娘の死に顔を見て泣きじゃくっている。

そんな姿をいつも見なければならないのは嫌な役回りだが、遺族の嗚咽を聞いているうちに自分の心に火がつく。

最前線の人間として、絶対に犯人を捕まえてやろうと――

「真紀――真紀――どうして……！　何とか言ってくれ！　おいッ！　何とか答えてくれ！」

父親も母親も物言わぬ遺体に向かって叫んでいる。

この両親は娘の生前、どれだけの話をしただろう。最後に会話を交わしたのはいったいいつで、どんなことだっただろうか。ふと、そんなことを思った。被害者の家族と対面するのはいつものことなのに、どうしてそんなことを思ったのだろう。被害者が瑞希と同じ年齢だからだろうか。

大切な家族の死を自分も経験している。生きているときにはろくに由美子の言葉に耳を傾けていなかった。日々、どんな会話を交わしてきたのかさえほとんど記憶にない。由美子は不満を言わない女だった。同時に、自分に対して多くを求めなかった。

何とか言ってくれ——

由美子の声が聞きたかった。自分の決断が間違っていなかったのかをどうしても知りたかった。由美子もそれを求めていると思っていたから、彼女の死に目に会いに行かなかった。だけど、本当にそれでよかったのかと今でも苦しんでいる。

おまえの人生は満足のいくものだったのか。夫に対して不満はなかったのか。自分のことを愛してくれていたのか。

もう二度と聞くことができない由美子の声をどうしても聞きたかった。

「どうして真紀がこんな目に……どうして……どうして……」

父親がすがりつくように訴えかけてくる。

「必ず犯人を捕まえます」

蒼井は告げた。

8

日暮里署は蜂の巣をつついたような騒ぎになっていた。

矢部《やべ》知樹《ともき》は講堂内で慌ただしく作業する先輩たちを見ながら、どうしようかと考えていた。

今日は夜の八時から学生時代の友達との飲み会が入っている。しかも、二十八歳にして恋人がいない矢部のためにと、女友達を数人誘ってくれているというありがたい会だ。

時計を見るともう七時を過ぎている。だが、とても刑事課の先輩にそんなことを切り出せる雰囲気ではない。

先ほどから署内にはぴりぴりとした空気が漂っている。現場から戻ってくるのと同時に、背広の胸襟に赤いバッジをつけた一団がどかどかとやってきた。

先輩に訊くと、S1S《サーチ・ワン・セレクト》と金文字が入っているのだと、羨望の眼差しで見つめながら答えた。警視庁捜査一課の捜査員を示すバッジ。矢部は捜査一課の刑事たちを今日初めて間近に見た。

捜査一課の刑事たちは殺気立った顔であれこれと指示をしてくる。

「矢部——」

机を運んでいた先輩刑事に呼ばれた。

「ぼうっとしてんじゃねえ。警務課に行って模造紙を数枚もらってこい!」

「数枚って何枚ぐらいですか?」

矢部は先輩刑事に近づいて訊いた。

「何枚って……」先輩刑事はそこで口ごもった。「安東《あんどう》さんに訊けばわかるだろう。あの人は帳場に慣れてるから」

「先輩――ヨシカワセンって知ってますか？」

矢部は先ほどからずっと気になっていることを訊いてみた。

「そんなことどうでもいいから早く持ってこい！」

先輩刑事に怒鳴られ、矢部は講堂から出た。一階にある警務課に行く前にトイレに入って個室に隠れる。

まいったなあ……彼女ができるかもしれないせっかくのチャンスだったのに。

そんなことを考えながら携帯電話を取り出したとき、女性の姿が脳裏をよぎった。

ピンクのチューブトップを着て工場の空き地に放置されていた被害者――

警察官になって初めて見る死体だった。

刑事課に配属されてまだ半年しか経っていないが特別捜査本部が設置されるような事件に初めてあたった。地域課にいたときも、運がいいことに、事故や轢死体も含めて人の死に遭遇する事件に関わることはなかった。

一度思い出すと、あの若い女性の顔がなかなか頭から離れない。

矢部は小さく溜め息をつき、携帯のボタンを押した。

『ごめん。重大事件発生のため今日の飲み会は欠席します。事件が解決したらまた誘ってください』

送信すると、トイレを出て警務課に向かった。

警務課の部屋に入ると、安東が机に向かって教本を読みながらひとりで将棋を指している。ポケットサイズの将棋盤だ。

仕事は終わっているはずだが、重大事件が発生したので残っているのだろう。

「おつかれさまです」

矢部が声をかけると、安東がこちらを向いて「おつかれさま」と返した。

「模造紙を数枚もらえますか」

「上はえらい騒ぎみたいだな」

安東がゆっくりと立ち上がって棚に向かった。

「そうですね」

矢部は答えながら机上の将棋盤を見ていた。

よくここに立ち寄っては安東と将棋を指している。父親よりも上の世代だが、穏やかというか、のほほんとしているところが自分と似ているような気がして署内でも一番仲がいいのだ。

安東は数年前まで刑事課の刑事だったという。安東なら『ヨシカワセン』の意味を知っているかもしれない。

「安東課長――ヨシカワセンって知ってますか？」

矢部が訊くと、棚から模造紙を取り出した安東が振り返った。

「被害者は扼殺だってな」

「そうらしいです」

「首を絞められると苦しいだろう。そうすると被害者は苦しさのあまり自分の首の回りや相手の顔や手なんかを爪で掻きむしることがあるんだ。そのときにできる傷痕をヨシカワセンっていうんだよ」

「そうなんですか……」

「警察学校で教わらなかったか？」

教わったかもしれないが、正直言ってよく覚えていない――

大正時代末期に警視庁で鑑識課長を務めた吉川澄一《ちょういち》という人が、殺人事件の被害者の首に走る傷の存在に注目して、殺人事件の特徴の一つということで学会に発表したことから吉川線と名付けられたのだと安東は説明した。

電車のことではなかったのだ――

「特捜は初めての経験だろう」

安東が言った。

「ええ、どうしていいんだか戸惑ってますよ。しばらく寮にも帰れないっていうし……」

「いい機会だから……いや、いい機会なんて言っちゃいけないな。被害者がいることなんだし。とにかく色々と勉強させてもらいなさい」

安東は穏やかに言うと、椅子に座ってふたたび将棋を指し始めた。

矢部は頭を下げて、模造紙を持って部屋を出た。

階段に向かうときに大きな鞄を持った若い女性が警察署に入ってくるのが見えた。オレンジのチューブトップにミニスカートをはいたスタイルのいい女性だ。

一瞬、昼間に見た被害者の亡霊がさまよっているのではないかとどきっとしたが、そうではなかった。女性はきょろきょろとあたりを見回している。

「どうしましたか？」

矢部は女性に近づいていって声をかけた。

「日暮里署のかたですか？」

女性がぶっきらぼうな口調で訊いた。

「そうですけど」

「捜査一課の蒼井にこれを渡してください」

不機嫌そうに大きな鞄をこちらに投げてよこすと、そそくさと出口に向かっていく。

まったく最近の若者は礼儀を知らない。親の顔が見てみたいものだ。

ミニスカートから伸びた細い足をしばらく見ていた矢部は、自分に課せられた用事を思い出して講堂に向かった。

講堂に入るとすでに三十人以上の男たちが席についていた。

「捜査一課の蒼井さんってどなたですか」

入口に立っていた係長に訊いた。

「あそこだ」

係長が指した先を見つめる。見覚えのある後ろ姿だった。

矢部がヨシカワセンのことを訊いたときに、睨みつけて手で払ったオヤジだ。

「あの人がおまえの相方だ。五係の中でもかなりくせの強い人らしいから粗相のないようにな」

まったく勘弁してもらいたい――

「おいッ、矢部――遅いんだよ！」

模造紙を取ってこいと命じた先輩が怒鳴っている。慌てて先輩の所に行って模造紙を渡した。

先輩は捜査一課の刑事に言われるまま、模造紙に現場の見取り図や事件の概要を書いていく。

背中に何とも言えない圧力を感じて、恐る恐る振り返った。

蒼井がじっとこちらを見つめている。ひやひやしながら蒼井の席に向かって歩いていった。頭の中では蒼井を何と呼べばいいだろうかと悩んでいる。蒼井の隣で立ち止まった。

「お世話になります。刑事課の矢部です」

矢部が自己紹介すると、蒼井は露骨に溜め息をつき、「吉川線の坊やか……」と呟いた。

「蒼井主任、これを預かってきました」

とりあえず無難に『主任』とつけて、先ほどの女性から預かった鞄を渡して隣に座った。

「おれは主任じゃない。巡査部長だ」

ぼそっと吐いた言葉を聞いて、愕然とした。

捜査一課にいて、自分の父親と同じぐらいの年齢に見えたからてっきり警部か警部補だろうと思っていた。巡査部長といったら自分と同じ階級ではないか。

その割には妙に偉そうなのでちょっとむかついたが、態度に表すことはできなかった。

「何とお呼びすればいいですか？」

「五係の中には部屋長と呼ぶ者もいるが、おまえは別に蒼井さんでいい。で——吉川線の意味はわかったのか」

「ええ。さっき警務課の安東さんに教えてもらいました。とんだ勘違いをしていたようで……」

頭を掻くと、蒼井がこちらに目を向けた。

「安東さんって……安東徳次郎《とくじろう》さんか？」

「そういう名前だったかもしれません。お知り合いですか？」

「まあ……」

蒼井はそう言って正面に視線を据えた。

ざわざわとしていた講堂内が静まり返った。振り返ると、数人の男たちが入ってきて前に向かう。矢部が知っているのは署長と刑事課長ぐらいで、あとは本庁の幹部なのだろう。幹部たちがこちらに向き合う形で次々と座った。

「気をつけ――！」

号令とともに講堂内にいた捜査員たちが一斉に立ち上がった。突然のことで、立ち上がるタイミングが皆とずれた。

「敬礼！」

さっと全員が着席する。こちらもタイミングがずれてしまった。

「これから捜査会議を始めます。まずは本件の事件概要について、刑事課長からの説明です」

捜査一課長の言葉で捜査会議が始まった。

まず刑事課長から事件の説明があった。

本日、九月十三日の午前十一時三十二分、荒川区東日暮里五丁目――の工場跡地で女性が倒れているという一一〇番通報があった。日暮里署地域課の巡査が現場に向かい、女性がすでに死んでいるのを確認した。

被害者は岡本真紀――板橋区成増に住んでいる二十歳の大学生だ。

ここまでは矢部も知っている情報だ。

続いて鑑識からの報告があった。

女性の死因は頸部圧迫による窒息死。頸部に扼痕があり、甲状軟骨と舌骨が折れていることから犯人の手によって扼殺されたものと見られている。

死亡推定時刻は十三日の未明――午前零時から四時頃までの間。

所持品の中に違法薬物のＭＤＭＡがあり、被害者のからだからも薬物反応が出ている。ただ、膣内から精液は検出されていない。

「被害者はネイルチップをつけていたんですが、ネイルチップの数本から微量の血痕と皮膚片を検出しています。現在、これらの中から被害者以外のものがあるかどうかを調べているところです……」

こつこつと音がして横を向いた。蒼井がペン先で机の上の資料を叩いている。視線は正面に据えられたままだ。

吉川線――

つまりネイルチップから被害者以外のＤＮＡが検出されたら捜査に大きな進展があるということだろう。

「次、鑑捜査――」

刑事課長の言葉に、蒼井がさっと立ち上がった。

「先ほど被害者の両親から話を聞きましたが、被害者の交友関係に関してはまったく把握してないとのことです。昨年、大学入学のために上京してから二、三度しか実家に帰っていないとのことで、恋人がいたかどうか、またどういう人間と付き合いがあったのか、まったくわからないそうです。被害者はかなり交友関係が広いようで、携帯電話のアドレスには五百人以上の登録がありました。この中に、被害者に麻薬を与えた者、もしくは一緒に麻薬をやっていた者がいるのではないかと思われます」

蒼井は着席すると斜め前方の席に視線を向けた。その視線の先を追っていくと、こちらをじっと見据えている男がいた。うちの署では見たことがないから捜査一課の刑事だろう。

「次、地取り捜査——」

刑事課長が言うと、その男が前を向いて立ち上がった。

「この近辺では半年ぐらい前から不審者の目撃情報が寄せられ、痴漢による被害届が多数出されています。被害者の自宅は板橋とのことですが、友人がこの近くにいて訪ねてきたときに強姦の被害に遭った可能性も否定できないと思います」

男はふたたびちらっとこちらに目を向けると席についた。

「それでは今後の捜査方針だが……」

刑事課長の口から、被害者の交友関係の洗い出しと、被害者が殺されるまでの足取り確認が示された。ただ、日暮里に被害者の友人がいて、何らかの用事があってこの地を訪れた際に襲われた可能性もあることから、事件現場周辺での不審者情報や目撃者を捜すことも求められた。

捜査会議が終了して幹部たちが講堂から出て行くと、蒼井が立ち上がった。先ほどこちらを見ていた男を避けるように、他の捜査員のもとに向かい何やら話をしている。

ポケットの中で携帯電話が震えた。今夜、一緒に飲む予定だった友達からのメールだ。女性に囲まれて楽しそうに酒を飲んでいる写真が添付されていた。

矢部は机の下に携帯電話を隠しながら返信メールを打った。

『うらやましいなー。こっちは男臭い連中の集まりだよ。早く、女の子と飲みたい』

送信しようとしたら手から携帯電話が消えた。顔を上げると蒼井が立っている。矢部の携帯電話を見つめていた。

やばい――

蒼井は矢部を睨みつけると携帯電話を床に叩きつけた。

「ひどいじゃないですか！」

立ち上がって抗議すると、蒼井が胸倉をつかんできた。すごい形相で矢部を引きずっていく。何事かとざわつく周囲の人の声が耳に入った。ホワイトボードに顔を押しつけられた。目の前に被害者の写真が貼ってあった。静止した目でこちらを見ている被害者の死に顔だ。

「よく見ろ！」

蒼井の声が聞こえた。

目の前の写真から顔をそらそうとしたが、すごい力で後頭部を押さえつけられていた。微かに視線だけそらした。

「彼女は死ぬ瞬間に何と叫んだと思う。何と訴えたかったと思う。想像してみろ。それぐらいならおまえにもわかるだろう――」

死にたくない——

ふっと押さえつけられていた力が緩んだ。しばらく放心していた。ゆっくりと振り返ると、蒼井がこちらに背を向けて部屋を出ていく姿が見えた。

9

榊は恍惚《こうこつ》の中にいた。

あれからどれぐらい時間が経ったのだろうか。リビングのソファに横たわっていた榊はゆっくりと窓のほうに目を向けた。夕闇が差し始めている。

家に戻ってきてから十二時間以上も快感の余韻に浸っていたのだ。

自分の両手を見つめた。あの女の首を絞めつけたときの感覚が今でもくっきりと残っている。

一昨日からほとんど寝ていないというのに疲れはまったくなかった。いやむしろ、からだの奥底から今までに感じたことがないようなエネルギーがとめどなくみなぎってくる。まるで自分が全能の力を得たような、何とも言えない高揚感だ。

こんな幸せをもたらしてくれたあの女に心から感謝したい。

もっとも、自分の人生にとってかけがえのない存在となったあの女の名前は知らない。コンビニで水を買って女に飲ませると、何とか車まで連れて行った。助手席に乗せると安心したのか寝てしまった。しばらく車を走らせてもいっこうに目を覚ます様子はない。

どこか人気のないところに車を停めて早く抑えきれない欲望を果たそうかと考えたが、それも惜しいような気がした。寝ている間に殺してしまったとしたら、どれだけの快感を得られるかわからない。

だが、このまま当てもなく運転を続けているのも疲れた。車を適当な空き地に停めると、女の寝顔を見ながら爆《は》ぜそうになる欲望をぎりぎりまでこらえることにした。

やがて女が目を覚ました。騒ぎ立てられたらその場で首を絞めるつもりだったが、女はそうはしなかった。あたりを見回して、「ここはどこ?」と榊に訊いた。

榊は今までの経緯を女に話した。送ってほしいと頼まれたが、どこに行けばいいのかを聞く前に酔いつぶれて眠ってしまったのだと。

女はまったく警戒する様子も見せず、「すごい車だね。おじさんってものすごく金持ちなの?」と微笑んだ。

「そうだね」と正直に答えると、女は援助交際を持ちかけてきた。

財布を取り出しながら「ここでしたい」と言うと、女は頷いてハンドバッグの中から小さなケースを取り出した。

「おじさんも飲む？　これ飲んでセックスするとものすごく気持ちよくなるの」

何かのドラッグのようだ。せっかくの厚意だったが断った。ようやく得られるであろうこれからの快感を麻薬の効用なんかで邪魔されたくない。

女は錠剤を飲むと榊の股間に手を添えてきてズボンのジッパーをおろした。はちきれんばかりになった性器を口に含んで舐め回す。

女は榊の性器を愛撫しながら器用にストッキングとパンティーを脱いだ。榊は口から性器を引き抜くと女の中に突っ込んだ。女が狂ったように喘ぎ声を上げながら榊にしがみついてきた。シャツの上からでも爪痕が残ってしまいそうなほどの痛みと快感を覚えながら腰を激しく動かした。

殺せ——殺せ——

頭の中で反響するその声を聞きながら、ぎりぎりまで自分の欲望をもてあそんだ。

やがて、自分の意志ではどうしようもできないもうひとつの力が榊のからだに憑依した。両手が女の首筋に伸びていく。

女は目を閉じひたすら快感にふけっている。自分にもそれ以上の快感を与えてくれと、女の首に両手を添えた。そして、初めて心の声に逆らうことなく女の首を力のかぎり絞めつけた。女が驚いたように目を見開いた。

そうだ。その顔だ。自分がずっと見たかった顔だ。

きみのその顔は死ぬまで忘れない。ありがとう。これほどの幸せを感じさせてくれて本当に感謝している。

榊がさらに力を込めると、女が激しく暴れた。必死に爪を立てて抵抗する。榊の頬や手の甲、自分の首筋を激しく爪でかきむしった。

女の顔がどす黒く変色していき、眼光から力がふっと抜けた瞬間、今までに感じたことのない快感がからだの芯を貫いた。同時に、脳裏にある光景が駆け巡った。

学校の教室のようだった。子供たちが机の上にある菓子を食べている。黒板に目を向けると模造紙が貼られていた。色とりどりのリボンで作られた花の中に『松原信一くんのお別れ会』と書かれている。

母親がいた。そして、見覚えのある少女がこちらに目を向けている。澄乃だとすぐにわかった。澄乃は寂しそうな眼差しで榊のことを見ている。

寺泊の小学校を転校するときにやってもらったお別れ会の光景のようだ。

お菓子を食べ終えると教室にいた同級生たちにそれぞれ別れの挨拶をした。母親は先に教室から出ていった。澄乃に近づいていくと怯むような表情になった。

自分は澄乃から嫌われているのだろうか。

話すことができずに教室から出ていった。廊下の向こうで待っている母親のもとに行こうとしたときに声をかけられた。振り返ると澄乃が立っている。こちらに駆け寄ってきてポケットから取り出したものを榊に手渡した。そして何かを言った。

何と言ったのかはわからない。ただ、涙を浮かべていた彼女の目を見て、どうやら自分は嫌われているわけではなさそうだと安心した。

あの光景はいったい何だったのだろうか。

実際にあった光景だったのか、それとも、自分が作り出したものなのか。

だが、澄乃が手渡したものに覚えがある。ペーパーナイフだ。革製のさやに入ったかなり高級そうなペーパーナイフを自分は持っている。

記憶が戻ったときからずっと手もとにあって大事にしていた。母親に買ってもらったものなのか、誰かにもらったものなのかまったく覚えていない。

あれは澄乃がくれたものだったのだろうか。転校していく榊へのプレゼントとして。

10

澄乃は迷いながら信一のマンションに向かっていた。

昨晩、部屋に戻ってからどうしようもなく信一への心配が募り『会いたい』とメールをしてしまった。

信一からの返信はない。

もう会わないほうがいいなどと言っておきながら、それだけではなく信一を騙すようなことをした澄乃からのメールに不信感を持っているのかもしれない。

それでも信一に会わずにはいられない。信一はどんな病に罹っているのか気になってしかたがない。拒絶されるのは覚悟の上で、それでもとにかく信一の顔が見たいという一心で、仕事を終えるとすぐに豊洲に向かったのだ。

「はい……」

オートロックのボタンを押してしばらくすると信一の声が聞こえた。

すぐに次の言葉が出なくて黙っていると、「どうしたんだ……？」と、モニターで自分の姿を確認したであろう信一が訊いた。

「突然、ごめんね……今、忙しいかな」

返事の代わりにオートロックのドアが開いた。エントランスに入ってエレベーターで四十五階に向かった。四五〇七号室に行くと内側からドアを開けて信一が待っていた。

顔を合わせることに気まずさがあったが、信一のいつもと変わらない微笑みを見て胸を撫で下ろした。

「どうしたの?」

澄乃は自分の頬のあたりを指さしながら訊いた。信一の頬と手の甲に絆創膏が貼ってある。

「猫に引っかかれたのさ」

「猫?」

「ああ。路地にいた野良猫さ」

信一はそう言って笑うと澄乃を部屋に促した。

「びっくりしたよ。何かあったのか?」

リビングに入ると澄乃を振り返って訊いた。

「うん……体調はどうかなって思って。この前会ったときにずいぶんと具合が悪そうだったから」

「たいしたことないよ」

信一はソファに座った。

「本当? 高木さんの病院で検査してもらったんでしょう。入院とかはしなくていいの?」

昨日の高木の言い回しからたいしたことがない病気だとはとても思えないでいる。

「入院するなんてもったいない」

「もったいないって、どういうこと？」

入院費用のことを言っているとは考えられない。

「胃がんだ」

事もなげに言われたので、すぐには意味が理解できなかった。

「胃がんって……」

からだから一気に血の気が失せていくようだ。

「しかもかなり進行した胃がんだ。スキルスって言ってたかな。もう手遅れで手術はできない。ネットなんかで自分の病状と照らし合わせてみたけど、いいところ数ヶ月って感じだろう」

頭の中が真っ白になった。

「嘘……」

澄乃が呟くと、信一がにこっと笑った。

「澄乃の気を引くために嘘をついてると思うか？」

信一が——信一があとわずかでこの世からいなくなってしまう。

絶望感に胸を覆い尽くされて言葉が出てこない。

「だから入院するなんてもったいない」

「た、高木さんは……」

何とか言葉を絞り出した。

「入院を勧められた。だけど、邪魔はさせない」

邪魔はさせない、という言葉が引っかかった。信一らしからぬ先輩に対する言葉だ。

「だけど、高木さんがそう……」

「自分に残された時間はあとわずかなんだ。死ぬ前に自分の人生をもっと価値のあるものにするよ。入院なんかしている場合じゃない」

医師である高木の方針に従うべきだと思っているが、そう言われると何も言い返せなかった。

余命わずかだと知らされて信一だってきっと混乱しているのだ。

「わたしに……わたしに何か力になれることはない？」

せめてそれだけ訊いた。

「何もない」

そう言った信一の表情を見てうろたえた。

今まで自分が信一にしてしまったことのしっぺ返しをまとめてされたような気がした。

信一は澄乃のことなど求めていない。自分の人生が残りわずかだと知って初めてわかったというような表情に思えた。

「そういえば……」

信一がゆっくりと立ち上がってダイニングテーブルに向かった。何かを手に取って澄乃に近づいてくる。

信一から手渡されたものを見て、鼓動が激しくなった。

革製のさやに入ったペーパーナイフだ。

「これ、澄乃がくれたものだったのか？」

信一が問いかけてくるが、何も言えなかった。

「そうだよな。寺泊の小学校を転校するときに、お別れ会をしてくれてそのときに」

同意を求めるように訊いてくる。

たしかに転校していく最後の日に澄乃は信一にこのペーパーナイフを渡した。前日に姉が持っていたものを持ち出して、やすりで先を尖らせたものを。

「昨日、急にそのときの光景を思い出したんだよ」

そのときの光景を思い出した――

――信一はあのときの自分の言葉も思い出したのだろうか。そして、あのおぞましい記憶も恐々とペーパーナイフに向けていた視線を信一に戻した。

信一の表情にはあの記憶を思い出してしまったという悲壮感はみじんも窺えなかった。それればかりか、自分が余命わずかであるという失意さえも。

11

「おいッ、そこはさっき通った道だろう」

どすの利いた声に、矢部はびくっとしてブレーキを踏んだ。恐る恐る助手席を見ると、蒼井が苛立った視線を向けている。

「すみません……ここらへん、あまり来たことがないんで」

矢部が答えると、蒼井は「使えねえ奴だ」と呟いて、煙草をくわえた。窓を開けて火をつける。溜め息をつくように外に煙を吐き出した。

蒼井のしぐさを横目で見ながら、溜め息をつきたいのはこっちのほうだと、心の中で訴えた。

蒼井とコンビを組んで三日目になる。矢部たちは被害者である岡本真紀の交友関係を捜査していた。真紀の携帯電話には五百人以上の人物が登録されている。その中から、ここ一ヶ月の間に連絡を取り合っていた人物を捜査リストにして、他の捜査員と手分けして当たっているのだ。

矢部たちは昨日だけで真紀の大学の友人など十二人から話を聞いた。その中には遺体発見日の十三日に真紀と買い物に行く予定だった友人も含まれていたが、前夜の真紀の足取りに心当たりのある者は誰もいなかった。また遺体発見場所である東日暮里周辺と真紀のつながりもわかっていない。昨夜の会議の場でも、他の捜査員たちから有益な情報が上がることはなかった。

そんな中で、ひとつだけ捜査に進展があったとすれば、真紀のネイルチップから検出された血痕と皮膚片が被害者以外のものであると判明したことだ。

これをきっかけに早く事件が解決してくれることを願っていた。

昨日一日だけでもくたくたに疲れ果てている。朝から晩まで炎天下を歩き回り、昼飯さえ食べさせてもらえなかった。それはしかたがないことだと諦めている。人がひとり殺されているのだから、一日も早く犯人を逮捕するという使命感はそれなりに持っているつもりだ。

だが、どうにも耐えられないのは、自分を無視するような蒼井の態度だ。

何とか親しくなるきっかけを作ろうと、こちらから事件に関する話などを振ってみたが、蒼井は行き場所の指示をする以外に話そうとはしない。

捜査会議の後で友人からのメールを盗み見ていたことを根に持っているのだろうか。

それにしても、おまえに話したってしょうがないという小馬鹿にしたような目が、父親を思い出させて不快だった。

「そこで停めろ」

いきなり蒼井から命じられ、矢部はブレーキを踏んだ。

蒼井はそそくさと車を降りてあたりを見回している。矢部も電柱を見ている蒼井に近づいた。電柱に貼られた住所表示には『野方三丁目27―6』とあった。

「この近くですね」

声をかけたが、蒼井は矢部の存在など気にする様子もなく歩いていく。

矢部は小さく舌打ちして、蒼井の背中についていった。

しばらく歩いていくと古い二階建てのアパートが見えた。入口に『ルート野方』とアパート名が出ている。リストにあった奥村俊輔《おくむらしゅんすけ》が住んでいる。

蒼井に続いて階段を上り、二〇四号室に向かった。部屋の前に立つと、蒼井がドアを何度かノックした。応答がない。

蒼井が諦めずに強くドアを叩き続けると、「何だよー」というぶっきらぼうな声とともに、ドアが少し開いた。チェーンロックをかけたドアの隙間から若い男が睨みつけてくる。

「奥村俊輔さんですか」

蒼井が低く抑えた声で訊いた。

「そうだけど、何だよ」

「警視庁の蒼井といいます。開けてもらえますか」

蒼井は警察手帳を示して、チェーンロックを指さした。

「ケイシチョウ？」

奥村が頓狂な声で訊き返した。

「岡本真紀さんのことでお訊きしたいんですが」

「オカモトマキ……？」

奥村はぶつぶつ呟きながらチェーンロックを外してドアを開けた。

蒼井と向き合った奥村はタンクトップに短パン姿で金髪が寝ぐせで逆立っている。午後六時を過ぎていたが、どうやら寝ていたらしい。

「ご存知ありませんか」

蒼井が上着のポケットから写真を取り出して奥村に差し出した。

奥村はしばらく写真を見つめ、記憶がないという表情を作っている。岡本真紀の携帯電話には奥村の携帯からの着信が入っていた。知らないはずはない。

「ご存知のはずですが」

蒼井の口調がいくぶん強くなった。

「そう言われてもなあ……」

奥村が言葉を濁すように頭を掻いている。

「一週間前の、先週の金曜日の夜に、その女性の携帯電話にあなたからの着信が入っているんです」

「先週の金曜日……」

考えを巡らすように言って、「ちょっと待っててくれる?」と、部屋の奥に入っていった。

蒼井がドアを全開にして部屋の様子を窺った。散らかったワンルームの部屋で、奥村が床に転がった携帯電話を手にこちらに戻ってきた。蒼井の目の前で携帯のボタンを操作していた奥村が、「ああ。この娘のことか……」と顔を上げた。

「ご存知ですね」

「知ってるけど……そんな写真じゃわかんないよ」

奥村が差し出した携帯電話を、矢部は覗き込んだ。画面には『マキ』と表示されたアドレスと顔写真が映っている。捜査員に配られた写真は真紀の家族から提供されたものだが、派手な化粧をして映っている携帯画面の女性とはたしかに雰囲気がちがって見える。

「で、この娘が何なの？」

「亡くなったんですよ」

蒼井が告げると、奥村はぎょっとした顔になった。

「亡くなったって……」

「火曜日の昼に東日暮里の周辺で遺体が発見されました。ニュースでもやっていましたが知りませんでしたか？」

「あんまりニュースとか観ないし、それにその写真で出てきたとしたら仮に観てたとしても気づかなかったかも」

蒼井が持っている写真を指さしながら答えた。

「彼女とはどういう関係だったんですか」

「どういうって……ちょっとした顔見知りだけど」

「かなり親しかった？」

「いや、それほどでも……半年ぐらい前に六本木のクラブで知り合って、それからは会えばちょっと喋るっていうくらいかな」

「金曜日の電話の用件は」

「たいした話じゃないよ。今晩、六本木のクラブでＤＪやるからよかったら来てよって……

そんな感じだったかな」

「それでその日は彼女に会ったのかな」

「いや……けっきょく来なかったな。いろんなところで遊んでいるみたいだったから」

「たとえば――」

蒼井がちらっとこちらを振り向いた。

矢部は手帳を取り出して、奥村が話したいくつかのクラブの名前を書き留めた。

「ちなみにきみは、月曜日の夜はどこで何をしていたかな？」

「アリバイってやつですか」

「気を悪くしないでほしい。誰にでも訊くことだから」

「月曜日は……さっき言ってた六本木のクラブでバイトしてた。『エス』っていうクラブだよ。その日はＤＪじゃなくてホールだったけど」

「その日は店で彼女を見かけなかったかな」

「オープンからラストまで働いてたけど、見かけなかったね」

「彼女と親しかった男性を知らないかな。恋人とか、肉体関係があったような人を」

「さあ……けっこう派手に遊んでそうだったけど、名前とかまではよく知らないね」

奥村が答えた。

「申し訳ないんですが、その岡本真紀さんの写真をわたしの携帯に送ってもらえますか」

蒼井が自分のアドレスを教えた。


アパートを出て車に戻る途中、思わず矢部の足が止まった。

すぐ横にあるそば屋から旨そうなつゆの匂いが鼻腔に流れてきたからだ。今日も、朝に軽くサンドイッチを食べてからは、もう夜の七時になろうというのに食事をとっていない。

前を歩いていた蒼井が立ち止まってこちらを振り返った。視線が合う。険しい表情で腕時計に目を落とす。

はいはい、わかりましたよ……

矢部が足を踏み出すと同時に、蒼井は踵《きびす》を返してそば屋に入っていった。

よかった。蒼井も腹が減っていたようだ。

店に入ると、蒼井は入口近くの棚から新聞を手に取ってテーブル席に座った。矢部も取ろうとしたが、新聞は蒼井が持っていった一紙だけだ。棚には漫画雑誌が並んでいたが、これ以上あのオヤジから馬鹿にされるのはたまらない。何も取らずに向かいに座った。

「もり――」

店員が茶を持ってくるのと同時に蒼井が注文した。

矢部はまだ決まっていない。どれもおいしそうで迷ってしまう。けっきょく、カルビ丼ともりそばのセットを頼んだ。

蒼井が煙草に火をつけて、視線をそらすように新聞を広げた。矢部は無言で茶をするしかない。

この沈黙が息苦しい。何か話しかけたほうがいいのだろうが、昨日のように無視されてしまえば、さらに空気は重くなる。

何かいい話題はないだろうかとしばらく考えているうちに、昨夜のことを思い出した。

会議が終わってからみんなで酒を飲んでいた。捜査一課と所轄の刑事が一緒になって酒を飲むことを第二会議と言うらしい。その場で捜査一課の刑事たちは、自分の武勇伝を羨望の眼差しで聞き入っている所轄の連中に、たいそうご機嫌な様子だった。

その席に蒼井はいなかったから、この場でそういう話を聞いて持ち上げてやれば、目の前の仏頂面の機嫌も少しはよくなるかもしれない。

「蒼井さんはどれぐらい捜査一課にいらっしゃるんですか」

矢部が訊くと、蒼井は新聞に向けていた顔を上げた。

「二十三年」

ゆっくりと煙草の煙を吐き出しながら言った。

「おいくつのときに捜査一課に入ったんですか」

「三十歳だ」

自分よりも二歳上のときに捜査一課に入ったのか。二年後に矢部が捜査一課に行くことなどありえないだろう。もっとも大変そうだから入りたくもないのだが、その気持ちを隠して大仰に驚いてみせた。

「すごいですね！　三十歳でみんなが憧れる捜査一課に配属されるなんて。所轄にいるときからそうとう優秀だったんですね。今のぼくなんか捜査一課に入ることなんて想像できませんよ。本当に尊敬します」

「憧れ……」

蒼井が鼻で笑い、視線を新聞に戻した。

「そうですよ。所轄の刑事たちはみんな捜査一課に憧れていますよ。S1Sのバッジに」

矢部は蒼井の背広の胸襟についている赤いバッジを見ながら持ち上げた。

「おまえはこの仕事に就いてから何人の死体を見てきた」

蒼井が新聞から目を離し、矢部を見つめながら訊いた。

「今回の被害者が初めてです」

一瞬、静止した目でこちらを見ている真紀の死体が脳裏をよぎった。

「そうか。おれは彼女を含めて三百十四人の死体と対面してきた」

蒼井がじっと矢部を見据えてくる。

深く、物悲しい、どこか澱んだ眼差しだった。

「おまたせしました」

店員がやってきて矢部と蒼井の前に料理を置いた。

「斧で頭をかち割られて脳漿の飛び散った死体や、長い間山中に放置されて野犬に食いちぎられた死体や、ちょうどそこの丼の上に載っかってる肉のようにばらばらに切り刻まれた死体なんかをな。捜査一課の仕事はそういうもんだ」

蒼井はそこまで言うと箸を取ってそばを食べ始めた。

矢部は目の前に置かれたカルビ丼ともりそばを見つめた。さっきまであれほど腹が減っていたのに、蒼井の話を聞いて急速に食欲が失せていた。

「食べないのか？」

蒼井に訊かれて、とりあえずカルビ丼を目に入れないようにしながら、もりそばを少しずつ口に運んだ。

「どうして警察官になろうと思ったんだ」

ふいに蒼井が問いかけてきた。

「市民の安全を守る仕事がしたかったからです」

矢部が答えると、蒼井はまた鼻で笑った。

「ちがうだろう。おおかた、不景気に強い公務員を選んだだけじゃないのか。バブルが崩壊してからはそんな奴らがいっぱい入ってきた。おまえもそんなクチじゃないのか」

まったく当たっていないわけではなかった。だけど、おまえの考えなどお見通しだと言わんばかりの蒼井の口ぶりに無性に腹が立った。まるで父親のようだ。

「おれはそんな奴は信用しない」

蒼井の言葉に思わず睨みつけた。だが、何も言い返さなかった。代わりに箸をカルビ丼に向け、これ見よがしにがつがつと頬張った。

12

「お代は別々で？」

レジに立った店員に訊かれて、蒼井は「一緒で」と答えて千円札を二枚出した。

別に目の前の若造をいじめすぎたからなど甘いことを思ったわけではない。

矢部はけっきょく料理をすべて平らげたのに、あんな話を振った自分はもりそばを半分以上残してしまったという、何とも言えないばつの悪さがあったのだ。

「あの、これ……」

店から出ると、矢部が財布から千円札を取り出した。

「ここはいい」

しょうがないから、今回はおごってやろう。

それにしても、ここしばらく、まったく食欲がわかない。胃のあたりがむかむかして吐き気がする。胃のあたりを軽くさすりながら車の助手席に座った。

「次は――」

運転席に乗り込んだ矢部が訊いてきた。

「六本木に行く」


六本木交差点を抜けると、陽が落ちて暗くなった外苑東通りはぎらぎらしたネオンであふれていた。車をコインパーキングに停めて、奥村が働いているクラブ『エス』に向かった。

店内に入った瞬間、胃に響く不快な震動があった。大音量の音楽が店内に響き渡っている。

耳をふさぎたかったが、それ以上に胃の中がぐらぐらして気持ちが悪くなる。手で胃のあたりを押さえ、少しからだを丸めながら薄暗い店内を進んで受付に向かった。

「警視庁の蒼井といいますが、責任者のかたはいらっしゃいますか」

受付に立っていた若い女性に告げたが、大音量の音楽にかき消されたようだ。だが、差し出した警察手帳は目に入ったらしく、驚いた顔で蒼井を見上げた。

「責任者のかたをお願いします！」

大声で言うと、女性は「こちらです」とフロアの奥に案内した。

眩暈を起こしそうになる明滅と喧騒の中で踊る若い男女に目を向けた。特に女性は露出の多い挑発的な格好で踊り狂っている。中には男性のからだに身を押しつけるようにしている女性もいた。まさか瑞希もあんな格好をして、こういうところに出入りしているのではないだろうな。

受付の女性に肩を叩かれた。女性はカウンターの中にいる男性を指さして、「あの人が店長です」と告げた。そしてカウンターの中に入り、こちらに目を向けながら店長に耳打ちする。

蒼井は近づいて会釈した。

「ここじゃ何ですので」

店長はそう言って蒼井たちを二階の別室に連れていった。

ＶＩＰルームだそうで、中に入ると十畳ほどの部屋に高そうなソファが置かれている。奥にある窓からはフロアが見下ろせるようになっていた。

「どうぞ」

店長に促され、蒼井と矢部はソファに座った。

「警視庁のかたということですが……」

蒼井の向かいに座った店長が、戸惑ったように切り出した。

「ちょっとお訊ねしたいことがありまして。こちらで働いている奥村俊輔さんの十二日の勤務時間を教えていただきたいんです」

蒼井が言うと、店長はさっそく部屋にあった電話で事務所に確認した。たしかに奥村は十二日の十九時から翌朝の五時まで働いていたとのことだった。

「奥村くんが何か？」

店長が心配そうに訊いた。

「いえいえ。彼の知人がある事件に遭いましてね。ちょっとした確認です。彼はまったく事件には関係ありませんのでご心配なさらず」

「事件……」

それでも店長は訝しげな表情を緩めない。

「この女性をご存知でしょうか」

蒼井は携帯電話を取り出して、先ほど奥村に送ってもらった岡本真紀の写真を見せた。

「ああ……聖南大学に通ってる真紀ちゃんかな。彼女が何か？」

「火曜日に遺体で発見されました」

蒼井が告げると、店長が驚いたように顔を上げた。

「真紀ちゃんが？」

「現在、殺人事件として捜査をしています。それで彼女の携帯に登録されている人物から話をお聞きしているんです」

「知らなかった……」

「彼女はよくこのお店に？」

「週に一回ぐらい来てたかな。彼女もいろんなところで遊んでいるみたいだったけど……みんなショックを受けるだろうな」

「ここのお客さんで彼女と親しかったかたはいますか」

「けっこういますよ。もっとも親しかったといっても彼女が死んだことも知らずに今も踊っているわけですから」

蒼井は振り返って、窓からフロアを見下ろした。閃光の中で大勢の若者が踊っている。

「ひとつお願いがあるんですが」

店長に向き直って言った。

「何でしょう」

「我々は月曜日の夜の彼女の足取りを調べているんです。月曜日の夜にどこかで彼女を見かけた人がいないか、訊いていただけないでしょうか。いきなりこんな厳ついオヤジがあの中にずかずか入っていくのも何なんで」

「わかりました」

店長はそう答えると立ち上がった。

「彼女が亡くなったことはとりあえず伏せていただけますか」

蒼井の言葉に頷いて、店長は部屋を出ていった。

「あの……どうして彼女が亡くなったことを伏せておくんですか」

隣に座っていた矢部が訊いてきた。

そんなことは自分で考えろ。

やはり、真紀の交友関係の中に犯人がいるだろうと、自分の勘が告げている。これからはさらに慎重に、真紀と関係のあった者たちの反応をじっくりと見定めなければならない。

三十分ほどするとノックの音がしてドアが開いた。

「すごーい！　わたし、ＶＩＰルームって初めて入るー」

店長が連れてきた若い女性が興奮した様子で入ってきた。

「この子が月曜日の夜に真紀ちゃんを見かけたらしいんですよ。一応、警察のかただということは話してあります」

「ありがとうございます。ちょっとお話を聞かせてもらってもいいかな」

蒼井は女性を向かいのソファに促した。

「えー、何を話せばいいのー。警察って……真紀がなんかヤバイことでもやったの？」

「そういうわけじゃないんだ。岡本真紀さんとは親しいのかな」

「うーん……ここらへんのクラブでよく会うから話ぐらいはする。一回だけ始発待ちで一緒にマックに行ったことがある」

「月曜日の夜に彼女を見かけたってことだけど、どこで？」

「ここの近くにある『ゼルファ』っていう店」

「それはクラブ？」

「発音がちがう。それはおっさんの行くところ」

隣に座った矢部がくぐもった笑い声を上げた。

「何時頃に彼女を見かけた？」

「たしか八時過ぎだったと思う」

「誰かと一緒だったかな」

「珍しく彼氏と一緒だったよ」

「彼氏？」

蒼井は身を乗り出した。

「そう。最初は真紀がひとりで踊ってたんだけど、途中で彼氏がやってきてフロアで大喧嘩になっちゃったんだ。ちょっと迷惑だったけどけっこうおもしろかったかな」

女性がおかしそうに笑いながら言った。

「それで？」

「店のスタッフがきて、迷惑だから外に出てやってくれって」

「それからふたりは店を出ていったんだ」

「そう。しばらく外で痴話喧嘩を続けてたんじゃないかな」

「その彼氏については何か知っているかな。名前とか、どこに住んでいるとか」

「ちょっと待ってね」

女性がハンドバッグから携帯を取り出した。ボタンを操作してこちらに差し出す。

三浦光晴《みうらみつはる》——とあった。

矢部が手帳を取り出して名前を書き留めようとしたのを手で制した。

こいつは捜査リストにちゃんと目を通していないのだろうか。三浦光晴は片桐が今日当たっているはずだ。

「何をやってる人なんだい？」

「新宿にあるホストクラブで働いてるって言ってた」

「店の名前は」

「わかんない。わたしは興味ないし。でも真紀がいないときにナンパされたことがあるの。真紀には内緒ね」

「わかった。ありがとう」

蒼井は女性に礼を言って立ち上がった。

「ねえ」

部屋を出る前に呼び止められた。

「ところで真紀に何かあったの？」

女性が興味津々といった顔で訊いてきた。

「たぶんきみには関係のないことだ」

それだけ告げて部屋を出た。

クラブを出ると携帯で高杉に連絡を入れた。片桐はまだ本部に戻っていないとのことだ。

先ほど女性から聞いた話を高杉にして電話を切ると、すぐに片桐の携帯電話にかけた。

片桐に話を聞くと、三浦の部屋を訪ねたが不在で会えなかったそうだ。これから署に戻るところだという片桐に事情を説明して、三浦のマンションがある上石神井で合流することにした。


「何だか緊張しますね」

運転席に座った矢部の声が聞こえて、蒼井は目を向けた。

「どうして」

「だって、もうすぐ犯人を逮捕できるかもしれないじゃないですか」

これで犯人逮捕なら何とも楽な事件だ。だが、そんな事件はめったにない。ときには、永遠に解決しない事件だってあるのだ。

「このあたりですね」

矢部の声に、助手席から暗い路地を見回した。車のヘッドライトが照らした少し先に片桐の車があった。

「そこの自販機の手前で」

蒼井が指さすと、矢部が自販機の手前で車を停めた。

「ここで待ってろ」

ドアを開けて片桐の車に向かった。片桐も気づいたのか、車から降りてこちらに向かってくる。

「おつかれさまです」

片桐が小声であいさつする。

「そこか」

蒼井は斜め向かいにある三階建てのマンションを見た。

「ええ。あそこの一〇三号室です。まだ帰ってませんね。近所の人の話によるといつも朝の六時ぐらいに帰ってくるそうです」

蒼井は腕時計を見た。まだ夜の十時前だ。

「長い夜になりそうだな」

片桐と顔を見合わせて苦笑した。

「どうしましょう」

「こんなところで二台も停まってたら怪しまれる。とりあえず六時までは二時間交替でここを張ろう。まずはおれたちが張る。もし、その間に三浦が戻ってきたら連絡するから、近くのファミレスかなんかで待機しててくれ」

「了解です」

片桐が乗り込むと、車が走り出した。

それを見送ると、途中にある自販機の前で立ち止まった。眠気覚ましに缶コーヒーを買っていこうかと思ったが、しばらく悩んでペットボトルの茶を二本買って車に戻った。


ファミレスの窓から差し込んでくる日差しに蒼井は目を細めた。

腕時計を見ると、六時を過ぎている。そろそろ三浦が帰ってくる時間だろうか。

向かいの矢部はテーブルに突っ伏していびきをかいている。先ほどから頭を叩いてやりたいという衝動を必死に抑えていた。

ズボンのポケットが震えて携帯電話を取り出した。

「もしもし……」

「三浦が帰ってきました」

「わかった。すぐ行く」

電話を切って立ち上がると、矢部の頭を叩いてファミレスを出た。

三浦のマンションの前に着くと同時に、車から片桐と所轄の刑事が出てきた。なかなかいいガタイをしている。堀《ほり》と名乗った。矢部と近い年齢に思えたが、こいつよりもよっぽどしっかりしているだろうと感じた。

「ベランダのほうを固めてくれ」

片桐たちに指示を出して、蒼井は矢部とともに部屋に向かった。

「三浦さん、三浦さん」

一〇三号室のドアを叩いたが、反応はなかった。

「警察の者です。いらっしゃるんでしょう」

蒼井はドアに向かってわざと大声で叫んだ。

しばらくするとマンションの裏手から言い争う声が聞こえてきた。

「行くぞ」

矢部とともに裏手に回ると、片桐と堀が茶髪の男を地面に押さえつけていた。

「何なんだよ！　おれがいったい何やったっていうんだよ。こんなの人権侵害じゃねえのかッ」

男が暴れながらまくしたてている。

「三浦光晴さんだよね。何か逃げるような理由でもあるのかな」

蒼井は覗き込むように男の目を見ながら訊いた。

瞳孔が開いている。

三浦の取り調べを終えた蒼井は外の空気が吸いたくなって一階に向かった。

警察署の目の前の駐車場で煙草を取り出した。さすがに激しい睡魔に襲われている。火をつけようとしたところで、後ろから「おはよう」と声をかけられた。

ほうきとちりとりを持ってこちらを見ている安東と目が合った。

かつて所轄署の刑事課にいたときの上司だ。顔を合わせるのは由美子の葬儀に来てくれたとき以来だ。

「ご挨拶せずに申し訳ありませんでした」

蒼井は軽く頭を下げた。

「そんな余裕がないことは重々承知だよ。さっそく容疑者を逮捕したそうじゃないか」

安東が穏やかな笑みを浮かべながら言った。

「容疑者といっても殺人のほうはまだわかりませんよ」

三浦は殺人ではなく、麻薬及び向精神薬取締法違反の容疑で逮捕されたのだ。

挙動を不審に感じ、任意で尿検査をしたところ薬物反応が出た。逮捕して取り調べをしたが、三浦はＭＤＭＡの使用は素直に認めたものの、岡本真紀殺害についてはいっさい否認している。

三浦の話によると、交際関係のもつれで真紀と喧嘩になったのは事実で、クラブを出てからもしばらく言い争いをしていたが、九時過ぎには別れたという。三浦はその後、六本木のバーで朝方まで飲んでいて、真紀のそれ以降の行動は知らないと語った。

蒼井たちがアパートに行ったときに逃げたのは、MDMA使用の発覚を恐れて、薬が抜けるまでどこかに隠れようとしていたからだそうだ。現在、他の捜査員が三浦のアリバイ確認をしている。同時に、三浦のDNAを採取して科捜研で鑑定を行ってもらっている。

「矢部くんとコンビを組んでいるそうだね。どうだね、あの子は」

安東が訊いた。

「使えないですね」

「そうですか？　けっこうあなたに似ていると思ったんだけどね。将棋の指し手が」

昔はよく刑事部屋で安東と将棋を指していた。

「彼は居玉でもおかまいなしにどんどん位をとってくるよ」

「むこうみずなだけでしょう」

蒼井は苦笑した。自分もよく使っていたやりかただった。

「彼はたしか今二十八歳だと言ってたなあ。ちょうどあのときのきみと……由美子さんと出会ったときと同じぐらいの年かな」

そうか。あれからもう二十五年も経ったのかとあらためて感じた。

「わたしはもうちょっと大人だったような気がしますがね。どうですか?」

蒼井が訊くと、安東が笑顔で返した。

「どうだったかなあ……でも、あれからきみはたしかに大人になったね」

あの事件を境にあきらかに自分は変わった。

「まあ、いろいろと勉強させてやってください。事件が解決したら、また一局指しましょう」

警察署の中に入っていく安東の背中を、蒼井はしばらく見つめていた。

安東の姿が消えると、ふたたび煙草を取り出した。火をつけようとしたところで、ポケットの中の携帯電話が震えた。取り出してみると見覚えのない番号だった。

「もしもし……」

蒼井は電話に出た。

「蒼井さんのお電話でしょうか」

「そうですが」

「わたし、東協病院の福田と申します」

名前を聞いても次の言葉が見つからず、「はあ……」という相槌しか出てこなかった。

福田にはこの携帯番号は教えていない。

「自宅のほうにご連絡したら、息子さんがしばらく帰られないだろうと、この番号を教えてくれたんです」

「そうですか。いったい……」

「いつ、病院に来られそうですか」

四日前に病院に検査結果を聞きに行ったことを思い出した。事件の報せを受けて結果を聞かないままになっている。

「申し訳ないんですが、まだ事件が解決していなくてしばらくは……」

「できるだけ早くお会いしたいんですが」

福田の語気の強さに、尋常ではない何かを感じた。

「いったいどうしたというんですか」

「それは電話でなく直接……」

昨夜は徹夜で張り込みをしていたから、今日は署で待機して休むよう言われている。少しぐらいなら抜け出して病院に行くことも可能だ。だが、行けない言い訳を必死に考えていた。

「仕事よりも大切なお話です」

福田が子供を諭すような優しい口調で言った。

「わかりました……一時間ほどで行けると思います」

「お待ちしています」

蒼井は電話を切ると署に入っていった。鉛のように重い足取りで階段を上り、本部が設置されている三階の講堂に向かった。講堂の中では捜査員たちが慌ただしく動き回っている。デスクで作業をしている高杉のもとに向かった。

「係長――」

蒼井が声をかけると、捜査資料を見ていた高杉が顔を上げた。

「ちょっと四時間ほど外出したいんですけど」

そんな余裕があるならここの仕事を手伝ってくれ――

この期に及んでも、そんなことを言われることを期待していた。

「ああ、わかった。寝ないで大丈夫なのか？」

「ええ……」

「アオさん――ちょっと顔色が悪いぞ」

それには答えず、高杉に背中を向けてドアに向かった。

「会議までには帰ってきてくれよ」

蒼井は名前を呼ばれるとゆっくりと立ち上がって診察室に入った。

福田が厳粛な表情で蒼井を迎えている。

その顔を見て、嫌な予感に全身が縛りつけられるようだった。からだを縛りつける鎖を引きちぎるようにしながら何とか椅子に座った。

「再発したんですね……」

ためらいながら訊くと、福田が頷いた。

取調室に入った瞬間、いきなり犯人に自供されたみたいだ。

「そうとう悪いんですか」

「ステージⅣです」

蒼井の目を見つめながらためらいなく言った。

三年前、胃がんに関する本を読み漁《あさ》っていた蒼井にはその意味するところがよくわかっている。

遠くない死――

「この数日間、どう説明しようか迷っていました。あなたは嘘を見破るプロだ。それにとてもタフなかたです。へたなごまかしをしたって意味がない、そう考えて正直にお話しすることにしました」

「わたしはあとどれぐらい……」

「それはわたしの口から一概には言えないことです。ただ、かなり深刻な状況であるということだけは……」

その後も福田は何やら話をしていたみたいだが、頭の中にまで届いてこなかった。

蒼井は何度か相槌を打つと立ち上がった。福田に頭を下げてドアに向かった。

廊下に出ると目の前に映る景色が夢ではなく、現実のものだとようやく理解するに至った。

あの医師は自分のことを買い被っている。自分はタフな人間なんかじゃない。ほら、見てみろ……足が震えてやがる。そう遠くないうちに死ぬと告げられて、顔を上げることさえできないでいる。

怖い……怖い……

ずっと床を見ながら歩いていると足もとがぐにゃりと沈みこんでいきそうで、まともに立っていられなかった。

その瞬間、誰かに腕をつかまれ、蒼井はゆっくりと顔を上げた。

目の前に長身の若い男が立っている。どうやら倒れそうになったところを男に支えられたようだ。

「大丈夫ですか?」

頬に絆創膏を貼った男が笑顔を浮かべて訊いた。

「ええ。ありがとう」

蒼井は男に礼を言って、受付に向かって歩いていった。

13

榊は診察室の外のベンチに座って、不安定な足どりで歩いていく男の背中を見つめた。

倒れそうになった男を支えたとき、背広の上からではわからなかった頑強なからだつきに少し驚いた。だが、顔を上げた男の表情は、何とも情けないものだった。

まるでこの世の終わりとでもいうような表情に思わず笑ってしまった。

もしかしたらあの男は自分と同じように死の宣告をされたのではないだろうか。そうだとしたらあんな絶望的な表情しかできない男を哀れに思う。

それは死ぬことをただ恐れているからだ。そういう人間はこの世に生きる意味を見出すことなく死んでいくしかない。死は恐れるものではない。自分は眼前に死を突きつけられたからこそ、そしてそれを受け入れたからこそ、この世で生きていく本当の喜びと価値を知ることができたのだ。

榊は膝の上で両てのひらを広げて見つめた。あの女を絞め殺したときの激烈な快感が忘れられない。だが、時間が経ってしまった今となっては、それは自分の記憶に残っているというだけで、からだの芯を貫くものではなくなってしまっている。

あの快感をもう一度味わいたい……生きているかぎり……何度でも……何度でも……

それが自分にとってこの世に生きるすべての意味であり価値なのだ。

「榊さん——」

アナウンスで呼ばれて、榊は我に返った。立ち上がって診察室のドアに向かう。

榊が診察室に入っていくと、椅子に座っていた高木がゆっくりとこちらを向いた。

「こんにちは」

声をかけると、高木が不思議そうな顔で榊を見上げている。

「どうしたんですか」

「い、いや……何でもない。椅子に座ってくれ」

榊は椅子に座った。

「心配してたんだぞ。からだの調子はどうだ?」

末期がんを宣告されてから一週間病院に行かなかった。高木はその間に何度も電話をかけてきたが、榊は無視していた。

「すみません。ちょっと気が動転してしまって人と会う気分じゃなかったんです。でも、もう大丈夫です」

「おれはずっとあの日のことを後悔していた。どうして、しらを切り通せなかったんだって。おれは友人としても医者としても失格かもしれない」

「そんなことはありません」

辛そうに表情を歪める高木を見つめた。

「高木さんのおかげで新しい世界に踏み出せたんですから」

「新しい世界……？」

高木は榊にあれほどの幸せな瞬間を感じさせてくれるきっかけを作ってくれた、いわば恩人のようなものなのだ。そんな思いを込めて、じっと高木の目を見つめた。だが、高木はなぜか少し怯えたような目になって視線をそらした。

「だけど、できるかぎり長く生きたいんです。もっともっと、この世に生きている幸せを味わいたい。だから先輩にその手助けをしてもらいたいんです」

「もちろんだ。できるかぎりのことをしよう」

高木がそらしていた視線を戻してしっかりと榊の目を見つめた。

「治療に際してぼくから要望があります」

「何だ？」

「まず、入院はしたくないです。自分のからだが動く最後の最後まで病院の外で生きたい」

「他には」

「体力を消耗するような延命治療はしてほしくないんです」

「どういうことだ？」

「ぼくはできるかぎり長く生きていたい。だけど、その生き方が問題なんです。たとえば、ぼくの命があと半年だとします」

「ちょっと待て。この前も話しただろう……」

「いいからぼくの話を聞いてください！」

気圧《けお》されたように高木が口を閉ざした。

「ぼくの命があと半年だとします。一方は、からだに負担のかかる治療を受けて結果的に病院のベッドで一年間生きるとしましょう。もう一方は、できるだけからだの負担にならない治療を受けて三ヶ月間自由に動くことができた後に死んでしまうとします。ぼくにとって生きるというのは三ヶ月間自由に動き回れるということなんです。わかりますか？」

榊の話を聞いていた高木が口もとを歪めた。

「友人としてはたとえベッドの上であろうと一年間生きていてくれることを願う。その要望には応えられないと言ったら？」

「もう病院には来ません」

榊の中にある真意をたしかめようとしているのだろうか、高木がじっと見つめてきた。

榊も視線をそらさずに高木の目を見つめ返した。

「わかった。おまえの気持ちを尊重した治療をしよう」

高木が根負けしたように頷いた。


病院を出るとポケットから携帯を取り出して小杉に電話をかけた。

「おう、榊――どうした？」

電話に出た小杉に車を買いたいという話をした。

車を使って獲物を探すならジャガーは目立ちすぎる。日本に何十万台と走っているありきたりな車を買うつもりだ。

「わかった。見積もりを用意しておくよ。いつ営業所に来られる？」

「できれば早めに欲しいんだ。ジャガーの調子がいまいちでさ。お金や車庫証明はすぐに用意するからあとはおまえに任せてもいいかな」

「かしこまり。お買い上げありがとう」

小杉が礼を言って電話を切った。榊はすぐにもう一件、電話をかけた。

「はい、世田谷不動産ですが――」

「昨日お伺いした榊ですが、担当してくれた鈴木《すずき》さんはいらっしゃいますか」

「鈴木はわたしですが。榊さんって……」

相手が絶句しているのがわかった。

「いい物件見つかりましたか」

「あっ……えっ……昨日の話は……」

相手の狼狽ぶりに、やはり冷やかしかいたずらだとでも思われていたのだろうとわかった。

昨日、だるいからだに鞭を打って都内にある物件を探しに不動産屋を回った。条件は閑静な住宅街にある大きめの一軒家。専用ガレージがあり、隣家との距離が近くないというものだ。

自分と同世代らしい鈴木が「三億円はしますよ」と馬鹿にするように笑ったのを思い出した。

「本気ですよ。いい物件がないならよそを当たりますが」

榊は電話に向かって強い口調で言った。

「いっ、一件あります……」

「これから見に行ってもいいですか」

「はい。お待ちしています」

電話を切ると、駐車場に停めたジャガーに乗って不動産屋に向かった。

あの女を殺したときの自分は欲望をコントロールできずにあまりにも無防備すぎた。

車を使って殺害と遺棄を繰り返していたら、そのうちNシステムに引っかかってしまうかもしれない。それに車内での殺害となると、すぐに殺さなければならないから、得られる快感も少ないとも思った。

一軒家を買ってしまえば、そこで殺害と遺棄をすればいいのだから楽だ。どうせ自分はあと数ヶ月でこの世からいなくなってしまうのだから。

いや――だめだ。死体は別のところに遺棄しなければならない。

たとえ自分が死んでしまった後であっても、家の敷地から死体が発見されれば、犯行が露見してしまうことになる。

澄乃にだけは、永遠に自分が殺人を犯したことを知られるわけにはいかない――

新しい世界に踏み出しても、その思いだけは心の中から完全にはなくなってくれない。

「いらっしゃいませ」

榊が不動産屋に入っていくと、カウンターの奥に座っていた鈴木が立ち上がった。

「とりあえずお座りください」

鈴木の前に座ると一枚の物件情報を渡された。鉄筋コンクリート建ての5LDKで二台の車を停められる専用のガレージがついている。価格は三億二千八百万円とあった。

「気に入ったらすぐに入金するから」

榊は決済用預金通帳をカウンターの上に置いた。

「拝見してよろしいんですか」

榊が頷くと、鈴木は通帳をめくり目を見張った。

「すぐにご案内します」

案内された物件はなかなかのものだった。ガレージに車を入れれば誰にも見られることなく専用のドアから家への出入りができる。敷地が広いうえ庭にはたくさんの木が植えられているから、隣家からの視線も気にする必要がなさそうだ。

榊は部屋の中を見回した。ここなら完璧に自分の快感を追い求めることができそうだ。いろいろなことを夢想しているうちに、からだの底からあの欲望が突き上げてきた。

鈴木と家を出たときにはあたりは闇と静寂に包まれていた。

「すぐに金を振り込むからできるだけ早く入れるようにしてほしい」

鈴木に言って、ジャガーの運転席に乗り込んだ。

「ええ、わかりました。できるだけ早く手配いたしますので数日お待ちください」

鈴木はそう返して、不動産屋の軽自動車に向かった。

一度、あの欲望が押し寄せてきてしまうと、激烈な快感を知った今となっては数日であっても、いや、たとえ数時間であっても我慢するのは耐え難い苦しみだった。

榊はハンドルを握り締め、漆黒の闇の中で爆ぜそうになる欲望を必死に抑えつけていた。

無理だ――

榊はエンジンをかけてアクセルを踏んだ。

14

車から降りると、九月も半ばを過ぎたというのに灼熱の太陽が肌に突き刺さった。

矢部は額からとめどなくあふれてくる汗をハンカチで拭いながら、目の前のマンションに向かった。

「エレベーターもねえのかよ」

前を歩いていた蒼井がうんざりしたように吐き捨てた。

捜査リストを見ると、これから訪ねる川本公平《かわもとこうへい》の部屋は四〇五号室——つまり四階だ。

「しょうがねえな」

蒼井が呟いて、だるそうな足取りで階段を上っていった。

眩しい陽射しにさらされながら屋外についている階段を上り、ようやく四〇五号室の前にたどり着くと呼び鈴を押した。応答がない。

蒼井は息を切らしながらしつこいぐらいに呼び鈴を押し、何度もドアを叩いた。

「留守みたいですね」

矢部が言うと、蒼井が苛立ったような顔を向けた。すぐに階段に引き返していく。

「どうしましょうか。とりあえず次のリストにある仲町を訪ねて、また引き返しますか」

マンションを出ると、捜査リストを見ながら訊いた。

「ちょっと一息ついていこう」

蒼井が車の先に見える喫茶店を指さした。

また休憩か——？

今日はすでに四回も休憩をとっている。この調子だと、今日のノルマはこなせそうにないが、いいのだろうか。

だが、矢部の視線にかまうことなく、蒼井は車を素通りして喫茶店に向かった。

店内に入ると、涼しい風が全身を覆った。肌寒いくらいだ。手に持っていた上着を羽織って蒼井の向かいに座った。

「アイスコーヒー……いや、やっぱりアイスティーを」

蒼井がウエイトレスに告げた。

「じゃあ、ぼくは温かい紅茶を」

ウエイトレスが去ると、蒼井はすぐに新聞を広げた。

同じ光景を何度も目にしている。もう読むところなどないだろうに。きっと自分と話をするのが面倒なだけだ。

この沈黙がたまらなく嫌だった。

休めるのはありがたいが、こんな状況なら、聞き込みを続けていたほうが精神的に楽だ。

それにしても、今日の蒼井は何だか様子がおかしい。昨日の夜は署の道場できちんと休みを取れたはずなのに、矢部の目から見てもあきらかに気が抜けて、だるそうにしている。

これまでは、まともに食事さえとらず、一日中聞き込みに奔走していたというのに。

昨日の一件で、緊張の糸が切れてしまったのだろうか。

三浦の逮捕に立ち会ったときは矢部も興奮した。殺人事件の容疑者を目の前で捕らえたのだ。警察官になって初めて経験する達成感だった。それに容疑者が逮捕されれば、殺伐とした捜査本部の仕事や、気難しい蒼井とも、おさらばできるのだ。

だが、そんな期待は朝の捜査会議であっさりと打ち砕かれた。岡本真紀の死亡推定時刻前後の三浦のアリバイが確認されたと報告がなされたのだ。

まだしばらくは、目の前のオヤジと付き合わなければならなそうだ。

蒼井は新聞に目を向けながら煙草を取り出した。口に持っていこうとしたところで、しばらく煙草を見つめる。この仕草も、今日何度も目にした。

まさか、煙草を吸わない矢部に気を遣っているわけでもあるまい。

いったん煙草を箱に戻そうとしたが、けっきょくは口にくわえて火をつけた。

蒼井が何か声をかけてきたようだが、いきなりのことだったので、よく聞き取れなかった。

「え、何ですか？」

矢部は訊き返した。

「ご両親は健在かって訊いたんだ」

蒼井が新聞からこちらに目を向ける。

「ああ……かろうじてです」

相槌を打った。

「かろうじて？」

蒼井が不思議そうな顔で訊き返す。

「お袋はかなり元気なんですけど、親父は二年前に脳梗塞で倒れて入退院を繰り返してますよ」

何だって急にそんなことを訊くのだろう。

たまに口を利いたかと思えば、まったく嫌なことを思い出させる。

「そうか、大変だな。親父さん、仕事は？」

まだこの話を続けるつもりか。

「パン屋です」

矢部の実家は早稲田でパン屋を営んでいる。夫婦で切り盛りしている小さな店だ。

子供の頃は、パン職人の父親を誇らしく思っていた。友達を連れて家に帰ると、父親はよくみんなにコロッケパンをくれた。息子が言うのもなんだが、うまいコロッケパンだった。

「いつもこんなうまいパンが食えるなんていいよな」と友達から羨ましがられるのを、誇らしい思いで聞いていた。

その頃は、大きくなったらこの店を継ぐのだろうと自然に思っていた。

だけど、高校生になる頃にはそんな思いもどこかに失せていた。いや、失せてしまったどころか、パン屋の仕事に嫌悪すら覚えるようになったのだ。夜中の二時に起きて、ひたすら粉をこねて、一個百何十円のパンを作り続ける毎日。たったそれだけの日々。

父親を見ているうちに、十代にして自分の人生が見えてしまったような気がして嫌だった。もっとおもしろい人生を歩みたい。自分には無限の可能性があるのだと思いたかった。

矢部は大学に行きたいと両親に告げた。店を継ぐなら、大学に行かないで早くパン作りを覚えたほうがいいという両親に、店は継ぎたくないときっぱり言った。てっきり店を継ぐものと思っていた両親は矢部の言葉に落胆したようだったが、とりあえず大学には行かせてくれた。

何かやりたいことがあったわけではない。大学生活の四年間で、きっと何かが見つかるはずだと期待した。だが、けっきょく心の底からやりたいと思えることは見つからなかった。

就職活動にも苦戦した。何十社と面接を受けてもいっこうに内定をもらえない。早々に内定をもらってこれからの新生活に夢を馳せる友人たちを見て、焦りばかりが募っていく。

自分には無限の可能性などないのだと悟った。

「パン屋でもやるかな」

矢部の言葉を聞いて、母親は大いに喜んだ。だが父親は、「おまえなんかにパン職人が務まるわけがないだろう」と、矢部の言葉を一蹴した。一度は店を継がないと言ったことを根に持っているようだ。

母親は矢部に店を継がせようと説得したが、父親の態度は頑《かたく》なだった。

その年、ひとつも内定をもらえなかった矢部は就職浪人をした。何もすることがなく家でぶらぶらしているのに、父親はまったく店を手伝わせようとしない。それどころかまともに口も利かなくなった。父親と顔を合わせるたびに息苦しさがこみ上げてくる。早く仕事を見つけて家から出て行きたかった。そんなときに目にしたのが警察官募集のポスターだった。

母親はいまだに警察官になったことに反対している。危険だからだ。

二年前に父親が脳梗塞で倒れたとき、母親は矢部のもとを訪ねてきて、警察官を辞めて店を継いでくれと懇願した。矢部も心の中ではそうしてもいいと思っていた。

警察官という仕事が肌に合わなかった。規則ばかりに縛られて、自由がなく、過酷な仕事になかば嫌気がさしていたのだ。

だが、病室に行ってそれとなく父親に切り出してみても、「おまえなんかにパン職人が務まるわけがないだろう」といつもの口調でまったく取り合わなかった。

今、父親は週に二、三日だけ店を開けているという。それなりに蓄えがあるのだから無理して仕事をしなくてもいいと言ってもまったく聞かないのだと、母親はよく電話口で嘆いている。

矢部には理解できなかった。何の使命感があってそんな無茶をするのだろう。たかが、一個百何十円のパンじゃないか。そんなもののために命を削ってどうする。

近くには安い値段で大量にパンを売っているスーパーがたくさんある。別に誰かに求められているわけでもないのに、どうしてつらいからだに鞭を打つ必要があるのだろう。

その行為がどこか、矢部に対する当てつけのように感じられて苛立つのだ。

「どうして店を継がないで、警察官になったんだ」

蒼井が訊いてきた。

「ぼくには警察官は向いてないっておっしゃりたいんでしょう。パン屋がお似合いだと」

父親のことを思い出してしまったせいか、反発的な物言いになっていた。

父親には、おまえなんかにパン屋が務まるわけがないだろうと言われ、蒼井からも同じような態度をされる。

「ただ、羨ましい仕事だと思っただけだ」

蒼井の言葉が意外だった。

「パン屋のどこが羨ましい仕事なんですか」

矢部が訊くと、蒼井はゆっくりと煙を吐き出した。

「おれは仕事で何かを作ったことがない。失うのを見ていくばかりだ」

呟くように言って、煙草を灰皿に押しつける。

「蒼井さんはどうして警察官になったんですか」

矢部の質問に、蒼井は窓の外に目を向けて、しばらく考え込んだ。

「どうしてだろうな……よく覚えてない。まあ、その程度のきっかけだ」

考え込んでいたわりには、拍子抜けするような答えだ。

「親父さんは今でも入院してるのか」

そういえば、一週間前に父親がまた入院することになったと、母親から電話があった。

「見舞いに行かなくていいのか」

矢部の話を聞いて、蒼井が言った。

「しばらく休みは取れないんでしょう。それに会っても特に話すこともないですし」

蒼井がじっと見つめてきた。

「ところで……この前、署に荷物を持ってきたかたはお嬢さんですか」

父親の話題を変えたくて訊いた。

「ああ」

「おいくつですか」

「二十歳」

「大学生ですか」

「いや、ダンサーを目指してるんだとさ。まったくどうしようもない」

蒼井が苦々しそうな表情を浮かべた。

どうりで。スタイルのいい派手な格好の女性だった。

堅物なオヤジと、いまどきの女の子の日常生活が目に浮かぶようで、それぞれに軽く同情した。

「そろそろ行くか」

蒼井が伝票を持って立ち上がった。

マンションに入ると、蒼井が足を重そうに引きずりながら階段を上っていく。目の前の背中が激しい息遣いとともに揺れているのを感じた。少し上っては立ち止まり、手すりをつかんでは、大きく深呼吸する。

「体調でも悪いんですか」

矢部が声をかけると蒼井は、「いや、別に」と首を横に振った。

「まだ帰ってないかもしれないんで、ちょっと見てきますよ。ここで待っててください」

蒼井を追い越すと、階段を駆け上った。四〇五号室の呼び鈴を押すと、「はい——」と男がドアを開けた。爽やかな印象の若者だ。

「警視庁の矢部と申します。川本公平さんでしょうか」

警察手帳を示して訊くと、相手が頷いた。

「ちょっとこのまま待っていていただけますか」

川本に告げて、階段まで駆けていく。「いらっしゃいました」と階下に向かって叫んだ。

だが、なかなか蒼井は現れない。ようやく踊り場に姿を見せたと思ったら、じれったくなるような足取りで残りの階段を上ってくる。

「おまえが訊け。おれがメモをとるから」

蒼井に肩を叩かれ、からだが強張った。

「ぼくがですか？」

殺人事件の聞き込みで、直接相手に話を聞くのは初めてだ。何を訊けばいいのだろう。

「いいか。話しているときの相手の目、表情、手の動きなんかをよく見ておけよ」

蒼井がポケットからメモ帳を取り出すと歩き出した。

我に返って、蒼井の背中についていく。

「お待たせして申し訳ありません。警視庁の蒼井と矢部です」

蒼井はそれだけ言うと、一歩後ろに下がり、矢部を前に促した。

「あの……岡本真紀さんのことでお訊きしたいんですが……」

緊張気味に話し始めた。

「はい……」

川本が神妙な表情で頷いた。

「事件のことはご存知ですか」

「ええ、もちろん……友達の間で話題になっていますから」

川本は真紀が半年前までアルバイトをしていたハンバーガーショップで働いている。学校は違うが川本も真紀と同じ大学二年生だ。

ちらっと後ろを振り向いた。どういうきっかけで、何を切り出せばいいのかわからない。だが、蒼井はメモ帳を持ったままじっとしているだけで、助け舟を出すつもりはないらしい。

「岡本さんとは親しかったんですか」

しかたなく、川本に向き直って訊いた。

「彼女がバイトをしていたときには仲間内で何度か遊びに行ったことがありましたけど、辞めてからはそれほど……」

「あの……事件の一週間ほど前に岡本さんに電話していますよね。そのとき、どんな話をされたんですか」

「バイト仲間で飲み会でもやろうかなあと思ったんですよ。それで、ひさしぶりに彼女に連絡して都合を聞いたんです」

川本の表情をつぶさに見ているが、それが本当のことなのかどうか、自分にはまったくわからない。

「まさか、あれが最後の電話になっちゃうなんて……」

川本が沈痛な表情を浮かべた。

「遺体が発見されたのは東日暮里なんですが、何か思い当たることはありませんか」

だいぶ、調子が出てきたようだ。訊かなければいけないことが次々と頭に浮かんでくる。

川本が目線を右に上げた。考えているようだ。

「友人がいるとか、行きつけの店があるとか……そんな話を聞いたことは」

「ちょっとわからないですね」

申し訳ないという顔で答えた。

「彼女と付き合っていたり、特に仲のよかった男性をご存知ですか」

「去年まで同じバイトだった杉田《すぎた》と付き合ってたんじゃなかったかな。年明けすぐにバイトを辞めちゃったけど。あとは、特に親しかった男って言われても……」

杉田には午前中に聞き込みをした。以前、真紀と付き合っていたが、去年の暮れに別れたと言っていた。理由はよくわからないが、真紀から急に別れを告げられたという。ハンバーガーショップのアルバイトを辞めたのはそのことが理由だったのかもしれない。杉田はそれ以降、真紀とは連絡を取り合っていないと言っていた。

杉田のアリバイはすでに確認済みだ。真紀が殺害された時刻、杉田は自宅近くのレンタルDVD店でアルバイトをしている。

「ちなみに……車は持っていますか」

その質問に、今まで殊勝だった川本の表情が一変した。

「ぼくが疑われているってことですか？」

「いえいえ、そういうわけではないんです。みなさんに訊いていることですから」

矢部はとりなすように言った。

「車は持っていません」

「免許は？」

持っていると、頷いた。

「ちょっとお訊きしづらいことなんですけど、これもお会いしたみなさんにお訊きしていることなので……月曜日の夜中から翌日の朝にかけてはどちらにいらっしゃいましたか」

相手の機嫌をこれ以上損ねないように、言い訳がましく訊いた。

「家で寝てましたよ」

川本がにべもなく答えた。

「普通、そうでしょう」

「どう思う？」

車に戻ると、蒼井が訊いてきた。

「どうって……蒼井さんはどう思いましたか」

何とも答えようがなく、訊き返した。

「おまえに訊いているんだ」

「嘘をついているようには思えませんでしたけど……それに車も持っていないということですし」

「そうか」

車がなければあの場所まで遺体を運べないだろう。

「これからどうしましょうか」

時計を見ると、五時を過ぎている。もうひとり聞き込みに行くには中途半端な時間だ。

「署に戻る」

蒼井がだるそうに座席に深くもたれかかったのを見て、矢部は車を出した。

「会議ではおまえが報告してくれ」

「えっ？　どう報告すればいいんですか」

「おまえが感じたとおりに報告するしかないだろう」

突き放すような蒼井の言葉に、急に心の底から不安がこみ上げてきた。

自分の感じたとおりに報告するしかないだろうって――

川本が嘘をついているようには思えなかった。だけど、それは何の根拠もない感覚的なものでしかない。

自分は何か大きなものを見逃してはいないだろうか。

先ほどまでの川本とのやり取りを思い返してみる。

車を持っていないといっても、友人や誰かから借りることだってできるだろう。

いや、川本には動機がない。それに、あんなに悲しそうな顔をしていたではないか。

だけど、本当にそう言い切れるのか。自分は川本の何を知っているというのだ。あの悲しそうな顔だって演技かもしれないではないか。

杉田は真紀から突然別れを切り出されたという。理由はわからないと。

もしかしたら、真紀と川本が付き合うことになって、杉田に別れを言い渡したとは考えられないだろうか。川本はルックス的にもかなり魅力的な男だ。今までの聞き込みでは真紀と川本が付き合っていたという話はまったく出ていないが、周囲には内緒にして付き合っていた可能性だってある。

　事件当時、真紀には三浦というホストの恋人がいた。ということは、川本とは何らかの理由で別れたのかもしれない。

　一週間前の電話の用件は本当に飲み会の誘いだったのだろうか。半年前に辞めた真紀をバイトの飲み会に誘うというのも少し不自然のような気がする。何人かのバイト仲間に話を聞いたところ、真紀の評判はあまりいいものではなかった。

　本当は真紀に復縁を迫ったのかもしれない。真紀はいったんは断ったが、事件の夜に三浦と大喧嘩をして川本に会いたくなった……

　川本と三浦はまったくタイプのちがう男だ。ひとりぼっちの寂しい夜に優しそうな昔の恋人を求めたくなったのかもしれない。

　月曜日の夜にふたりが連絡を取り合った形跡はない。だけど、元恋人であれば川本の家も知っているだろう。いきなり真紀が訪ねてきたことだって考えられる。

　そして、セックスの途中に何かのきっかけで喧嘩になって彼女を殺してしまい……

　いや、あの部屋で殺したのなら、エレベーターのない四階から死体を運び出すのは難しいだろう。でも……けっして不可能とは言い切れない。

だめだ――頭の中で勝手な妄想が広がっていく。

こんなことは自分の推測、いや、創作でしかない。だけど、そう言い切れるのか。まったく可能性がないことなのか。

川本にはアリバイがない。でも、それはいたって普通のことだ。多くの人は夜中から朝にかけては寝ている。こんなことで疑っていたら、ひとり暮らしをしているほとんどの人間が容疑者になってしまう。

だけど……川本は最後まで、早く犯人を捕まえてくださいという趣旨のことを言わなかった。

でも、それは自分が疑われているかもしれないという不快さからだったのか。

わからない……わからない……

いずれにしても、自分に川本に関する報告なんかできやしない。こんな重大な責任を負わされるなんて冗談じゃない。だいいち、蒼井は自分のことなど信用しないと言っていたではないか。どうしてこんなことをさせるんだ。

自分みたいなひよっこに――

「――今日、聞き込みをした杉田伸司《しんじ》、前原保《まえはらたもつ》のふたりに関しては、事件当時のアリバイが確認できました。岡本真紀のバイト仲間だった川本公平に関しては、自宅で寝ていたということでアリバイは確認できていません」

緊張しながら報告を終えると、小さく頭を下げた。

「おい、それだけか」

座ろうとした矢部に、刑事課長から一喝が飛んだ。

「あ……いや……」

捜査本部にいる全員がこちらを見ている。

「その川本から話を聞いた感触はどうなんだ」

「ど……どうって……は、話している内容は自然でしたし、うっ、嘘をついているようには……自分には……ただ、いろんな可能性を考えると……」

しどろもどろになった。

「おまえは何が言いたいんだ！」

刑事課長から睨みつけられた。

正面に座った幹部や、まわりの捜査員がじっと矢部を見ている。まるで刑場で吊るし上げられている罪人のようだ。

「わからないんです。相手の言っていることが本当なのか嘘なのか。本当のことのようにも思えますし、疑い始めたらきりのないくらいにいろんな妄想が広がってきて……自分でもわからないんです」

泣きそうになりながら答えた。

「座れ。次――」

刑事課長から呆れたように言われ、矢部は椅子に座った。

次々と捜査員が報告していく。みんな的確なことを言っているように聞こえる。

涙をこらえている間に会議が終了した。捜査員が立ち上がって、じろじろと矢部を見ながら講堂を出て行く。中には笑っている者もいた。

「いじめですか……」

矢部は隣を向いて呟いた。蒼井は正面を向いたまま黙っている。

「ぼくみたいな新米にこんなことを押しつけて」

「新米だろうと何だろうと刑事だろう」

蒼井がこちらを向いた。

「会議で報告しろと言われてから、おまえは何か大きな見過ごしをしているんじゃないかとずっと怯えていただろう。自分が何かを見過ごしたせいで犯人を逃してしまうんじゃないだろうかってな。犯人を捕まえないかぎり、その思いはいつまで経っても消えてくれない。死ぬまでそんな思いを抱えていくことになる。それがこの仕事の原動力だ」

疲れ切った顔をしているが、視線だけはじっと矢部に据えられている。

「今日は家に帰る。おまえも寮に戻っていいぞ。たまには親父さんに電話ぐらいしてやれ」

そう言うと、蒼井が立ち上がった。

疲れた足どりで建物を出ると、先ほどの言葉を思い出して携帯電話を取り出した。

たまには親父に電話ぐらいしろ──か。

しばらく悩んでいたが、やはりそんな気にはなれなくて携帯電話をしまった。

ひさしぶりに寮に戻ってゆっくり休めるというのに気分は重かった。この事件が解決しないかぎり、いや、警察官を続けているかぎり、こんな思いを抱えていくことになるのか。

そんな日々に自分は耐えられるだろうか。やはり警察官には向いていないのではないか。

世の中にはもっと楽しい仕事があるはずだ。

とりあえず何か飯を食べてから寮に戻ろうと警察署から出たとき、見覚えのある女性の姿を見かけた。

たしか蒼井の娘だろう。警察署の前でうろうろしている。矢部と目が合った。

「蒼井さんのお嬢さんですよね」

矢部が声をかけると、軽く頷いた。

「蒼井さんは家に帰られましたよ」

「そうですか……」

「何か預かりものでしたら渡しておきますけど」

「いえ……」

蒼井の娘は何か言い淀むように口を閉ざした。だが、その場を離れる様子はない。警察署をちらちらと見ている。

「それじゃ」

矢部は片手を上げて挨拶すると、馴染みのラーメン店があるほうに足を向けた。

「あの――」

呼び止められて、振り返った。

「あなたは……」

ためらうように訊いてきた。

「矢部といいます。日暮里署の刑事で蒼井さんとコンビを組ませてもらってます」

「女子大生殺人事件の……」

「ええ」

「被害者の前夜の足どりってわかったんですか?」

こんな若い女の子の口から『足どり』などという言葉が出てくるなんて。さすが刑事の娘だと妙な感心をした。

「捜査のことについては一般のかたにはお知らせできないんですよ……と、本来なら言うんでしょうけど、わかっていません。お父さんに聞けばわかるでしょうから」

「そうですか……それって重要なことですよね」

何やら思い詰めたような目で問いかけてくる。

「ええ。そのためにみんな足を棒にして駆けずり回ってますから」

「ちょっと付き合ってもらえませんか」

蒼井の娘がうつむきがちに言った。

蒼井の娘は瑞希と名乗った。

だが、自分から喫茶店に誘っておいて、注文を終えるとずっとうつむいたまま黙っている。

いったい何なのだろう。もしかしたら矢部に好意を抱いて告白しようと外で待ち伏せしていたのかと、幸せな想像が脳内に広がってくる。

「ダンサーを目指してるんだって？」

緊張をときほぐそうとして話しかけると、瑞希が驚いたような目を向けた。

「蒼井さんから聞きました」

「そんな話をするんだ……」

意外だというように呟くとふたたび顔を伏せた。

「いいなあ、夢があって。おれも二十歳の頃に戻りたいよ。そしたらこんな……」

思わず仕事の不満を言いそうになって慌てて口を閉ざした。

「夢なんて言えば聞こえがいいけどおまえは甘えてるだけだ」

いきなり瑞希に視線を向けられてどぎまぎした。

「いつも父親に言われてることです」

蒼井が言いそうな言葉だと心の中で頷いた。

「わたしのことなんかこれっぽっちもわかってないくせに。いつもいつもわたしがやることに文句ばかりつけて」

もしかしたら蒼井とコンビを組んでいるということを知って、父親の愚痴を言うために矢部を誘ったのではあるまいか。

「厳しそうなお父さんだからね。うちの親父とちょっと似てる」

幸せな想像があっさりと打ち砕かれたようで、意気消沈しながら言った。

「あんな冷血な人はそんなにいないですよ」

かなり手厳しい発言だ。

「厳しい人だとはわかるけど、冷血っていうのは父親に対してちょっと言いすぎじゃないかな」

さすがに少し蒼井がかわいそうになってフォローした。

「冷血ですよ。仕事のためにお母さんを見殺しにしたんだから」

「見殺し？」

物騒な言葉にぎょっとして訊き返した。

「ええ。母が倒れて病院で生死の境をさまよっていたっていうのに……」

瑞希の話によると二年半ほど前に、母親が自宅で突然倒れて救急車で病院に運ばれたという。くも膜下出血で意識不明の状態に陥り蒼井の携帯に連絡したが、仕事で手が離せない状態だと言って電話を切られたそうだ。そして母親が亡くなって何時間も経ってから蒼井はようやく病院に駆けつけてきた。

その話を聞いてたしかにひどいなと思った。物理的な問題があったのであればしかたがないが、仕事のために大切な人の最期を看取らないなんて、自分にはとても信じられない。

「お母さんはずっとあの人のために尽くしてきたっていうのに……ひどいと思いませんか」

話しているうちにそのときの怒りと悲しみをよみがえらせたのか、瑞希の目が潤んでいる。

何だか妙なことになってきた。暇なときであればかわいい女の子の愚痴をいくらでも聞いてやるのだが、あいにく今の自分にはそれほどの気力もない。

「申し訳ないんだけど……そういう話なら今度ゆっくりと聞いてあげるよ。ちょっと慣れない仕事で疲れ切っててさ」

伝票を取って立ち上がろうとすると、とっさに瑞希が手をつかんできた。

「岡本真紀さんがどこにいたか知ってるんです」

「は？」

意味がわからない。

「死体が発見された前の夜に彼女は渋谷にある『エキウス』というクラブに行ってたんです」

どうしてそんなことを知っているのだ。

「きみが会ったの？」

とりあえず訊いてみると、瑞希は首を横に振った。

「わたしじゃないんだけど……わたしの友達が……いや、正確に言うとわたしの彼氏の先輩が見かけたんです」

先ほど、彼氏とその先輩と三人で飲んでいたときに、殺人事件の被害者になった女性と前夜に会ったことを聞いたという。その先輩と岡本真紀は顔見知りだったようだ。

「『エキウス』が入ってるビルの階段ですれ違っただけだって言ってたけど……」

「どうして先輩は警察に連絡してそのことを話さないんだろう」

「他人事だからでしょう。それに……」

そこで瑞希が口を閉ざした。何か言えない事情があるらしい。

「それでお父さんに話そうと警察に来たの？」

瑞希が少し考えてから首を横に振った。

「父親には言えない。というか、言いたくない」

「どうして？」

「その先輩は渋谷のクラブでＤＪをやってるんです。わたしの彼もＤＪを目指してて、その先輩にものすごくお世話になってて……父親にしてみたらダンサーやらＤＪなんていうのはろくな人種だと思ってない」

「蒼井さんを彼氏や先輩に引き合わせたくない？」

「わたしは先輩にそのことを警察に話したほうがいいんじゃないですかって言ったんだけど……今は行きたくないって頑なに拒まれて……」

「もしかしてドラッグかなんかやってるのかな？」

察しをつけて訊いてみると、瑞希が小さく頷いた。

「わたしも彼氏もやっていないけど、その人はＭＤＭＡを……それで薬が抜けるまでは警察になんか行かないって。彼氏からもこのことは話さないでくれって口止めされて……でも……」

そのことを警察に知らせたいけど、蒼井に知られたら瑞希も彼氏も立場が悪くなるということか。

「夜の一時ぐらいに岡本真紀さんは間違いなく『エキウス』にいたんです。そのことだけうまく帳場に伝えてもらえませんか」

またしても『帳場』という瑞希には似つかわしくない言葉を聞いて、やはり刑事の娘なのだと思った。

何とか瑞希の力になってやりたいが、なかなかの難問だろうと頭を抱えた。

自分がそんな発言をしたらどこでその情報を知りえたのかと必ず問いただされるだろう。

「お願いできませんか……」

瑞希に懇願され、矢部は「わかったよ。お兄さんに任せなさい」と格好つけた。

15

蒼井は改札を通る前に立ち止まり、軽く目頭を揉んだ。

疲れが溜まっているだけか。それともこれが、もうすぐ死にゆく者が見る光景なのだろうか。

福田から病状を告げられた瞬間、自分の視界からすべての色彩が消えうせた。残ったのは白と黒だけ——

突然、モノクロの世界に放り出されて、それからは今まで自分に見えていたはずの色を求めるように、ひたすら街をさまよった。

道行く人たち。道路を走る車の波。きらびやかな銀座の街並。今まで目に留めたことすらなかった、歩道の隅に生えている小さな草花——

だが、どんなに目を凝らして見ても、自分の視界に色が戻ってくることはなかった。

それからは、捜査会議が始まる直前まで、書店で胃がんに関する本を読んでいた。

福田から具体的な余命は告げられなかったが、本で自分の病状と照らし合わせて考えると、おそらく半年がいいところではないかと思った。あとは抗がん剤の作用によって、一日、一時間、一分……と、少しでも寿命を延ばせるかどうか。

署に戻って本部に入ると、少しずつ、自分の視界に色彩がよみがえってくるのを感じた。

講堂の一番後ろに置かれた被害者の遺影と献花。真紀が好きだったというカンナという花の鮮やかな黄色が目に飛び込んできた。並べられた長机とパイプ椅子のくすんだ色。正面のホワイトボードに貼りつけられた遺体写真。そのすべてが、今朝までたしかに自分が見ていたのと同じ色調をしている。同時に、色彩とともに音を感じなくなっていた耳に、捜査員のざわめきや息遣いが漏れ聞こえてきた。

捜査会議ではよどみなく三浦の取り調べの様子を報告できた。だが、会議が終わり講堂を出ると、ふたたび自分の視界から色が消えていき、薄暗い世界に包まれた。

自分はもうすぐ死ぬ――

その恐怖に身も心もがんじがらめにされ、他のことは何も考えられなくなった。

道場に行って布団に入ってもいっこうに眠れない。

死んだら、自分はどういう世界に行くのだろう。両親を亡くした瑞希や健吾はこれからどうなってしまうのか。今、抱えている仕事は誰が引き継ぐのだ。

そもそも『死』とはいったい何なのだ……

そんな答えの出ない堂々巡りを繰り返しているうちに朝になってしまった。

この二日間、ほとんど寝ていない。早く自宅に帰って、少しでもベッドで休みたかった。

自宅の前にたどり着くと、リビングの窓から明かりが漏れている。呼び鈴を押して鍵を開けてもらおうかと思ったが、今は瑞希と健吾に対してどんな顔をしていいのかわからない。

それに、蒼井の顔を見たふたりが、何かの異変を感じ取ってしまうのではないかと不安だった。

今の自分はきっと、この世の終わりだと言わんばかりの絶望を顔中に貼りつけているはずだ。どんなに繕っても隠しようがない。

蒼井はポケットから鍵を取り出した。ドアを開けたがチェーンロックがかかっている。しかたなく呼び鈴を押すと、チェーンロックを外して健吾がドアを開けた。

「どうしたの……もう解決したの？」

蒼井を見て、健吾が意外そうな顔で言った。

「いや、まだだ……ちょっと疲れたから家で休もうと思って」

健吾から目をそらすように言い、靴を脱いだ。だが、目をそらすまでもなく、健吾は父親の顔には興味がないといった様子で、すぐにリビングに入っていった。

蒼井は浴室に行くと上着を脱いで、とりあえず顔を洗おうと洗面台の前に立った。

鏡に映った自分の顔を見てぎょっとした。

両目に大きなくまを作り、こけた頬に、生気のない表情――

すでに死人のような顔だった。

蒼井は蛇口をひねってばしゃばしゃと顔を洗った。シャワーを浴びる気力もなく、浴室から出た。リビングに入ると、ソファに寝そべりながら健吾がテレビを観ている。

「瑞希は？」

蒼井は訊いた。

「今日は友達の家に泊まるってさ」

健吾がこちらに顔を向けずに答える。

「そうか……」

いつもなら、勝手に外泊していると知ったら腹立たしくなるのだが、今はどこか安堵している。

「お母さんの水、ちゃんと取り替えてくれてるか」

開け放たれている隣の和室に目を向けた。

「明日やるよ。おやすみ」

素っ気なく言ってテレビを消すと、健吾がリビングから出て行った。

蒼井は小さな溜め息をついて、ゆっくりと和室に向かった。リビングから漏れる明かりだけの薄暗い部屋に足を踏み入れる。仏壇から水入れを取ると、台所に行った。水を取り替え、冷蔵庫を開けた。中に入っていたパック酒をコップに注ぎ、水入れと一緒に和室に持っていく。

水入れを置き、仏壇の前であぐらをかいた。

じっと由美子の遺影を見つめる。

由美子……死ぬってどういうことなんだろう。

心の中で問いかけた。

教えてくれ。死ぬってどういうことなんだ？

たくさんの……たくさんの死に接してきたというのに、死ぬっていうことがどういうことなのかまったくわからないんだ。

こっちの世界で言われているように、そこには、天国や、地獄があるのか？

おまえのまわりに仲間はいるのか？　それともひとりぼっちなのか？

そこに逝くことは苦しいのか？　悲しいのか？　幸せなのか？　それとも、何も感じないのか？

今、この世界で見ている、感じている、すべてのことをなくしてしまうのか？

死んだ瞬間、おまえのことも、瑞希や健吾のことも、忘れてしまうのだろうか？

おまえは、今でもおれのことを覚えてくれているのか？

なあ、教えてくれ……

もしかしたら、もうすぐおまえと会えるかもしれないというのに、おれは怖くて怖くてしかたないんだ。

コップに注いだ酒を一気に飲み干した。手の震えが止まらない。

由美子は何も答えてくれず、ただじっとこちらを見つめ返すだけだ。

「これから渋谷に行ってみませんか」

運転席の矢部の唐突な言葉に、蒼井は意味がわからず目を向けた。

「渋谷?」

「ええ。実は昨日寮に戻ってからいろいろと考えていたんです」

「何を」

「被害者が三浦と別れてからどこに行ったのかと」

「それで何で渋谷なんだ」

「いや……憂さを晴らしにどこかのクラブに行ったんじゃないかと思って」

そんな可能性は矢部に言われるまでもなくわかっている。現に他の班が岡本真紀の行きつけだったクラブや飲み屋をしらみつぶしに当たっている。だが、いまだに三浦と別れてから死体が発見されるまでの真紀の行動はわかっていない。

「女心ってやつをちょっと考えてみたんですよ。彼氏と大喧嘩した後だったら、誰も知らないところに行って男でも引っかけようとしたんじゃないかと思うんですよ。ほら、捜査リストにあるのはとりあえず被害者が行ったことのあるところばかりでしょう」

流暢《りゅうちょう》に話す矢部に目を向けながら胡散臭《うさんくさ》さを感じている。

「だからなぜ渋谷なんだ」

「六本木ときたら次は渋谷でしょう」

「答えになってねえだろう」

話にならない。

「くだらないことを言ってないで早く署に戻れ」

「昨日、ネットでいろいろと調べてみたんですよ。そしたら被害者が好みそうなクラブが渋谷にあるんですよ。そこだけでもちょっと行ってみましょうよ」

ここまで食い下がってくる矢部を見て、胡散臭さを通り越して確信めいたものがあった。

こいつは何か隠してやがる。

「わかった」

矢部が言っていたクラブは桜丘町にあった。渋谷の喧騒から少し離れた静かな場所だ。薄暗い路地裏に『エキウス』と看板が灯っている。

矢部が雑居ビルの階段を上っていく。蒼井はその背中に視線を据えながら後に続いた。

階段を踏みしめるたびに胃のあたりに鈍痛が走る。ようやく二階に上がると矢部が店のドアを開けて中に入っていく。

店内に入った瞬間、大音量の音楽とフラッシュライトに包まれた。立ちくらみしそうになるのを我慢して奥に進んでいく。

受付の前で立ち止まると矢部がこちらを振り返った。勝手にやれ——と頷くと、矢部が従業員に警察手帳を示して話を始めた。

何人かの従業員に被害者の写真を見せながら、月曜日の夜にこの女性がやって来なかったかと訊いていく。だが、誰もがわからないと首を横に振った。

「もうちょっとよく見てくださいよ。ここに来ているはずなんですよ。こういう服を着てたんですけどね」

被害者が着ていた服の写真を見せながら食い下がる。

「もしかしたらいたかもしれないけど……よく来る人でもないかぎりわかんないよ」

従業員が素っ気なく返した。

「外れたな」

こちらを向いた矢部と目が合って言った。

指を動かして外に出ろと指示する。矢部が腑に落ちないという表情で首をひねりながら蒼井に続いた。店を出た瞬間、矢部の胸ぐらをつかんで壁に押しつけた。

「どういうことか説明してもらおうか」

睨みつけると、矢部が慌てふためいたように口をぱくぱくさせた。

「どういうことって……どういうことですか？」

「きさま、何か隠してるだろう。どうしてここに被害者がいたと思ったんだ」

「いや……なんとなくですよ……外しちゃいましたけど……あれ、おかしいなあ……」

しどろもどろになる。

「本当のことを言え！」

矢部をさらに締め上げて怒鳴りつけた。

苦悶の表情を浮かべながら矢部が呟いた。

「いや……あの……」

瑞希と連絡を取ると高田馬場に向かった。瑞希がバイトしているファミレスの駐車場に車を停めると助手席から建物を見つめた。

「おまえのせいで時間を無駄にした」

運転席の矢部に目を向けて吐き捨てた。

矢部は針のむしろに座らされているような面《つら》をしている。

「あの……彼女のこと……怒んないでくださいね」

弱々しい声で呟いた。

「おまえには関係ない」

煙草の箱を取り出したときに、従業員用のドアが開くのが見えた。瑞希が出てくる。クラクションを鳴らすとびくっとしたようにこちらを向いた。重そうな足どりで近づいてくる。

「おまえは茶でも飲んでろ」

蒼井が命じると、矢部は少しほっとしたようにシートベルトを外した。

矢部は車から出ると瑞希と目を合わせ、ばつの悪そうな表情を浮かべてから建物に向かった。瑞希は渋面を作りながらその背中を見ている。こちらに視線を向けた瑞希に運転席に乗れと手招きした。瑞希がしかたなさそうにドアを開けて蒼井の隣に座った。

「この車、臭いわね」

瑞希の言葉に、無意識に口にやっていた煙草を箱に戻した。窓を開けて空気を入れ替える。

「どういうことか説明しろ」

蒼井は言ったが、瑞希はうつむいたままこちらを見ようとしない。

先ほどさんざん問い詰めたが、矢部は瑞希から聞いたとしか言わなかった。

「おまえが被害者を見かけたのか？」

問いかけると、瑞希が首を横に振った。

「じゃあ、誰だ」

「よく知らない人……」

「その人から直接話を聞いたのか」

瑞希はうつむいたまま何も答えない。

きっと言いたくない事情があるのだろう。警察官と関わりを持ちたくない人物か、自分が警察官の娘だと知られたくない人物。

「もしかしておまえの恋人か？」

蒼井が訊くと、瑞希がゆっくりとこちらに顔を向けた。

「彼氏の先輩……」

ぽつりと呟いた。

「お世話になってる先輩だから、わたしからこの話が漏れたってわかると彼氏の立場がなくなるの」

「大切な人なのか？」

どうしてこんな言いかたをしたのか自分でもよくわからない。いつものように、厳しく問い詰めればいいではないか。

殺人事件の捜査と、恋人の立場と、どっちが大事なんだと。

「お母さんは……何でお父さんと結婚したのかな……」

ふいに訊いてきたが、話をそらしたいがためではないことはわかった。

「どうしてだろうな……まあ、安定している公務員だからって理由じゃないことだけはたしかだ」

「何で？」

「安定を望むなら刑事の妻なんか選ばない」

付き合っている間も、結婚してからも、激務の毎日でまともにデートしたのは数えるほどだった。だけどそのひとつひとつが、今でも鮮明に思い出せるほど印象的なものだった。

由美子との思い出を振り返ったとき、少しだけ死への恐怖心が和らぐのを感じた。

少なくとも、自分の人生はそう悪いものではなかったと思えたせいだろうか。

「お母さんは、お父さんのどこに惹かれたのかな」

娘としては当然の疑問だろう。亭主関白で、仕事にしか興味を示さず、苦労ばかりかけてきた。

「お母さんがどう思っていたのかはわからないが、お父さんがお母さんに惹かれた理由はわかる」

「どんなこと？」

瑞希が覗き込むように訊いた。

「他人のことを考えられるところだ。いつも他人の痛みを自分のことのように感じていた。優しくて、尊敬できる人だった。おまえはお母さん似なのかもな」

少なくとも、他人でしかない被害者のことを無視できなかったのだから。

蒼井の言葉を聞いて、瑞希の目が反応した。

「本名は知らないけどテツさんって人……渋谷の『クエルボ』ってクラブでＤＪをしてる」

「その人は今日もそこにいるのか」

蒼井が訊くと、瑞希は「たぶん……」と頷いた。

「ありがとう」

クラブ『クエルボ』に行くと、さっそく従業員にテツがどこにいるのかを訊ねた。テツはＤＪブースと呼ばれる場所にいた。蒼井は矢部とともに近づいていった。

「テツさん？」

話しかけたが大音量の音楽に気づかないのか、テツは腰をくねらせながら無心にレコードを回している。

テツが回しているレコードの上に警察手帳を投げ出した。テツがぎょっとした顔をこちらに向けた。レコードが止まり、店内を満たしていた音が小さくなった。

「ちょっと話がしたいんだけど外に来てくれるかな」

蒼井が鋭い眼差しを向けると、テツがせわしなく視線をきょろきょろさせた。目が泳いでいる。薬物でもやっているようだ。

蒼井は警察手帳をしまうとテツを連れて店から出て行った。

「な……何の用ですか……」

テツがうろたえるようにからだを震わせながら言った。

「岡本真紀さんのことでお伺いしたいんです。事件のことはご存知ですよね」

「真紀の事件……」

てっきり麻薬の捜査だと勘違いしたのだろう。少しだけ表情に余裕が戻ったみたいだ。

「彼女と最後に会ったときのことを教えていただきたいんです」

「真紀と最後に会ったときって言われても……もう数ヶ月も会っていないからな」

深く関わりたくないからか、警察での詳しい聴取が嫌なのか、しらばっくれているようだ。

「妙な風邪薬でも飲んだのか、記憶力が散漫になっているみたいですね。何でしたら署でじっくり話を聞かせてもらってもかまいませんよ」

軽く笑いながら言うと、テツが怯むように少し身を引いた。

「ただ、あいにくわたしたちもそれほど暇ではなくてね。あなたが知っていることを正直にここで話してくれれば、お互いに楽ができるんですけどね」

テツはトリップした脳細胞で、必死に蒼井の言葉の意味を考えているようだ。

「彼女と最後に会ったのはいつですか。正直に」

蒼井はテツを見据えながら訊いた。

「思い出しました！　そういえば一番最後に会ったのは一週間前の月曜日の夜中でした」

現金な奴だ。

「間違いありませんか。日曜でも土曜でもなく、月曜日の夜でしたか」

「間違いないです。先週は土曜も日曜もプレイがあったんで、あの時間に行けるとしたら月曜日です」

テツが何度も大きく頷いた。

「どこで会ったんですか」

「渋谷にある『エキウス』ってクラブです。いや、正確に言うとクラブが入っているビルの階段です」

先ほど行った薄暗い急な階段を思い出した。

「何時頃ですか」

「一時前ぐらいだったかなあ。酔い潰れて階段に座ってたんですよ。軽く声をかけたら、酔いが醒めたら家に帰るみたいなことを言ってたな。店を出たときにはもういなかった」

「あなたが店を出たのは何時ですか」

「三時ぐらいかな」

「店にいた客の顔は覚えていますか」

「知っている人間なら……」

「あなたがいるときに店から出て行った人を思い出せるかぎり教えてください」

テツが言った何人かの名前を矢部がメモする。

「ありがとうございます。またお話を聞かせていただくかもしれませんが、今日はとりあえず失礼します」

蒼井が言うと、テツは胸を撫で下ろしたみたいだ。

「すみませんでした……」

運転席の矢部が呟くように言った。

おまえのせいで時間を無駄にした、という先ほどの言葉を気にしているのだろう。

たしかにその通りだと思ったが、これ以上責める気にはなれなかった。

もし、もっと話のわかる父親であったら、瑞希もあんな面倒なことはせず蒼井に直接話していただろう。

テツから話を聞いた後にふたたび『エキウス』に行ってみた。先ほどはよく覚えていないとけんもほろろだった従業員も、間違いなくここに来ていたと食い下がると、少しだけ彼女らしい女性のことを思い出した。

彼女はかなり酔っていたらしい。連れはいなかったという。彼女に話しかけたような客にも覚えがないと従業員は証言した。

彼女は一時前後に店を出た。その後、誰と会い、殺されたのか。

まだわからないことばかりだが、それでも被害者があの店にいたということがわかって捜査が大きく進展するのではないかと期待した。

署に戻って講堂に入ると今朝とはちがう空気を瞬時に感じ取った。

慌ただしそうに動き回っている捜査員たちを見て、何か大きな成果があったのか、もしくは何らかの問題が発生したのだと察した。

岩澤と目が合った。何があったのかと目で問いかけたが、岩澤はすぐに視線をそらして捜査員に指示を飛ばす。

蒼井は一番奥の席で捜査員と話し込んでいる高杉のもとに向かった。

「何があったんですか」

声をかけると、高杉が顔を上げた。

その表情を見て、少なくとも吉報ではないと悟った。

「さっき、荒川の河川敷で若い女性の遺体が発見された。扼殺だ――」

高杉が告げた。

16

銀座一丁目のレストランで待っていると高木が現れた。

「お忙しいところすみません」

澄乃が立ち上がって詫びると、高木が大丈夫だと頷いて向かいに座った。

「榊の話だよな」

高木に切り出され、澄乃は頷いた。

「その顔を見ると……榊に会ったのか」

「ええ。聞きました」

「そうか」

高木が苦々しい表情になった。

「信一は病院に行ってるんでしょうか」

力になれることなど何もないと言われて部屋を出て行ってから信一と連絡が取れないでいる。病院に行っているのかどうか気になっていた。

「来てくれたよ」

「そうですか……」

高木の言葉を聞いて少しだけ安堵した。だが、高木は苦い表情を浮かべたままだ。

「あいつは少しでも長生きしたいとは思っていないようだ」

澄乃が信一から病状を聞いたと知って、高木は診察室での信一の様子を話してくれた。

信一は一日でも寿命を延ばすよりも、早く死んでもいいから一日でも長く自由にからだを動かせる治療を希望したという。

澄乃が会ったときにも、入院なんかしたくないと言っていた。

「寿命を延ばすことが本人にとって必ずしもいいことだとはおれも思っていない。抗がん剤の副作用に苦しめられて、思うように身動きできない生活より、残りの人生を少しでも有意義に過ごしたいって気持ちは理解できる。だけど、病気を告げてからのあいつは何だか人が変わっちまったように思えて、それが気になるんだ」

「どういうことですか？」

「あいつは自分の余命を告げられたおかげで新しい世界に踏み出せたって、嬉しそうに笑ったんだ」

「新しい世界？」

「最初は強がっているだけなんだろうと思ったが、あの笑顔が気になってしょうがない」

澄乃が会ったときにも信一は笑顔を浮かべていた。

余命わずかだということを知らされて、どうしてあんな表情になれるのだろうと澄乃も不思議だった。

「何か変な宗教にでもはまってなければいいんだが……」

高木の言葉が心に引っかかった。

信一が変な宗教にはまっているとは思えないが、ずっと気になっていることがある。

どうして信一は今まで思い出せなかった記憶の一部をよみがえらせたのだろう。自分の余命があとわずかだと知ったことに何か関係があるのか。

新しい世界に踏み出せたというのは、もしかしたら、失われていた記憶を取り戻しつつあるということではないのか。

そんなことを考えていると、激しい焦燥感が急速に広がっていく。

レストランの前で高木と別れて、澄乃は歩き出した。

この数日、ずっと考え続けていることがふたたび頭をもたげてくる。

もし、自分の命があとわずかだと知ったら、この世の最後にどんな時間を求めるだろうか。

そんなことを考えると、必ず同じ答えに行き着いた。

一分でも一秒でも長く、信一と一緒にいたい。

自分が死ぬ直前に思いたいことは両親のことでも辛かった結婚生活でもない。

信一のことなのだ——

信一はどうだろうか。信一は自分の人生の最後にどんなことを求めているのか。

彼の人生を思うとやり切れなくなった。信一は覚えていないが、あんな経験をさせたままで死なせたくはない。生きている間にもっと幸せな思いをしてもらいたい。

もし、あの光景を思い出してしまうようなことになれば、信一は絶望の中で死んでいくことになるだろう。それだけはどうしても避けたかった。

澄乃は信一のことを見捨ててしまった。たまらなく好きだったのに彼のことを守れなかった。今度こそは彼を守りたい。

17

榊はソファに寝そべりながら思い出に浸っていた。

それは一分ほどの短い記憶だ。だけど永遠とも思えるものだった。

薄暗い小屋の中にいた。まわりは漁に使う道具であふれ返っている。潮と魚のなまぐさい臭いに包まれた、とてもロマンチックな場所ではなかったが、隣には澄乃がいた。ここはふたりの隠れ家みたいだ。

澄乃の頬にゆっくりと手を伸ばした。震えている。指先に柔らかい感触がした。澄乃が目を閉じた。激しい鼓動を感じながら澄乃の唇に近づいていった。

チャイムの音に、はっと我に返った。

榊はゆっくりと立ち上がってインターフォンに出た。

「澄乃……」

テレビモニターの中の澄乃を見て、動悸が激しくなった。

澄乃はうつむいたまま黙っている。榊の言葉を待っているようだ。

「どうしたんだ……」

榊が受話器に向かって話すと、画面の中の澄乃がゆっくりと顔を上げた。

「少し話がしたいの」

思い詰めた眼差しに思えた。

話……いったい何の話だというのだ。いまさら、澄乃と話すことなどない。

いや、ちがうだろう。澄乃と話したい。澄乃のそばにいたい。だが、自分にはそんな資格がないことを悟っているのだ。

自分の欲望のためにふたりの女を殺した。抑えきれない飢餓感に耐えられず、至福のときを求めるために。今の自分は澄乃が知っている榊信一ではない。邪悪な欲望に心を食い尽くされたおぞましい怪物なのだ。

「悪いけど、あまり体調がよくないんだ……」

そんな怪物が、澄乃といったいどんな話をしようというのだ。

「大丈夫？」

澄乃が心配そうに訊いてきたが、答えなかった。

これ以上、澄乃と話をしていると、自分のそばに引き寄せたいという欲求に抗いきれなくなる。

「ひと目だけ……信一の顔が見たい。お休みの邪魔をするつもりはないし、すぐに帰るから……」

澄乃はなかなか引き下がらない。不安そうな表情でじっとこちらを見つめている。

あのときの記憶を重ねて、画面の中の澄乃の頬に指で触れた。心の中で逡巡する。

「ドアを開けておくから勝手に入ってくれ」

そう告げると、オートロックの解除ボタンを押した。受話器を下ろすと玄関に向かい、ドアの鍵を開けた。リビングに戻るとソファに座った。

しばらくすると玄関ドアが開く音がした。靴を脱いでこちらに向かってくる足音に耳を澄ます。足音が止まったところで、ゆっくりと顔を向けた。

リビングの入り口に澄乃が立っている。榊と目が合うなり、泣きそうな顔になった。

「突然、ごめんなさい……体調が悪いのに」

澄乃がそう言って顔を伏せた。

「たいしたことじゃない。ただ、ちょっとからだがだるいんだ。だから、何か飲みたかったら勝手に冷蔵庫から出してくれないか」

澄乃を前にして緊張しているからだろうか、少し疲れを感じてソファに深くもたれた。

「信一は何か飲みたいものある？」

「じゃあ、水をくれないかな」

榊が言うと、澄乃はハンドバッグをダイニングチェアに置いて台所に向かった。

「ちゃんと食べてるの？」

台所のほうから澄乃の声が聞こえた。

あの台所を見れば心配になるのも無理はないだろう。ここのところずっと、食事といえばゼリー飲料ぐらいしか摂っていない。それすら辛いときがある。

「食欲がない」

榊はあえて素っ気なく答えた。

澄乃が台所からコップを持ってきて榊の目の前に置いた。そのままソファの斜め横にあるスツールに座る。

「何か作ろうか。お粥とかだったら食べられるんじゃないかな」

「大丈夫だ」

榊は澄乃から視線をそらすようにコップの水を飲んだ。

「迷惑なのはわかってる。でも……」

澄乃が言葉を濁した。

「へたな同情はしてほしくない。元恋人がこういう状況になったら同情する気持ちもわからないでもないけど」

「同情なんかじゃない！」

澄乃が強い口調で言った。

「あの日の言葉を後悔してる……」

「あの日の言葉？」

「わかつき学園の帰りに……」

澄乃がうつむいた。

信一とはもう会わないほうがいいと思っている——

ずっと抱き続けてきた思いを口にしたが、澄乃は受け止めてくれなかった。

たった二週間ほど前の出来事だというのに、はるか昔のことのように思える。

「ずっと後悔してる。どうしてあのとき信一の胸に飛び込んでいけなかったんだろうって
……どうして自分の気持ちに正直になれなかったんだろうって……」

「正しい選択だったんだよ」

榊が言うと、澄乃はゆっくりと顔を上げた。

「おれはもうすぐ死ぬ。この世から消えてなくなる」

その言葉に、澄乃は辛そうに顔を歪めた。

榊はじっと澄乃の目を見つめた。

「あのとき付き合っていたら、ふたりとも苦しんでいた」

そうだ——澄乃は恋人の死を宣告されたことに苦しみ、榊は人生の中であれほどの快感を
得られることなく死んでしまっていただろう。

「わたしは……苦しいよ。信一がわたしの目の前から消えてしまうなんて……そんなことを

考えるだけで……」

澄乃の目から涙があふれ出した。

「こんなのいやだよ。これっきりなんて耐えられないよ……」

「そんな感情はいつか消えるさ。おれが死んでしばらくすればみんなの心からも消えてしまう。人の死なんてそんなものさ」

「だから早く死んでもいいなんて考えてるの！」

澄乃が感情を爆発させるように叫んだ。

初めて見る澄乃の激しい形相に、榊は気圧《けお》された。

「信一は一日でも寿命を延ばすことよりも、一日でも長く自由にからだを動かせる治療を希望したって」

高木から聞いたのだろう。まったくおしゃべりな主治医だ。

「わたしに何かできることはないの？　生きている間にどうしてもやりたいことがあるなら、少しでも信一の手助けがしたい」

何を言っているのだ。自分の手助けをするということは、人殺しに手を貸すということなのだ。澄乃にそんなことをさせるわけにはいかない。

「必要ない」

榊は首を横に振った。

そろそろ帰ってくれないか──

そう言おうとしたときに、澄乃がいきなり立ち上がって榊に抱きついてきた。

榊は虚をつかれて言葉を失った。

「少しでも長く信一のそばにいさせてほしい。一日でも、一時間でも、一分でも、一秒でも長く……信一のそばにいたい。子供の頃からずっと好きだった人と……」

澄乃が榊の胸に顔を埋めてぎゅっと抱きしめてくる。かすかな痛みと、懐かしい温もりに包まれた。

榊はからだを引き離した。

このまま澄乃に触れていたい。だけど、このまま身を委ねれば、いつものような激しい欲望に突き動かされてしまうかもしれない。

目の前の女を殺したいという欲望に──

「怖いんだ。またあのときのようなことをしてしまうんじゃないかって……」

「わたしはちっとも怖くないよ。誰よりも信一のことを知ってるから」

澄乃が真っ赤に充血した目で見つめてくる。ゆっくりと手を伸ばして澄乃の頬に触れた。

涙の跡を指先で優しく拭う。

「最低だよな……ファーストキスを忘れちゃうなんて」

そう言うと、澄乃の目が反応した。

「わたしが守ってあげる」

澄乃は目を閉じると顔を近づけてきて唇を重ねた。

18

ざわめいていた講堂がさっと静まり返った。

講堂に入ってきた捜査一課長や署長、幹部たちが正面の机に向かって歩いていく。皆、険しい表情をしている。

「気をつけ！」

号令とともに捜査員たちが立ち上がった。

「敬礼！」

捜査員が着席すると、捜査一課長が険しい表情のまま話し始めた。

「これから捜査会議を始める。まずは……すでに知っている者もいると思うが、残念な報告をしなければならない。この件に関しての説明は刑事課長から――」

捜査一課長に促されて、刑事課長が立ち上がった。

「三日前の十九日の午後六時三十五分、北区赤羽の荒川の河川敷の草むらに女性の遺体があるとの一一〇番通報がありました——」

通報者は近くで路上生活をしている男性で、駆けつけた警官によって女性の死亡が確認された。

被害者の名前は田中祥子《たなかしょうこ》——二十五歳のＯＬだ。

司法解剖の結果、女性の死因は頸部圧迫による窒息死。頸部に扼痕があることから犯人によって扼殺されたものと見られている。

発見されたとき、被害者の着衣は乱れていて、性交の形跡があったという。ただ、被害者の膣内から精液は検出されていない。

「被害者の着衣と爪から被害者以外の毛髪と皮膚片が検出されています。鑑定の結果、十三日に東日暮里で遺体が発見された岡本真紀さんのネイルチップから検出されたＤＮＡと同一のものであると確認されました」

その言葉を受けて、講堂内にざわめきと溜め息が交錯した。

「死亡推定時刻は十七日の夜から翌日の明け方にかけてです」

蒼井は目を閉じた。

十七日といえば、福田から末期がんであると告げられた日だ。

自分の余命があとわずかだと知らされ茫然自失となっていた同じ頃に、自分の余命など考えたこともないであろう未来ある若い女性が無残に殺されたのだ。

そう考えると、何とも言いようのないやり切れなさを感じる。

「次、鑑捜査班――」

その言葉に目を開けると、新しく加わった三係の捜査員が立ち上がって報告を始めた。

「被害者の田中祥子は有楽町にある光栄トラベルという旅行会社に勤めていました。自宅は麹町にあるワンルームマンションでひとり暮らしです。十七日の被害者の足取りですが……夜、七時十五分頃まで会社にいたことが確認されています。その後、同僚と会社を出ていますが駅で別れたそうです。それが今のところ確認されている被害者の最後の姿です――」

田中祥子は普段は有楽町から地下鉄で帰るのだが、その日は同僚に用事があるからと言ってJRの有楽町駅のほうに向かって行ったそうだ。

「被害者の財布に入っていたIC乗車カードの履歴を調べると、最後に使用したのは十七日の夜七時四十二分、錦糸町駅で降りています」

十七日の夜に錦糸町駅に降り立った田中祥子はその数時間後に殺されたのだ。それから二十四時間以上経って遺体が発見された。

「なぜ、錦糸町に行ったのかも含めて、被害者の交友関係を洗っているところです」

捜査員が軽く一礼して席に座ると、捜査一課長が立ち上がった。

「田中祥子殺人事件を担当している三係と赤羽署を今日からこの本部に統合する。三係、五係、赤羽署、日暮里署の捜査員はお互いに協力し合って、必ずこの犯人を挙げるんだ。絶対に次の犠牲者を出すな」

全員に檄を飛ばした。

その後、刑事課長から新しい班分けがなされ、今後の捜査方針が示された。

蒼井と矢部は引き続いて岡本真紀に関する捜査を担当する。

資料を鞄に詰めて立ち上がろうとしたとき、岩澤がこちらに向かってくるのが見えた。

「行くぞ」

蒼井は矢部に言って立ち上がった。岩澤に背を向ける。

「外したな」

挑発的な言葉を投げられてたまらず振り返った。

「岡本真紀と田中祥子を殺害した犯人が同一犯だとすると、ふたりの交友関係の中に犯人がいるとはちょっと考えづらいな。快楽殺人、もしくは強姦目的の無差別な犯行と考えたほうが自然だろう」

たしかに岩澤の言うとおりだ。

女子大生の岡本真紀とＯＬの田中祥子――年齢も、職業も、住まいも違うふたりに共通する知人の犯行という可能性はかぎりなく低くなった。

だが、それは今だから、新しい犠牲者を出してしまった今だから言えることなのだ。

「刑事の勘とやらもいいが、それに振り回される人間はたまったもんじゃない」

岩澤はそう吐き捨てると自分の席に戻っていった。

「行くぞ」

ふたりのやりとりを見ていた矢部に告げて講堂から出て行った。

「増えてますね」

警察署の外の様子を窺いながら矢部が車に乗り込んだ。

二十代の若い女性が連続して同様の手口で殺された。本部が同一犯による可能性が高いと発表してから、マスコミはこの事件をトップで報じている。

「渋谷ですね」

指示を出すまでもなく、矢部が車を出した。

蒼井は鞄を開けて数枚の写真を取り出した。コンビニの防犯カメラの映像から写真にしたものだ。

真紀の前夜の行動がわかった翌日から捜査員たちは『エキウス』周辺の聞き込みを開始した。そして、近くのコンビニの防犯カメラに、真紀らしい人物の姿が映っていることをつかんだ。コンビニの外をふらふらと歩いている女性の映像だ。店内から外を映したものなので女性の顔ははっきりとしないが、服装や髪形が死体発見時の真紀に似ているように思えた。

この女性が真紀であるか確認したかったが、その時間帯にレジにいたアルバイトは海外旅行に出かけていた。今朝七時着の便で、成田空港に戻ってきたその人物に連絡を取って、これから話を聞かせてもらうことになっている。

コンビニに入ると、一昨日話を聞いた店長とアルバイトがレジにいた。

「いらっしゃってますか？」

蒼井が挨拶すると店長が頷いた。

「事務所で待っています」

店長はレジから出て、蒼井と矢部を裏の事務所に案内した。

三畳ほどの空間に机があり、その上にモニターと録画・再生機器が置かれている。二十代前半と思える男性が机の前に座っていた。その脇にはスーツケースが置かれている。

「彼があのときレジにいた加藤《かとう》くんです」

店長が紹介すると加藤が座ったまま頷いた。

「警視庁の蒼井と矢部と申します。海外旅行から帰ってきたばかりなのに本当に申し訳ありません」

「殺人事件に関係があるなんて聞いて、時差ボケが吹っ飛びましたよ」

店長が加藤の前にパイプ椅子をふたつ並べた。「手狭なところなのでわたしはとりあえず失礼します」と言って出て行こうとした店長を呼び止めた。

「これを使ってもよろしいでしょうか」

机の上にある録画・再生機器を指さした。

「どうぞ。使いかたはわかりますか？」

「ええ。先日来たときに教えていただいたので」

店長が出て行くと、「いくつか訊かせていただきたいんですが」と言いながら椅子に座った。

加藤が頷いたのを見て鞄から写真を取り出す。

「まずこの女性を覚えていますか？」

コンビニの前にいた女性を指さして訊いた。

「ああ、そういえば……店の前で酔っぱらってた女性がいたなあ。うずくまって苦しそうに髪を掻きむしりながら吐いているようでした」

蒼井は真紀の顔と当日着ていた服の写真を取り出した。

「この女性でしょうか」

加藤が数枚の写真を交互に見ている。

「いやあ、正直わからないです。店を出たときにちらっと見たんですけど、こちらに背を向けてうずくまってたんで顔はまったく見えなかったですし……ただ、服装に関してはこれと同じようなものだったと思います」

蒼井は立ち上がって机の上に置かれたモニターと録画・再生機器を操作した。

「これなんですけど」

モニターにコンビニの前をふらふら歩く女性の姿が映し出された。女性は電柱に手をついてうずくまった。だが、雑誌の棚が邪魔になってうずくまってからの彼女の姿は見えない。しばらくすると帽子をかぶった男性が近づいてきた。しゃがんだようで男性の姿も見えなくなる。女性を介抱しているのだろうかと想像した。

そのあと男性が立ち上がって店内に入ってきた。帽子にサングラスと風邪用のマスクをしている。

「この男ですよね……」

矢部が呟いた。

先日、この映像を見せてもらったときから何とも怪しい客だと思っている。

身長は百八十センチぐらいだ。サングラスとマスクをしているので年齢ははっきりとはわからない。二十代から四十代といったところだろうか。

設置場所の違う映像を交互に見る。男性は冷蔵庫からミネラルウォーターを取るとレジに向かった。会計を済ませると足早に外に出た。加藤が男性を追って店から出た。

「店を出たときというのはこれですよね」

蒼井が映像を一時停止させて訊くと、加藤が頷いた。

「ええ、そうです」

「どうしたんですか」

「お釣りを間違えてしまったので声をかけたんですが、気づかなかったようで追いかけていったんです」

「声をかけたのに……急いでいたんですかね」

「さあ、それは……肩を叩くとようやく気づいてくれました」

このときの男性の姿は加藤の姿に遮られてほとんど見えない。だが、手を顔に上げてサングラスを取ったように見えた。

「このとき、男性はサングラスを外しましたか」

「ええ」

何かが引っかかった。

「男の目のあたりをご覧になられたんですね。特徴を教えていただきたいんですけど」

「特徴と言われても……自分よりはきっと年上だろうと思いました。三十代から四十代で……疲れたような目でぼくの顔を見つめていました」

「どうしてサングラスを外したんでしょう」

蒼井は引っかかりを覚えたことを問いかけてみた。

「さあ……何となくじゃないですかね。ここらへんは夜になるとそうとう暗いので」

もし、この男が犯人だとしたら、コンビニに入るときにサングラスをかけていた理由はわかる。だが、そうだとしたら、どうして店員の前でサングラスを外したのだろう。

「ひとつの可能性としてお訊きします。この男性は耳が不自由な感じはしませんでしたか」

「それはどうかなあ。たしかに声をかけても気づかなかったけど、ぼうっとしてたのかなあと……それに、『十円お釣りを間違えました。すみません』って言ったら、『募金箱に入れておいて』と答えましたから。十円を渡す前に」

「そうですか。それでそのお客さんは……」

「うずくまってた女性に買ったミネラルウォーターを渡しました」

「それでふたりで歩いて行ったんですね」

「ええ」

「お手数をおかけして申し訳ないのですが、後ほどその男性客の似顔絵を作ることに協力していただけないでしょうか」

「正直なところまったく自信がないなあ」

加藤が深い溜め息を漏らした。

コンビニを出ると、蒼井は女性がうずくまっていたという電柱に目を向けた。

携帯電話を取り出して本部に連絡した。高杉に加藤から聞いた話をして鑑識に来てもらうよう頼んで電話を切った。

「あの客、怪しいですよね」

矢部の言葉に蒼井は顔を向けた。

「ああ。目もとだけでもきちんとした似顔絵が作れるといいんだが」

先ほどの加藤の反応を思い出して、あまり多大な期待はしないほうがいいだろうとも思った。

「ところで……さっき、耳が不自由な感じはしませんでしたかと訊いてましたけどどういうことですか？」

「彼の話を聞いていて違和感を覚えなかったか？」

逆に訊き返すと、矢部がわからないと首を横に振った。

「あの男が犯人だとしたらどうして店員の前でサングラスを外したのか」

そこまで言ってもわからないようだ。

「相手の口もとが見たかったんじゃないかと思ったんだ。補聴器をつけていると目立つと思ってコンビニに入る前に外したと考えられないか」

「なるほど！　ついに犯人の背中が見えてきましたね」

矢部が興奮したように言う。

「喜ぶのはまだ早い」

軽くたしなめたが、蒼井自身も大きな前進だと感じていた。

だが、そんな思いとは裏腹にからだは悲鳴を上げている。先ほどから吐き気はいっこうに治まらず、足を前に出すことすら辛い。

「ちょっと休んでいきませんか」

矢部が後ろから声をかけてきた。

「そうだな」

蒼井は頷いて、近くにある喫茶店に向かった。

「蒼井さん……病院に行ったほうがいいんじゃないですか」

矢部がこちらに身を乗り出すようにして言った。

「病院って、何でだ」

蒼井はあくまでとぼけた。

「かなり体調が悪いんじゃないですか」

矢部がじっと見つめてくる。

「夏の疲れが出たんだ。たいしたことはない」

矢部から視線をそらして、ゆっくりとコップの水を口に含んだ。

「馬鹿にしないでください。一緒に行動してたらただの疲れじゃないってことぐらいわかりますよ。手遅れになる前にちゃんと病院に行ったほうがいいですよ」

その言葉に苦笑した。

もう手遅れなんだよ――

「ところで親父さんには連絡したのか？」

話題を変えたくて訊くと、矢部が首を横に振った。

「この事件が解決したら実家に帰ってみます。ひさしぶりに親父のコロッケパンが食べたいし。ここのパンはいまいちですよ」

そう言いながら目の前のサンドイッチを頬張る。

「おれも食ってみたいな」

フォークでサラダをいじりながら言った。

「桜田門に差し入れに行きますよ。家での食事なんかはどうされてるんですか？」

「店屋物が多い。一昨年の春に女房に死なれたんでな」

「そうでしたね……」

矢部の表情が暗くなったように感じた。

「瑞希から聞いたか」

矢部が聞かなかったふりをしてサンドイッチに手を伸ばした。

「あいつはおれのことをどう言ってた？」

答えない。

「家族をないがしろにする冷血な父親とでも言ってたか」

「そ、そんなことは……」

言いながらむせた。どうやら図星のようだ。

被疑者を逮捕して病院に駆けつけるとすでに由美子は亡くなっていた。その場にいた瑞希や健吾からさんざんなじられた。

思えばあの日から、父と子の距離はとてつもなく広がっていった。

今まで家族のことを大切に思ってきた。そのことに嘘偽りはない。だが、大切にしてきたかと問われれば自信がない。思うことと、することとは違うのだ。

自分は家族のことを大切にしてきただろうか。

由美子を、瑞希を、健吾を、自分は大切にしてきただろうか。

いや、少なくとも瑞希と健吾は大切にされているとは思っていないだろう。

ふたりにとって自分は偏屈な父親なだけだ。家庭を顧みず、仕事だけが生き甲斐の父親。

たしかにそう受け止められてもしかたがないことを自分はしてきた。

その報いを今、受けているのだ。

もうすぐこの世からいなくなってしまうというのに、瑞希と健吾に対して残された時間で何をしてやればいいのか、何を伝えればいいのかまったくわからない。

それ以前に、今の自分の状態を伝える勇気すら持てないでいた。

夕方、蒼井たちは『エキウス』に向かった。

心臓破りの階段をゆっくり上り、店のドアを開ける。

店長や従業員たちにコンビニの防犯カメラに映っていた男の写真を見せていく。

「こういう格好の男を店で見かけませんでしたか」

カウンターで酒を作っている女性が男がかぶっていた帽子のマークに見覚えがあると答えた。

「服装もこんな感じだったかなあ。でも、マスクもサングラスもしてませんでしたけど」

女性が言った。

「何時ぐらいですか」

「たしか……十二時過ぎぐらいだったと思います。ちょうど休憩から上がってカウンターに入ったときにドリンクを頼まれましたから」

女性の話によると、その男はオレンジジュースを頼んで、踊るでもなく、誰かに話しかけることもなく、フロアで踊っている人たちをじっと見つめていたという。

「その男性はどれぐらいここにいましたか？」

「すぐに帰っちゃったんじゃないでしょうか。しばらくしたらフロアで見かけなくなりましたし」

「一時間ぐらい？」

蒼井が訊くと、女性は考えながら「それぐらいかなあ……」と曖昧に答えた。

「顔は覚えていますか」

「こういう店内ですから、はっきりとは……」

「似顔絵の作成にご協力いただくことはできませんか」

「ごめんなさい。そこまでの自信はないです」

女性が首を横に振った。

たしかにこの暗さとフラッシュライトの中では、はっきりと相手の顔を認識するのは難しいかもしれない。

「そうですか。他にその男性のことで覚えてらっしゃることはありませんか」

「声です」

「声？」

蒼井は訊き返した。

「そうです。声がとても印象的でした」

「どう、印象的だったんですか」

「声がものすごくソフトというか……優しかったんです」

「優しい声……」

「あんな声をした人がそういう事件を起こすんだとしたら、ちょっとショックですね」

突然、胃の中で何かが暴れだした。激しい嘔吐感に襲われて思わず手を口にやる。

「失礼――」

蒼井はその場を離れてトイレを探した。トイレに入ると便器に顔を突っ込んで吐いた。だが、胃液しか出てこない。

胃の中で、何かおぞましいものが蠢いている。

くそッ――くそッ――

苦しさに胃のあたりを手でつかんだ。爪を立ててぎゅっと力を込める。視界が涙で滲んでいた。

こいつを……こいつをからだの外に掻きだしたい。

せめて犯人を捕まえるまで――

19

講堂に蒼井が入ってくるのが見えた。

「大丈夫ですか?」

矢部は隣に座った蒼井に声をかけた。

「大丈夫だ」

蒼井はそう言ったが大丈夫なはずがない。

クラブで話を聞いている途中に突然トイレに行ってから、三十分以上も戻ってこなかった。ようやく戻ってきたかと思えば顔中に汗をかき、目も充血していた。署に戻ってからもずっとトイレにこもっていたようだ。

「だから病院に行ったほうが……」

「うるせえッ!」

蒼井に怒鳴りつけられて、びくっとした。

初日に見た荒々しい目で矢部を睨みつけている。

「すみません」

自分は悪くないのに、思わず謝ってしまった。

「今日はおまえが報告しろ」

「わかりました」

「それと会議の内容をメモしておいてくれ。悪いが頼む……」

蒼井はそう言って正面に視線を据えた。

捜査員が次々と入ってくる。幹部たちが揃ったところで夜の捜査会議が始まった。

「鑑捜査第一――」

刑事課長に呼ばれて、矢部はさっと立ち上がった。

「二十日の捜査会議で報告したコンビニの件ですが、レジにいた店員から話を聞くことができました。防犯カメラに映っていた被害者に似た女性ですが、店員は女性の顔を見ておらず岡本真紀さんであるとの確認は得られませんでした。ただ、服装に関しては岡本真紀さんが着ていたものに似ていたとのことです。次に防犯カメラに映っていた男ですが、ミネラルウォーターを買った後に一緒に歩いていったことから、この女性の連れであると思われます。また、この男が被っていた帽子と同じものを被った人物が『エキウス』でも目撃されています」

そこまで発表すると捜査員の間からどよめきが上がった。その振動に、鳥肌が立った。

「さらにこの男は耳が聞こえないか、不自由であると思われます」

「どういうことだ?」

刑事課長に訊かれて、矢部は蒼井が自分に説明したことと同じ話をした。

それを言った瞬間、前のほうにいた捜査員が立ち上がってこちらに目を向けた。岩澤という蒼井の同期だ。

「それはおまえの感想か?」

鋭い視線を投げかけられて、怯んだ。

「ちがう……」

そう言って隣の蒼井が辛そうな表情で立ち上がった。

「おれの感想だ」

「根拠は？」

「今、報告したとおりだ。この男は耳がよくなくて普段は補聴器をつけている可能性が高い。耳鼻科や補聴器のメーカーに捜査員を回すことを提案します」

「さっきの報告が根拠だというのか。そんな提案をするならもっと具体的な根拠を示せ」

蒼井と岩澤が睨み合っている。火花が飛び交っているようだ。

「またいつもの刑事の勘とやらか？　そんな曖昧なもののために大勢の捜査員を回す余裕があると思ってるのか」

蒼井は岩澤を睨みつけながら黙っている。

「どうでしょう」

岩澤がお伺いを立てるように幹部たちがいるほうに目を向けた。

「たしかに彼が言うことも一理あるが……そちらのほうに捜査員を回すことになるとそうとうな人員が必要になるだろう。しかも、まだ一捜査員の推論に過ぎない」

刑事課長の言葉に満足したように岩澤は口もとを緩めると席に座った。蒼井は矢部にしか聞こえないであろう舌打ちをすると、両手を机につきながらゆっくりと腰を下ろした。

「続けろ」

刑事課長が言った。

「はい。男の特徴は身長百八十センチぐらいの痩せ型。年齢はおそらく三十代から四十代ではないかと目撃者は証言しています。男の顔に関してははっきりと思い出せないとのことです。ただ、声に特徴があったと言っていました」

「どういう特徴だ」

「ソフトで優しい感じ……ちょうど『世界の風景』のナレーションをやっている人の声に似ていると話していました」

テレビの旅番組の名前を出した。

蒼井がトイレに入っている間、女性との雑談でそんな話が出てきた。

蒼井は体調が悪そうだから、自分が何とかしなければと粘り強く女性から話を聞いた結果だ。

「よし。次——」

刑事課長が大きく頷いた。

前回の報告は散々だったが、あの失態を今日は挽回できたようだ。

矢部は席に座って次々と報告される内容をノートに書きつけていった。ちらっと隣を見ると、蒼井はじっと正面を見据えたままだ。歯を食いしばって何かに耐えているように見えた。

前方にいた岩澤が立ち上がって報告を始めた。

「被害者の田中祥子の足取りについて話しましたが、その後わかったことを報告します。まず、十七日の夜八時過ぎに錦糸町駅近くのデパートで被害者の姿が確認されています――」

デパートの店員の話によると、田中祥子はバッグ売り場にしばらくいたそうだ。その中のひとつを気に入ったがあいにく持ち合わせがないとのことで、三日後にまた来るので取っておいてほしいと店員に頼んだらしい。

「彼女に関しては何点か気になることがあります。彼女の給料は手取りでだいたい二十万円ぐらいだったそうですが、部屋の家賃は十二万円と高額です。また同僚たちの話では、服やバッグなどかなり高価な物を多く持っていたようです。実際、所有していたクレジットカードは限度額いっぱいまで使っていました。ただ、カード会社によると返済は滞りなくされていたそうです。静岡に住む両親は大学を出てからいっさい仕送りをしていないとの話でしたので――」

いったいその金はどこから出てきたのだろう。

田中祥子はなかなかの美貌だから金持ちの交際相手でもいたのか。

「同僚や友人から話を聞いていますが、彼女と交際している男性、もしくは貢《みつ》いでいた人物

ってくると言っていますが、彼女の会社の給料日は二十五日です。これらのことを考えると

の存在は浮かび上がってきていません。また、彼女は店員に三日後、つまり二十日に金を持

――」

「何か副業をしていた可能性があるということか」

刑事課長が言った。

「そうですね。昼の仕事が終わってから風俗で働いていたかもしれませんし、もっと手っ取り早く援助交際などをしていたかもしれません。そこで犯人と遭遇してしまったと考えれば一本の線につながります。ただ、被害者の携帯を確認したところ、出会い系などのサイトにアクセスしていた形跡はありませんでしたが……」

きっとテレクラだろう。出会い系などのサイトは犯人にとって足がつきやすい。

「また殺害場所に関しては江戸川区小松川周辺ではないかと推測します。彼女の携帯の電波が最後に確認されたのがその周辺で、十七日の夜十一時頃から電波がつながらない状態になっています。つまり犯人はその時間帯に被害者を殺害し、足がつきにくくするために電源を切ったのではないかと考えられます。また、そこから遺体発見現場である北区赤羽の河川敷まで運んだということでしょう」

もしそうであれば、十七日の夜から十九日の遺体発見の時間まで、犯人がいつ遺体を遺棄

したのかが絞りづらくなるということだ。当然、目撃情報を探すときの支障になるだろう。

話を聞いているうちに、おぼろげながら犯人の輪郭が浮かび上がってきた。

第一の犯行では、『エキウス』の階段で酔い潰れていた岡本真紀を誘い出している。まったく場当たり的な犯行に思える。だけど、第二の犯行では、できるかぎり自分の痕跡を残さないようにしているのが窺える。手口が進化しているのだ。

この犯人は――またやるつもりだろう。

本部の熱気に包まれながら、矢部は背中に冷たいものが伝うのを感じた。

「今日も帰る」

捜査会議が終わるとそう言って蒼井が立ち上がった。

「おつかれさまです」

矢部は声をかけて弱々しい足取りで出口に向かっていく蒼井の背中を見つめた。

肩を叩かれて顔を向けた。岩澤が立っている。

「おまえも大変だな。あまり見習わないほうがいいぞ」

そう言って蒼井のほうに顎をしゃくった。

第二会議からようやく解放されると、違う空気が吸いたくなって一階に向かった。

「矢部くん」

声をかけられて振り返ると、警務課の部屋の前で安東が立っていた。

「一局指しませんか？」

安東の誘いに微笑んで、矢部は警務課の部屋に入った。

時間を忘れて安東と将棋を指していると、ひとつ訊きたいことを思い出した。

「安東さん……捜査一課の蒼井さんってご存知ですか？」

「ああ、知っているよ。所轄署の刑事課にいたときのわたしの部下だよ」

「そうだったんですか」

先ほどの席での光景を思い出していた。

その席で、一枚岩で犯人逮捕に奔走しているように思えた五係の人間関係が垣間見えた。

とりわけ蒼井と岩澤は犬猿の仲のようだ。岩澤は先ほどの捜査会議での蒼井の話を持ち出して激しくけなし始めた。蒼井は刑事の勘だと言ってはスタンドプレーに走りがちなのだそうだ。同い年だが階級が上である岩澤の言うことにもことあるごとに刃向かってくるらしく、本当にやりづらいとこぼしていた。ほとんどの人が岩澤の話に頷いていたところを見ると、蒼井は五係の中でも孤立無援の状態なのだろう。唯一、一緒に三浦を逮捕した片桐だけはみんなの話に同調せずに距離を置いているようだった。

娘にも疎《うと》まれ、妻の死に目に会うことよりも優先した仕事でも味方は少ない。みんなの蒼井に対する文句を聞いているうちに何だか不憫《ふびん》に思えてしまい、その場にいることが辛くなってしまった。

「そんなに難しい局面ではないと思うんだけどね」

安東の言葉に我に返った。駒を持ったままじっと盤面を見つめていた。難しい表情をしていたのだろう。

「蒼井さんってどんな人ですか」

「どうしてだね」

安東が訊き返してくる。

矢部は先ほど岩澤たちが話していたことを安東に言った。

「みんなから蒼井さんのことを見習わないほうがいいって言われて……これから自分はどういう風に接していったらいいんだろうって悩んじゃって」

「いろいろな見方があるよ。五係の中ではどうか知らないが、一部では五係の猟犬だと言われていると聞いたことがあるよ」

「五係の猟犬……」

「事件の手がかりをつかむ嗅覚と犯人逮捕への執念でそう呼ばれているらしい」

「そうなんですか」

「自分の心と五感を信じればいいんじゃないかね」

安東が笑った。

20

当日欠勤するなど警察官になって初めてのことだった。

蒼井は病院に向かいながら悔しさを噛み締めていた。

先週の木曜日、帰宅している途中に主治医の福田から連絡があった。なるべく早く今後の治療方針を話し合いたいという内容だった。

とても休みを取れる状況ではない。だが、福田の切迫した声に、蒼井は迷いながら連休明けの月曜日に病院に伺うと言って電話を切った。

昨日までの時点で捜査はほとんど進展していない。唯一の進展といえば『エキウス』の近くのコンビニの防犯カメラに映っていた女性が岡本真紀であると断定されたことぐらいだ。

苦しそうに髪をかきむしっていたという加藤の言葉を受けて、電柱の周辺に落ちていた毛髪を採取してDNA鑑定をしてもらっていたのだ。

これであの男が犯人である可能性がさらに高まった。

朝起きると、今日一日捜査に加わることができない歯がゆさを嚙み締めながら本部に欠勤の連絡をした。高杉は大仰に驚いていた。せめて高杉だけには事情を話しておこうかと考えたが、けっきょく口に出すことができなかった。

子供たちに対してもそうだ。どのように自分の置かれた状況や考えを伝えればいいのかまったくわからないでいる。

自分の余命があとわずかであるということも、そんな自分がこれからどうしようとしているのかも——

「来てくれましたね」

蒼井の顔を見て、福田が少しほっとしたように言った。

「じっくりと今後のことについて話し合いましょう。わたしもできるかぎりのことをします」

「申し訳ないんですが、あまりじっくりというわけにはいかないんです」

蒼井が言うと、福田が首をかしげた。

「わたしの希望はひとつです。あと少しの間、まともに仕事ができる状態でいさせてほしい。それだけです」

「どういうことですか」

福田の表情が瞬時に険しくなった。

「仕事をしていても思うようにからだが動かないんです。もどかしいぐらいに。もう少し……」

「まさか、このまま仕事を続けるとおっしゃるんですか」

蒼井の言葉を遮るように福田が言った。

「ええ」

蒼井が頷くと、福田は信じられないといった顔で何度も首を横に振った。

「今のあなたはとても刑事という過酷な仕事に耐えられるような状態じゃないんですよ。早く仕事を辞めて少しでも穏やかな……」

「決めたことです」

今度は蒼井が福田の言葉を遮った。

「どうして……どうしてそこまで……」

福田がじっと蒼井の目を見つめる。

「今、担当しているのはどんな……」

「テレビで騒がれているやつです」

蒼井は答えた。

「女性がふたり殺害されたという事件ですね」

「そうです」

「本当に酷い事件だと思います。蒼井さんが自分の生命をなげうってまで使命感に駆られる気持ちも、まったくわからないではありません。ただ、どうしてそこまでしなければならないんです。その事件の捜査をしているのは蒼井さんだけではないでしょう。他にもたくさんいらっしゃるはずだ」

「そうですね……自分勝手な矜持、というしかありません」

「それはお子さんたちとの残された時間よりも大切なものなのですか」

何も言葉を返せなかった。

「蒼井さんは、きっとわたしたちが想像できないような酷い世界を今まで見つめてこられたのでしょう。殺人者や、無残に殺された被害者やその遺族を……ある意味、この世界で一番おぞましいものを見つめ続けてこられたはずだ」

そうだ――刑事になってからずっとそんな闇の世界を彷徨《さまよ》ってきた。

福田が言うように、そこには無残に殺された多くの被害者と悲しみに暮れる遺族の慟哭と凶悪で狡猾《こうかつ》な犯罪者しかいない。そんな世界に人生の半分以上浸かってきた。

「もういいじゃないですか。酷なことを言いますが、あなたに残された時間はそう長くはないんです。せめて御自身の最期のときをもっと穏やかに、有意義なものにしてほしいとわたしは切に願います」

「わかっています。だけど……先生、どうかお願いします」

そんな闇の中にしか進むべき道が見えないのだ。たとえこの犯人を捕まえたとしても、自分の人生に光など差し込むことはないだろうとわかっていても。

「お子さんにはどう説明されるんですか」

福田は納得していないようだ。

「まだ考えてません」

蒼井は正直に告げた。


病院を出ると携帯電話を取り出した。瑞希に電話をかける。

「もしもし……」

瑞希が電話に出た。心なしか少し声が沈んでいるようだ。

「父さんだ。今日の夜、時間を空けてくれ――」

「そんな急に……悪いけど今日はちょっと無理だよ」

「たまには父さんのわがままを聞いてくれ」

「いつもわがままばっかり言ってるじゃない！」

瑞希が怒り口調で返した。

「そうだな。だけどこれが本当に最後のわがままだ。六時に葛西駅で待ってる」

そう言うと電話を切った。続いて健吾の携帯に電話をかけた。

葛西駅の改札を抜けると瑞希と健吾が待っていた。

「悪い、待たせたな」

蒼井は軽く手を上げて笑った。

「ちょっとどういうことよ。急に呼び出したりして。わたし、明日の朝から大切な用事があるんだよ」

瑞希が文句を言った。

「とりあえず急ごう」

蒼井はそう言ってタクシー乗り場に向かった。瑞希と健吾をタクシーに押し込んでその隣に座った。

「ディズニーランドまで」

蒼井が運転手に告げると、「は――？」と驚いたように瑞希と健吾が顔を見合わせた。

「ちょっと……何の冗談よ」

これだけ近くに住んでいても、蒼井はディズニーランドに行ったことがない。瑞希と健吾が怪訝に思うのも当然だろう。

「この時間ならちょっとは遊べるだろう」

ディズニーランドの入場口でタクシーを降りるとチケットを買いに行った。健吾は浮き浮きとした表情でついてきたが、瑞希は入口の前で立ち尽くしている。

中に入るときらびやかな世界が目の前に広がった。

「ねえ、スペース・マウンテンに乗ろうよ」

健吾が建物を指さした。

「ジェットコースターだろ。お父さん、苦手なんだ。悪いけど、ふたりで行ってきてくれないか。お父さんここで待ってるから」

「あねき、行こうぜ」

健吾が瑞希を急かすように人の列に向かっていく。瑞希がこちらを振り返った。手を振ってやると、奇異な生物でも目撃してしまったような顔をしながらしきりに小首をかしげた。

それから三人でアトラクションを楽しんだ。最初は仏頂面だった瑞希もそのうち楽しそうに笑顔を浮かべるようになった。

「エレクトリカルパレードが始まったみたいだね。観に行こう」

健吾が人だかりのほうを指さして言った。

「何なんだ、それは……」

わけがわからず訊くと、健吾は「まあ、いいからついてきなよ」と歩いていく。

しばらく待っていると向こうのほうから光の渦が近づいてきた。あたりから歓声が沸き起こる。

蒼井は色とりどりの光に包まれた豪華なパレードに呆気にとられた。

こんな世界もあるのだ――

しばらく夢のような光の光景に見惚れていた。隣に目を向けるとふたりとも蒼井と同じようにまばゆい世界に見入っている。

「みんなで来たかったな……」

瑞希がパレードに目を向けながら呟いた。

きっと母親のことを思っているのだろう。

「母さんも一緒だ」

瑞希がこちらを向いた。意味がわからないというように見つめてくる。由美子の遺影を入れた上着の内ポケットのあたりに手を添えた。

そうだろ？　一緒に同じ光景を見てくれているだろ？

心の中で由美子に問いかけながら、ふたたび光のほうに顔を向けた。

「健吾、おまえ今はどこのポジションをやってるんだ？」

蒼井はサラダを口に運びながら訊いた。

「ディフェンダー」

「試合には出られるのか」

「うん。来週試合があるよ」

「来年は進路を考えなきゃな。おまえはどうしたいんだ」

「うーん、ぜんぜん決めてない……」

まったく頼りない。だが、今日は小言はやめようと決めたので何も言わなかった。

瑞希のほうに目を向けるとほとんど料理に手をつけていなかった。

「どうしたんだ。料理が残ってるぞ」

蒼井は瑞希の前の皿を指さした。

「もうお腹いっぱいなんだ」

「もったいないじゃないか」

「お父さんだってぜんぜん食べてないじゃない」

それを言われると何も返せない。

「明日、オーディションがあるからあまりからだを重くしたくない」

「オーディション？」

初めて聞く話だった。もっとも、高校を出てから瑞希は自分のことをほとんど話さない。

「ヴィヴィのバックダンサー」

「そのビビって何だ？」

「ビビじゃなくてヴィヴィ」

瑞希が指でＶ・Ｉ・Ｖ・Ｉと書いた。

「ＶＩＶＩも知らないの？」

呆れたというような顔で言う。

「知ってるわけないじゃん。親父が知ってるのはせいぜい全国の指名手配犯とかでしょう」

健吾が言うと、瑞希が「そうかもね」と笑った。

「そのオーディションに合格するとどうなるんだ」

蒼井は訊いた。

「ＶＩＶＩの全国ツアーに同行してバックダンサーとして踊るの。年間で百公演以上あるんだよ」

「ＶＩＶＩっていうのは歌手なのか」

「そうよ」

何でも日本で一番人気のあるポップス歌手だそうだ。

「どんな歌を歌ってる？　お父さん、聞いたことがあるかな」

瑞希が鞄から音楽プレーヤーを出してイヤホンを渡した。耳につけると音楽が流れてきた。

最近の若い人の音楽などきちんと聞いたことがなかったが、耳に流れてくるメロディーに心を奪われた。

蒼井は目を閉じた。余命わずかだと知って、何かにつけて感じやすくなっているだけだろうか。

音楽を聴きながらステージで踊っている瑞希の姿を想像してみる。どうしようもなく涙があふれ出しそうになってイヤホンを外した。

「早く自分で飯が食えるように……オーディションがんばれ」

それだけ言うと、「トイレに行ってくる」と席を立った。

「お父さん――」

トイレに入る前に瑞希に声をかけられた。

「何だ」

涙が出ないように目頭を指で押さえてから振り返った。

「あの事件は解決したの？」

瑞希が訊いてきた。

少なからず関わることになってしまって気になっているのだろう。

「まだだ」

「じゃあ……どうして急にディズニーランドなんかに行こうと思ったの？」

ふたたび瑞希の表情に訝しさがにじみ出てきた。

「ただの休暇だ」

最後になるかもしれない――とは言えなかった。

翌日、講堂に足を踏み入れるとたくさんの視線が降りかかってきた。

蒼井は気にせずに一番奥の席に向かっていった。捜査員のひとりと話をしていた高杉が蒼井に気づいて片手を上げた。

「体調はどうだ？」

高杉が訊いた。

「昨日はすみませんでした。もう大丈夫です」

「そうか。よかった。今日からアオさんには田中祥子の捜査に回ってもらおうと思ってる」

「錦糸町の……」

「ああ。渋谷よりもこちらのほうが攻めやすいだろうと上が判断して捜査員を増やすことにした。片桐たちと一緒に錦糸町周辺で田中祥子の足取りを探ってくれないか」

「わかりました」

蒼井は言って矢部が座っている席に向かった。

「ずいぶんと気合が入ってることだな」

岩澤の嫌味が耳に入ったが無視することにした。

「おはようございます。もう大丈夫なんですか?」

近づいていくと矢部が立ち上がって訊いた。

「ああ、大丈夫だ」

「これ、昨日のです」

席に座ると矢部がノートを差し出した。ぱらぱらとめくる。昨日の捜査会議の内容が詳しく書き留められている。捜査会議が始まる前に一通りノートに目を通した。

コンビニを立ち去ってからのふたりの足取りは依然として判明していない。また、第二の被害者である田中祥子に関しても、事件発生当夜である十七日の八時過ぎに錦糸町駅近くのデパートで目撃されてからの足取りはまったくわかっていなかった。一昨日から捜査には何の進展もなかった。

「ありがとう」

矢部にノートを返すのと同時に幹部たちが入ってきて朝の捜査会議が始まった。

本部内には一昨日にも増して、重苦しい空気が垂れ込めている。

今日こそは犯人につながる成果を持って帰って来い、という捜査一課長の厳しい檄で捜査会議は終了した。

「駐車場を探してくれ」

蒼井は運転席の矢部に目を向けて告げた。

矢部は頷いて、錦糸町駅の近くにある駐車場に車を入れた。

「これからどうしますか？」

車を停めると矢部が訊いてきた。

「とりあえずここで待つ」

蒼井は答えて携帯電話を取り出した。片桐に連絡をして自分たちがいる駐車場を告げる。

電話を切ると、しばし目を閉じた。

片桐たちが到着するまでに、これからの捜査の手順について整理しておきたい。

「さっきのノート持ってるか？」

蒼井は目を開けた。

「ええ」

矢部が後部座席に置いた鞄からノートを取り出した。

蒼井は矢部からノートを受け取り、ぺらぺらとめくった。

ノートには昨日の分だけではなく、今までの捜査会議の内容が几帳面に書き記されていた。田中祥子の事件に関しては、『援助交際?』とか『テレクラ?』などの自分なりの見立てが書かれていたりする。

どうにも間の抜けた男だと思っていたが、意外と真面目な一面があるようだ。

ノートに目を通しながら、第二の事件に関する事柄を整理した。

被害者である田中祥子の遺体が発見されたのは十九日の午後六時半過ぎ。北区赤羽の荒川の河川敷でだ。死亡推定時刻は十七日の夜から十八日の明け方にかけて。田中祥子は十七日の夜八時過ぎに錦糸町駅近くのデパートで目撃されている。現在、その目撃情報が最後のものだ。

そして、彼女の携帯の電波が最後に確認されたのが江戸川区小松川周辺だという。錦糸町から小松川まではそれほど遠くはないが、歩いていくような距離でもない。彼女が小松川に行ったとするなら、錦糸町から車で行ったと考えるのが自然だろう。

田中祥子はどうして小松川に行ったのだろう。今のところ、被害者と小松川のつながりはわかっていない。小松川だけでなく錦糸町に関してもだ。

昨日までの捜査では、錦糸町周辺の水商売の店や風俗店などの聞き込みを行っていたようだが、田中祥子が働いていたという情報はまだ得られていない。

ノートに書かれた『援助交際？』という文字が目に留まった。

「おまえは援助交際だと思うか？」

蒼井が訊くと、矢部は一拍間をおいてから頷いた。

「どうして」

「どうしてって……勘——」

と言って、矢部はあっとその後の言葉を飲み込んだ。

「いいよ。思っていることを言ってみろよ」

蒼井は促した。

「錦糸町という場所が……どうも……」

「場所がどうした」

「被害者は麴町に住んでいるんですよね。だったら、もし水商売の仕事をするならもっと違う場所を選ぶんじゃないかなって思ったんです。麴町に住んでるんだったら赤坂や六本木のほうが近いじゃないですか。それなのに麴町から錦糸町っていうのがどうも違和感があるんですよね」

たしかに矢部の言うとおりだ。

「それにＩＣ乗車カードの履歴によると、彼女はだいたい週に一回ぐらい錦糸町に来てるんですよね。週一回でも雇ってくれるところはあるのかもしれませんけど、働くにしてはちょっと少ないかなって……」

矢部の言葉に、蒼井は頷いた。

「麴町に住んでいて有楽町で働いている彼女なら、錦糸町は遊んだり買い物に行く場所じゃないような気がするんです。でも、もし援助交際をするとしたら、できるだけ自分とは馴染みの薄い場所のほうがいいんじゃないかと思ったんです。彼女にとって錦糸町はそういう場所だったんじゃないでしょうか。ただ、あくまでもぼくの勘でしかないんですけど……」

勘という言葉を強調した。

「援助交際を持ちかけるとしたら、テレクラか」

蒼井は勘という言葉には触れず、言った。

「やっぱりそうじゃないですかね。出会い系とかいろいろありますけど、彼女の携帯にはそういう形跡はなかったわけですし。それに携帯とかネットってちょっと怖いですよ」

「テレクラのほうが安全か？」

「そうは言いませんけど……会うまでは自分の情報を出さなくていいわけですから。自分の番号が知られたくなければ公衆電話からかければいいわけですし、待ち合わせをしても、遠くから相手を確認して会うかどうかを決めることもできます」

　矢部がテレクラの仕組みを力説する。

「行ったことあるのか？」

　蒼井が訊くと、矢部の表情が強張った。

「学生のときに何度か」

　矢部が恥ずかしそうに笑った。

　ノックの音がして、蒼井は窓外に目を向けた。

　片桐とパートナーの堀が立っている。入ってくれと手で合図すると、ドアを開けて後部座席に乗ってきた。

「とりあえず今日一日、手分けして錦糸町周辺のテレクラを当たろう。十七日の夜から翌日の未明にかけて利用した、身長百八十センチぐらい、痩せ型で三十代半ばと思しき男だ。それに——声に特徴がある。『世界の風景』のナレーション……だったな？」

　矢部に目配せすると、少し嬉しそうな顔になった。

「部屋長が言っていた耳が不自由である可能性にもふれてみますよ」

　片桐の微笑みに、蒼井は頷いた。

「あと、ここらへんのテレクラを利用する男女が待ち合わせによく使う場所も聞いてほしい」

片桐と地図を見ながら分担地域を決めて車を降りた。

駐車場を出ると、目の前の雑居ビルに『テレクラ』の看板がかかっているのが見えた。

蒼井と矢部はさっそく雑居ビルのエレベーターに乗った。テレクラがある四階でドアが開くと、受付に立っていた中年の男が、「いらっしゃいませ」と声をかけた。

受付の男は蒼井と矢部を見て少し訝しげな表情を浮かべた。どうやら職業的な勘で、すぐに客ではないと察知したようだ。エレベーターから降りると、受付に向かいながら胸ポケットから警察手帳を取り出した。

「警視庁の蒼井と矢部と申します。少しお話を聞かせていただきたいのですが」

警察手帳を示すと、受付の男の顔色が変わった。

「何ですか……」

男が露骨に嫌な表情を浮かべた。

叩けば何らかの埃が出てくる身の上かもしれないが、こちらはそんなことを求めているわけではない。

「捜査一課の者なんですが、殺人事件の捜査をしておりまして」

風俗の取り締まりとは関係ないことを最初に言っておく。

「殺人事件？」

　案の定、男が興味を持ったというように少し身を乗り出してきた。

「ここを利用したお客さんのことでお聞きしたいんです」

「はあ……」

「ここは監視カメラのようなものはついていますか？」

　蒼井はあたりを見回した。だが、それらしいものは見つからなかった。

「いや、ついてないです」

「そうですか。十七日の夜のことについてお聞きしたいんですが、あなたがいらっしゃった？」

「十七日ねえ……」

「先々週の土曜日です」

「ええ。土曜日だったら夕方の六時から私がフロントにいましたけど」

「こういう客は来ませんでしたか」

　蒼井はコンビニの防犯カメラに映った男の写真を見せて特徴を告げた。

「さあ……お客さんとはフロントで必ず顔を合わせますけどね。常連さん以外はあんまり覚えてないなあ……」

男が困ったように言った。

「お客さんの身分確認などはしているんですか？」

「まあ、一応建て前として名前と年齢は訊いて書いていますけどね」

「免許証などの確認はしていない」

「ええ」

男の答えに小さな溜め息をついた。名前や年齢を偽って入れるわけだ。

「ここらへんにはテレクラはどれぐらいあるんでしょうか」

これ以上、訊きようがないと思い、話題を変えた。

「数えたことはないけどね。けっこうあるんじゃないかな」

蒼井は男に礼を言って店を後にした。

「先行きが厳しいですね」

エレベーターの中で矢部が呟いた。

「しらみつぶしに行くしかないな」

エレベーターを降りて雑居ビルから出ると、蒼井は次の店を探した。

午後二時になったので、蒼井たちはひとまず捜査を中断して駅前の喫茶店に向かった。

先ほど片桐と連絡を取って、二時に喫茶店で落ち合って情報の交換をしようと話していたのだ。

喫茶店に入ると、奥の席で片桐と堀が待っていた。テーブルには水しか置いていないから来たばかりなのだろう。

「おつかれさまです」

片桐とは長い付き合いだから、そう言った顔つきだけでだいたいの成果がわかった。

不発のようだ――

「おつかれさま」

片桐の向かいに座った。おそらく蒼井の顔を見て片桐もこちらの成果がわかっただろう。

「とりあえず昼飯にしましょう。腹が減っては戦はできないってね」

そう言って、片桐がテーブルに置いてあったメニューを開いてみんなに見せた。

「じゃあ、ぼくはこのハンバーグランチを」

矢部がすぐさま言った。

片桐も堀も矢部に同調したようだ。ハンバーグランチを三つに、蒼井はサラダとアイスティーを頼んだ。

サラダが目の前に運ばれてきてもまったく食欲がわかない。サラダのフォークを持て余しながら、うまそうにハンバーグを頬張る片桐たちを見ていた。

だが、見ているだけで胃がもたれて辛くなってくる。

「部屋長……大丈夫ですか？」

そんな蒼井の様子を感じ取ったのだろうか、片桐が訊いてきた。

「ああ。心配かけたな」

「部屋長が病欠だと聞いてびっくりしましたよ。昨日は大雪でも降るんじゃないかってみんなで噂してたんですよ」

「降ってくれればよかったんだけどな。九月ももうすぐ終わろうっていうのに、連日、この猛暑じゃからだがもたない」

「本当ですね。それで、どこが悪かったんですか」

「ただの疲労さ」

蒼井がそう答えると、矢部がこちらをちらっと見た。その視線に気づかぬふりをして、気力を振り絞り少しずつサラダを口に運んだ。

吐き気がこみ上げてくるが、少しでも口に入れて、処方してもらった抗がん剤を飲まなければならない。

福田の説明によると、この薬を飲みながら何とかやり過ごすしかないようだ。

そして、貧血に気をつけるよう言われた。がんによる食欲不振で、全身の血液の循環が悪くなり、貧血を起こしてしまうことが多いのだという。

何とかサラダを食べきると、ポケットから薬を取り出した。

あとどれぐらい、自分のからだはもつのだろうか。

ふたりの女性を殺した犯人をこの手で捕まえるまで、自分のからだはもってくれるだろうか。

蒼井はてのひらの薬をしばらく見つめ、口に含んだ。

21

有楽町線のホームに降りると、澄乃はちょうどやってきた新木場行きの電車に乗った。

今日はいつもより荷物が多い。肩から提げた大きめのバッグの中にはエプロンと、念のために明日の着替えが入っている。

ここ数日、澄乃は仕事が終わると豊洲にある信一のマンションに行っていた。

信一に料理を作るためだ。信一は時折辛そうな表情を浮かべながらも、澄乃が作った料理をおいしいと言って食べてくれる。食事を摂ると信一はだるそうにソファで横になった。

そんな信一の姿を見ながら身の回りの片づけをしているうちに、いつも終電近い時間になる。

信一は帰ったほうがいいとも、泊まっていけばいいとも、言ってくれない。

少しでも長く信一のそばにいたい──

それが自分の願いだが、このまま居座るように信一の部屋に泊まっていく勇気がなかった。だけど、それも昨日までだ。今日こそは信一に部屋に泊まっていっていいか訊いてみるつもりだ。

澄乃は自分の耳もとに手を添えた。

十九歳の誕生日に信一がプレゼントしてくれたタンザナイトのピアスをしている。大学を出てからずっとつけてなかった。

信一の誕生日は澄乃から一週間遅れの十二月二十一日だ。十四年前の彼の誕生日には腕時計をプレゼントした。学生だったから安いものしか買えなかったが、信一はとても喜んでくれて毎日してくれた。

今年はどんなことがあっても信一の誕生日を一緒に過ごしたい。最後になってしまうかもしれない彼の誕生日を精一杯お祝いしてあげたかった。

最近、夜遅くまでネットサーフィンをしている。信一が罹っているスキルス胃がんという病気や、それ以外にもどういう食事を摂ったり、どんな生活を心がければ少しでも長く生きられるのかを詳しく知りたいからだ。

豊洲駅に降り立つと、マンションに行く前にスーパーに寄って買い物をした。かごを持って店内を移動しながらからだにいい夕食の献立を考える。

信一は現在、高木の勧めに従ってカプセル状の抗がん剤を飲んでいる。

高木の説明によると、この薬を飲んだからといってがんが治るわけではない。ただ、飲まないでいるよりも飲んだほうが少しでも命が延びるということだ。

だが、信一はこの薬の副作用を嫌っている。信一のからだとは合わないようで、薬を服用すると、下痢が止まらなくなるそうだ。

それでも澄乃は信一に薬を飲むように勧めている。副作用は辛いかもしれないが、少しでも長く生きていてほしいからだ。

今日の夕食は消化のいいお粥と、白身魚の煮つけにすることにした。

スーパーを出ると早足で信一のマンションに向かった。

マンションにたどり着くと、バッグから鍵を取り出してオートロックの鍵穴に差し込んだ。

鍵は昨日、信一から預かった。誰かが訪ねてきてもオートロックを開けるためにインターフォンのあるところまで動くのが辛いということだ。

鍵を回すと、目の前のガラスドアが開いた。

「澄乃――」

エントランスに入ろうとした瞬間、後ろから険のある声に呼び止められた。

振り返ると、綾子が立っていた。澄乃は言葉を失った。

「どういうことなのよ」

綾子はものすごい形相で澄乃を睨みつけている。

「何で澄乃が榊くんの家の鍵を持ってるのよ」

澄乃は答えられなかった。

「裏切ったのね」

澄乃は何と言っていいかわからず首を振った。

「とりあえず落ち着いて……話をしよう」

澄乃は綾子を説得して、マンションのそばを流れる豊洲運河沿いの遊歩道に連れて行った。

「どういうことか説明してよ！」

綾子は通行人の目もはばからず激昂した。

「最近、榊くんにいくら連絡してもまったく応答してくれなくなったのよ。この前、コンサートに行ったときにはあんなにいい感じだったのに。澄乃にも話したよね。どうして連絡をくれないのか直接榊くんに訊こうと思ってここに来たのよ」

信一の病気を知ったあのときからすべての状況が変わってしまったのだ。

「ごめん……綾子。裏切るつもりなんてなかったんだけど……でも……」

それしか言えなかった。

「あんたって昔っからそうだよね。自分では清純さを装っているつもりなのか知らないけど、実はとんでもない食わせ者だよね」

綾子の言葉に衝撃を受けた。

「大学生のときに付き合っていた榊くんをあっさり捨てて社長の御曹司と結婚したくせに、今度は金持ちになった榊くんに言い寄ってよりを戻そうっていうの。しかも十数年来の親友を出し抜いてさ。まったく可愛い顔してやることがえげつないったらありゃしない」

そうじゃない。そう受け止められてもしかたないかもしれないが、信一のことをそんな風に見ているわけではない。

ただ、一緒にいたいだけなのだ。少しでも長く信一と一緒にいたいだけだ。

「どう思われようとかまわないよ」

毅然《きぜん》として言うと、綾子が澄乃の頬を平手打ちした。

「開き直るの。最低な女――」

唾でも吐かんばかりの勢いで言った。

「わたしは信一のそばにいたいだけ」

そうだ。信一の残された人生を一緒に生きられればそれだけでいい。他にほしいものなんかないし、それで何か失ってしまったとしてもしかたがない。

「じゃあ」

澄乃は綾子の憎悪のこもった視線を振り切って、マンションに向かった。

エレベーターを降りると四五〇七号室に向かった。

呼び鈴を押してから鍵を開けた。ドアを開ける前に一応ハンカチで涙を拭う。

「信一……」

靴を脱いで玄関を上がると、信一に呼びかけた。

この後の言葉が難しい。『こんにちは』でも『おじゃまします』でもないと思う。だけど、『ただいま』とは、まだ言えない。

リビングに入ると、ソファで横になっている信一が見えた。

無理して起き上がろうとはしないが、こちらに顔を向けて、かすかに微笑んだ。

「思っていたより遅かったな」

信一がじっと澄乃の顔を見つめてくる。

「ちょっとスーパーのレジが混んでたの」

涙は拭ったはずだ。だけど、信一の眼差しは先ほどまでの出来事をまるで見透かしたような優しいものだった。

おまえは綾子が言うようなひどい女じゃない。

おれはわかっている。

まるで、そう言ってくれているような視線だった。

「すぐに夕食の準備をするね。今日は消化にいいように、お魚の煮つけとお粥だからね」

信一から視線をそらすと台所に向かった。

このままそんな優しい目で見つめられると泣き出しそうだった。

夕食の準備を終えると、テーブルに向かい合って同じものを食べた。

信一は少しずつだが魚の煮つけやお粥を口に運び、おいしいと言ってくれた。

魚の煮つけは苦手な料理ではないが、信一に食べさせるならもっと違う料理を作りたかった。

信一はどちらかというと、魚よりも肉のほうが好きだった。今はどうかわからないが、少なくとも付き合っていた大学時代には、しょうが焼きやハンバーグなどの肉料理を好んで食べていた。

初めて信一の部屋に行ったとき、澄乃はハンバーグを作ろうとした。

駅前で待ち合わせた澄乃と信一は近くのスーパーで買い物をした。信一の部屋に着き、テレビを観ながら少しおしゃべりをするとすぐに料理の準備を始めた。ふたりっきりでいることに緊張してしかたなかったのだ。下準備を終えてそろそろ焼こうかと思ったとき、後ろから信一が抱きしめてきた。そして、口づけを交わすとベッドに連れて行かれた。

まさか、そのすぐ後にあんなことが起こるとは夢にも思っていなかった。

死ね……死ね……

自分の首を絞めつけられてどうしようもできずに信一の頭を時計で殴りつけた。あまりのことに外に飛び出していったが、まるで悪魔がとりついたような信一の叫びを思い出して、もしかしたら自分のせいではないかと思った。

昔、自分があんなことを言ってしまったから。

それなのに自分は信一を見捨てて逃げ出してしまった。寺泊でのあのときのように。

「ごちそうさま」

信一の声に、澄乃は笑顔を向けた。

「ごめん……おいしかったんだけど……」

皿には半分以上の料理が残っていた。だけど、昨日よりはたくさん食べてくれたみたいだ。

「わかってる。無理しないで。お水入れてくるね」

澄乃がコップの水を渡すと、信一は少し嫌そうな顔をしながらも薬を飲んだ。それを確認すると、澄乃は皿を台所に下げて洗った。

洗い物を終えてリビングに戻ると、信一はソファに横になってテレビを観ていた。見覚えのある映画だった。

付き合っていた頃にふたりで観に行ったラブストーリーだ。

「観ないか？　ぜんぜん覚えてないんだ」

信一がこちらを振り返って言った。

それはそうだろう。ラブストーリーは退屈だったようで、信一は途中から寝てしまったのだから。

「また寝ちゃうんじゃない？」

「そうかもな」

信一が苦笑した。

澄乃はソファに座ると信一の頭を持ち上げて膝枕をした。

髪を軽く撫でながら信一の顔を見つめた。先ほどまで辛そうだった表情が、少しだけ安らかなものになったような気がする。

「それ……」

こちらを見上げていた信一がゆっくりと手を伸ばして澄乃の耳に触れた。

気づいてくれたみたいだ。

「おれも……澄乃からもらった腕時計をずっとしてる」

信一が微笑んだ。

「今夜、泊まっていってもいいかな」

思い切って信一に訊いた。

信一は澄乃の目を見つめながら考えているようだ。かすかに怯えたような眼差しを向けたが、ゆっくりと頷いた。

「寝室の向かいに客用の部屋がある。ベッドも置いてあるからそこに泊まっていけばいいよ」

信一が澄乃から視線をそらして言った。

22

寝室のベッドに入ってもなかなか寝つけなかった。

榊はサイドテーブルのライトをつけた。ドアを見つめる。この寝室の向かいの部屋で澄乃が寝ている。そう考えると、気持ちが落ち着かなくなって眠れないのだ。

榊は今、澄乃と一緒にいられる幸せに包まれている。

少しでも長くこの幸せに浸っていたいという思いで、からだに合わない抗がん剤も我慢して飲んでいる。

だが、幸せを嚙み締めるのと同時に、どうしようもない不安に苛まれていた。

この数日、恐ろしい夢を見るようになった。

それは、澄乃の目の前で、自分の手に手錠がかけられるという夢だ。

この手でふたりの女性を殺したのは消しようのない事実だ。

澄乃がそばにいないときには、警察に捕まることへの恐怖などほとんど感じなかった。だが今は怖くて怖くてしかたない。警察の捜査が着実に自分に向かってきているのではないかと、その影に怯え続けている。

ノックの音がして、我に返った。

「はい――」

榊はドアに向かって言った。

「わたし……」

澄乃の声が聞こえた。

榊はベッドから起き上がった。ゆっくりと向かって行き、ドアを開けた。

目の前に澄乃が立っている。

「ごめんなさい……寝てた？」

澄乃がうつむいた。

「いや、起きてたよ。どうした？」

榊は努めて優しい口調で訊いた。

「気になったから……」

「気になった？」

「さっき……ものすごくうなされていたから」

先ほど、榊はソファで映画を観ながらいつの間にか寝てしまっていた。すると、またあの夢を見てしまったのだ。

澄乃の目の前で、警察官に手錠をかけられる夢だ。

榊は相当うなされていたようだ。澄乃に起こされ目を覚ましても、しばらく夢と現実の区別がつかないで、からだを激しく震わせていた。

「最近、よく変な夢を見るんだ」

榊は言った。

「どんな夢？」

「澄乃がいなくなってしまう夢」

嘘をついた。

「いや、おれがいなくなってしまうんだな。誰もいないどこかへ行ってしまう夢……」

言った瞬間、澄乃が抱きついてきた。

「一緒に寝ていい？」

榊は頷いて澄乃を寝室に招き入れた。そのままふたりでベッドに入る。澄乃が抱きしめてくる。口づけを交わした。榊は柔らかな澄乃の胸に触れた。心臓が激しく脈打ち、そこで動きを止めた。密着した澄乃のからだをゆっくりと押し上げていく。

「ごめん」

榊が言うと、澄乃は「いいの」と首を振った。

サイドテーブルのライトを消して、澄乃に腕枕をした。

どれくらいの時間が経っただろうか。

澄乃の寝息に顔を向けた。榊の腕で澄乃が眠っている。かわいい寝顔だ。薄闇の中で澄乃の寝顔を見つめた。もう片方の手で澄乃の髪を優しく撫でる。指先を髪から額、頬、唇のあたりに動かした。

指先が顎、首筋……に触れたとき、激しい欲望が突き上げてきた。

殺したい――この首を思いっきり絞めつけたい。

抑えようのないその欲望に、榊はうろたえた。

どうして……どうしてなんだ――！

自分は澄乃のことをこんなに愛しているではないか。それなのにどうしてこんなことをしようとするのだ。

だが、そんな気持ちとは裏腹にからだが勝手に反応する。榊は澄乃の頭の下に置いた手を引き抜いた。ゆっくりと両手を澄乃の細い首に添える。

やめろ――やめるんだ――

榊は必死にからだを支配する欲望に抗った。澄乃の寝顔を正面に見ながら唇を噛み締める。思いっきり食いしばったせいで、口の中に血の味が広がった。

ここにいてはダメだ――

何とか澄乃の首に添えていた手を離すと、勢いをつけてベッドから離れた。すぐに寝室を飛び出した。

しかし、澄乃のそばを離れても、心の中に巣くった欲望が収まったわけではない。一度、あの欲望が押し寄せてしまうと、自分の理性ではどうしようもできないのだ。早くここから出て行かなければ――

寝室に戻ると澄乃に気づかれないようにウオークインクローゼットに入った。適当な服に着替えて引き出しからかつらを取り出した。それをバッグに入れると部屋を出た。

駐車場に行って届いたばかりの国産車に乗り込むと、震える手でキーを差し込んだ。

これからどうすればいい……

とりあえずどこでもいい。このどうしようもない渇きを満たせる場所だ。

榊はからだを苛む激しい飢餓感から逃れたくてアクセルを踏んだ。

23

助手席に目を向けると、意外なものが目に入った。

携帯画面を見ていた蒼井がかすかに笑っているのだ。今まで見せたことのない表情だった。

「何かあったんですか？」

矢部は思わず訊いた。

「別に、何でもない。ところでおまえ、ビビって知ってるか?」

蒼井が携帯を閉じて訊いた。

「ビビですか……」

矢部が知っているビビに近い発音のものは、歌手のVIVIぐらいだ。だが、まさか蒼井がVIVIという単語を出すとも思えない。

「食べ物か何かですか?」

「いや、歌手らしい」

「ああ……VIVIですね。知ってますよ」

「有名なのか?」

「日本人で知らない人のほうが珍しいんじゃないですか」

「じゃあ、おれは珍しい人間なんだな」

蒼井が苦笑した。

「それで、VIVIがどうしたんですか」

「さっき瑞希からメールがあって、その人の全国ツアーのバックダンサーをやることになったそうだ」

ダンサーを目指していたあの娘がVIVIのバックダンサーになった——

「それはすごいっすねー」

矢部は思わず叫んだ。

「だけど、おれはそれがどれぐらいすごいことなのかちっともわからないんだ。だから、何て返信していいんだか……」

蒼井がそう言いながら、携帯を見つめた。

「連続殺人犯を逮捕するのと同じぐらいすごいことだと思いますよ」

矢部が言うと、蒼井がこちらに顔を向けた。

こういう比較をして蒼井を怒らせてしまったのではないかと少し不安になった。

「そうか……そいつはすごいことだな」

蒼井が微笑した。

駐車場に車を停めると、矢部と蒼井は昨日に引き続いて錦糸町周辺のテレクラの聞き込みに回った。

蒼井の表情は辛そうだった。蒼井の憔悴《しょうすい》した顔と、ふらふらとした足取りを見て、入院が必要な病気ではないかと思うようになっていた。

完全に体調がよくなるまで休めばいいではないかと思う。

たしかに自分たちが任されていることは殺人犯を逮捕するという重要なものだ。だけど、しょせんは仕事でしかないではないか。

刑事も、会社員も、ダンサーも、パン職人も、たとえ総理大臣であっても、それは仕事なのだ。仕事であるということは、自分の代わりは他にもいるということだ。

一瞬、パンをこねる父親の姿が脳裏をよぎった。

そんな仕事のために、ここまで自分のからだを酷使する必要があるだろうか。

そして大切な家族が倒れたときに病院に行くよりも優先すべきことなのか。

テレクラの看板を見つけて雑居ビルに入った。エレベーターがついていないので階段に向かった。階段まで来て、蒼井の溜め息が聞こえてきた。

急な階段だった。テレクラはこの階段を上った三階にある。

「ぼくだけで行ってきましょうか」

矢部が言うと、蒼井は意味がわからないといった顔をして階段を上り始めた。

蒼井は一段一段足を踏みしめるようにゆっくりと上っていく。その足もとを心配しながら見つめた。ようやく三階まで上ると、蒼井は息が切れてしまったようだ。テレクラの看板がかかったドアを開けて中に入った。

「いらっしゃいませ」

狭い受付の中にいた若い男が声をかけた。

「警視庁の者ですが、ちょっとお話をお聞かせください」

蒼井の代わりに、警察手帳を示しながら言った。

「警察って……」

警察手帳を見た瞬間、受付の男がぎょっとした顔になった。

「十七日の夜にここに来店したお客さんについてお聞きしたいんですが」

「十七日……」

「先々週の土曜日の夜です。あなたがフロントにいらしたんですか？」

「ええ」

矢部は岡本真紀と一緒にいた男の特徴を話して、そういう人物が現れなかったか訊いた。

「そう言われてもなあ……」

受付の男が困った表情を浮かべる。

今までどこで訊いても同じような反応をされた。

「声に特徴がありまして……『世界の風景』ってテレビ番組をご存知ですか？」

矢部が訊くと、男が頷いた。

「好きなんでけっこう観てます」

「あの番組のナレーターをやっている……」

　名前が出てこない。

「熊谷俊樹《くまがいとしき》？」

　男が言い添えた。

「そうですかね」

「おれ、あの人のファンなんだよね。ナレーターだけじゃなく俳優もやってるでしょう。脇役ばかりだけどけっこう渋くってね」

「そうなんですか。その人に声が似ているんです。喋り方というか……あの人みたいにソフトな感じで」

　男の視線が止まった。

「いました」

　男の言葉に、矢部は蒼井と顔を見合わせた。

「本当ですか？」

　蒼井が訊いた。

「声がずいぶんと似ているなと思ったんで覚えてますよ」

「ちなみにそのお客さんは補聴器をつけていましたか」

「補聴器？」

「耳につけるやつです」

蒼井が自分の耳を指さした。

「どうだったかなあ。声は印象に残ってるんだけどそこまでは……」

矢部は天井を見上げた。フロントの上部に監視カメラがついている。

「そのときの画像は残っていますか？」

矢部は訊いた。

「ちょっと店長に訊いてみないとわからないなあ」

「店長さんは今……」

「事務所にいます」

「呼んでいただけませんか」

矢部が頼むと、男は受付の電話で事務所に連絡した。

十五分ほど待つと、背広を着た中年の男がやってきた。セカンドバッグから一枚のＤＶＤを取り出した。

「十七日の夜の分です」

受付のパソコンにＤＶＤを入れて再生する。早送りをしながら画面を観ていた男が、「あっ」と声を上げた。

矢部と蒼井は同時にパソコンを覗き込んだ。

あまり鮮明ではない白黒の画像だ。キャップをかぶった長髪の男の姿が映し出されている。サングラスをかけ、ひげを生やしている。

「九時半ぐらいにやってきて三十分ぐらいで出て行ったなあ」

長髪なので補聴器をつけているかどうかはわからない。人相もコンビニの男と同一人物かどうか確信が持てない。ただ、そのいでたちからこれだけは断言できた。

こいつは変装している——

パソコンを見ていた蒼井がこちらに目を向けた。しばし視線が交錯した。

蒼井の刑事の勘は何と言っているだろう。もし、自分に刑事の勘というものがあるなら、間違いなくこいつが犯人だと告げている。

「この男はどの部屋に入っていましたか？」

蒼井が訊いた。

「たしか……」

男が受付に置いた紙をめくった。客の名前と利用した部屋が書かれている。

「三号室ですね。『山田《やまだ》達也《たつや》』って名乗ってました」

「申し訳ありませんが、しばらく誰も入れないでいただけませんか」

鑑識を入れるのだろう。

「とりあえず署に連絡をしよう」

蒼井が男と店長に一礼して店を出て行った。

矢部も蒼井の後を追うように外に出た。目の前の背中がふらっと揺れたかと思うと、そのまま蒼井が階段から足を踏み外した。何回もからだを回転させながら二階の踊り場まで落ちていく。

「蒼井さん――！」

矢部は倒れたままぴくりとも動かない蒼井に向かって叫んだ。

24

頭に鈍い痛みが走って、ゆっくりと目を開けた。

眩しい光が視界に差し込んでくる。天井の蛍光灯が目に入った。

ここはどこだろう――

覚えのない風景に不安を覚えて、あたりを見回した。白衣を着た男性がベッドの脇に立っている。その奥には矢部の姿があった。どうやら病室のようだ。

「目が覚めましたね」

白衣を着た男性が声をかけてきた。

「おれはいったいどうしたんだ？」

矢部に訊ねようと上半身を起き上がらせた。からだじゅうに痛みが走る。

「無理しないでください」

白衣を着た男性が制止した。

「捜査中に階段から落ちたんです」

矢部の言葉で、ようやく記憶をよみがえらせた。

錦糸町のテレクラだ。犯人と思しき客の存在が浮かび上がって、本部に連絡しようと店を出た次の瞬間に階段から足を踏み外した。

「鑑識は――」

やらなければいけなかったことを思い出して口にした。

「本部にはすでに連絡してあります。安心してください」

「そうか。署に戻って捜査会議に出なきゃ」

痛むからだを引きずって布団から出ようとするのを医師が止めた。

「しばらくじっとしていてください。肋骨と左手の指を二本骨折しています。頭も打っているので精密検査もしたほうがいいでしょう。入院が必要ですね」

医師に言われて自分の手にギプスがされていることに気づいた。

「しかし……」

「これから署に戻ってぼくが捜査会議に出ますから。大丈夫です」

矢部が頷きかけてきた。

「頼む」

病室を出て行こうとする矢部を呼び止めた。

「悪いが……瑞希に連絡して着替えを持ってくるように頼めるか。あまり大げさな言いかたはしないでくれ」

瑞希の携帯番号を告げると、矢部が手帳に控えて医師とともに病室から出て行った。蒼井はベッドの中で目を閉じた。

まったくとんだドジをしてしまった――

悔しさを噛み締めたが、どうしようもないので、このまま睡魔に身を委ねることにした。

ノックの音に、目を覚ました。

時計に目を向けると夜の十時を過ぎていた。三時間ほど寝てしまったようだ。

「はい――」

声をかけるとドアが開いて瑞希が入ってきた。蒼井と目が合うと、瑞希は驚いたように目を見開いた。

「いったいどうしちゃったの……」

「ただの貧血さ。仕事中に立ちくらみを起こしてな。ただ、場所が悪くて階段から転げ落ちてしまったんだ」

「まさか、こんな大怪我だとは思わなかった。矢部さんはたいしたことないって言ってたから。どれぐらい入院しなきゃいけないの？」

瑞希が近づいてきてバッグをベッドの脇に置いた。

「検査が終わったらすぐに退院できる」

「そう……これからライブのリハーサルで忙しくなるんだから、あまり変な心配させないでね」

「すまない」

蒼井が言うと、それ以上言葉がないというように、瑞希が背を向けてドアに向かった。

「瑞希――」

呼び止めた。

「おめでとう。ＶＩＶＩのバックダンサーになるなんて、連続殺人犯を逮捕するぐらいすごいことだと矢部が言ってた」

「そのたとえはちょっとなあ……でも、ありがとう。次はお父さんの番だね」

瑞希が微笑みかけてきた。

「ああ。早く退院してがんばるよ」

25

「矢部くん——」

警察署に戻ると、受付にいた安東に呼び止められた。

「蒼井くんが事故に遭ったそうだね。大丈夫なのか？」

安東が心配そうな表情で訊いた。

「ええ……貧血を起こしたようで階段から足を踏み外してしまって。脇腹と左手の指を骨折して、あと頭も打っているので一応しばらく入院するそうです」

「そうか。彼がそんな風になるなんて珍しいね」

蒼井は疲れだと言っていたが、ここ数日の疲弊しきった表情とからだの動きを見ているかぎり、単なる疲れではないと思っている。

何か大きな病気でも抱えているのではないだろうか――そんなことを思っていた矢先の事故だった。

入院しなければならないということになれば、嫌でも医者の目に触れるし、からだを休めることもできるだろう。今回の事故は蒼井のような頑固な人間にとって、意外と僥倖《ぎょうこう》だったのかもしれない。

「すみません。これから捜査会議がありますので」

矢部は安東に言って、階段に向かった。

「次――」

刑事課長の声に、矢部は立ち上がった。

「今日、聞き込みに回った錦糸町のテレクラでひとりの男の目撃情報が得られました。その男は十七日の夜九時半頃に入店して、三十分ほどで出ています。男は身長百八十センチぐらいの痩せ型。また、渋谷で岡本真紀と一緒にいたとみられる男の特徴である『世界の風景』のナレーターに声が似ているということで共通点があります」

目の前の写真に目を向けた。テレクラの監視カメラに映し出された男の写真だ。

「お手元の写真にあるとおり、テレクラにやってきた男はサングラスをしてキャップをかぶり長髪でした。ただ、変装していると考えると、十三日の未明に渋谷で目撃された男と同一人物である可能性が高いのではないかと思われます」

矢部はそこまで報告すると椅子に座った。

「その件に関して、わたしから追加の報告をさせてもらいます」

一番前の幹部席に座っていた高杉係長が立ち上がった。

「矢部捜査員からの連絡を受けて、鑑識課とともにそのテレクラに行ってきました。その部屋に犯人の指紋やDNAが残されているかは現在調査中です。また本日、蒼井捜査員が事故で負傷しました」

高杉が報告すると、前に座っていた岩澤がこちらを振り返った。

矢部の隣の空席を見つめながら大仰に溜め息をついた。

「たいしたことはないそうですが、検査のために数日入院しなければならないとのことで、明日以降の捜査担当を若干替えたいと思います——」

捜査会議が終わると、岩澤がこちらに向かってやってきた。

「事故って何だよ」

岩澤が目の前に立って訊いてきた。

無視して講堂から出て行こうとしたが、岩澤の威圧感に足がすくんだ。

「立ちくらみを起こしてしまったみたいで、階段から転落してしまったんです」

「馬鹿じゃねえか」

岩澤が鼻で笑った。

矢部は顔を伏せた。蒼井に対してそれほどの義理はないが、同じ仕事をしている仲間に対してこういう態度をとる岩澤が腹立たしかった。

「まあ、これであいつの顔を見ないで済むと思うと清々するがな」

「ぼくはこれで……」

矢部は岩澤に軽く頭を下げると出口に向かった。

「おい、矢部――」

講堂から出ると誰かに呼びかけられて顔を向けた。片桐と堀がこちらに近づいてくる。

「部屋長は大丈夫なのか?」

片桐が心配そうな顔で訊いてきた。

「ええ……まあ……」

そう答えるしかなかった。

「なあ、一緒に飯を食いに行かないか?」

矢部の表情から何かを察したのだろうか、片桐が階段のほうに指を向けた。

「そういえば……三年前にも十日ほど入院したことがあったなあ」

矢部が、最近の蒼井の体調のことが気になると言うと、片桐が思い出したように答えた。

「どんな病気だったんですか」

矢部は箸を止めて訊いた。

「胃潰瘍だと言ってたよ」

「そうですか」

「たしかにおれもここしばらくの部屋長の様子は気になってたんだけどさ。八月の中頃ぐらいからときどき辛そうにすることがあったから」

「一ヶ月以上前からですか？　病院とかには……」

「いや。その頃は池袋で発生した殺人事件の捜査で忙しかったから行ってないだろう」

「休んじゃえばいいじゃないですか」

「そういう人じゃないさ」

片桐が苦笑してビールに口をつけた。

「ひとつお訊きしたいんですけど……」

「何だ？」

「どうして蒼井さんと岩澤さんはあんなに仲がよくないんですか。同じ部署で働いている仲間なのに」

「ただ、そりが合わないんだよ。まあ、おれも五年前に五係に入ったからそれ以前のことはよく知らないけど」

片桐の話によると、岩澤が五係に入った十年前からふたりは気が合わなかったそうだ。

同い年ではあったが、蒼井としては自分のほうが捜査一課のキャリアが長いという自負があり、岩澤としては階級が上だという思いがあるようで、事件の見立てや捜査方針などでことあるごとに対立していたという。

「まあ、もともと仲が良くなかったんだけど、その後、決定的に関係に亀裂が入るような出来事があってな」

「どんな……」

「一昨年発生した通り魔事件を覚えてるか？　表参道で四人が殺された」

その事件ならよく覚えている。ゴールデンウィークの最中、白昼の表参道で二十代の男が通行人を次々に切りつけていったのだ。

死刑になりたかったから事件を起こした──

取り調べでそううそぶいた犯人に蒼井は激昂して殴りつけてしまったという。

表立った問題にはならなかったものの、犯人はその後いっさい口を閉ざしてしまい、何の供述も得られなくなってしまったという。

「岩澤主任はそのときの部屋長の行動にいたく激怒してな。犯人に罰を与えるのが自分たちの仕事じゃない。自分の感情をコントロールできずチームの和を乱す奴なんかいらないって。それまで部屋長に信頼を寄せていた他の捜査員たちもその意見には同調して……」

それで蒼井は五係の中で四面楚歌の状況に置かれているというわけか。

たしかに岩澤の言うことは理解できる。警察官としての正論だろう。だが、そんな行動に至ってしまった蒼井の心境もまったくわからないではない。

一昨年のゴールデンウィークということは、蒼井は妻を亡くしたばかりの頃だろう。人の命を粗末に考える人間を許せないという激情を抑えられなかったのかもしれない。

「蒼井さんは巡査部長ということですけど、それだけのキャリアがあるのにどうして」

矢部は不思議に思っていたことを訊いた。

「昇任試験のための勉強をする時間があるなら、少しでも捜査のために駆けずり回っていたいということだろう。そういう人さ」

そんな蒼井に敬意を払って『部屋長』と呼んでいるのだと片桐は付け加えた。

「もう一本ビールを頼むか？」

片桐が瓶ビールを持って訊いた。

「いえ……ぼくはこれで失礼します」

矢部はそう言って立ち上がった。

これから蒼井が入院している病院に行ってみようという気持ちが湧き上がっていた。蒼井のことだ。きっと、今日の捜査の進展や会議の内容も気になっているだろう。

病院の廊下を歩いていると、向こうのほうから瑞希がこちらに歩いてくるのが見えた。

顔を合わせるのはファミレスの駐車場で会って以来だから少しバツが悪かったが、意外なことに瑞希は笑顔で矢部に声をかけてきた。

「さっきは連絡してくださってありがとうございました」

「どうですか、お父さんの具合は。ぼくは蒼井さんが目を覚ましてすぐに署に戻ったので」

「あんなドジをしてきまりが悪いのか、いつもとぜんぜんちがって猫撫で声でしたよ」

「そうなんですか？」

「父から優しい言葉なんかかけられると何だか気味が悪い」

「ところでお父さんから聞いたんだけどＶＩＶＩのバックダンサーになったんだってね。すごいね」

「今日、オーディションの合格の報せがあったばかりなんです。まさかその日に、父がこんなことになるなんて思ってもみなかったけど。もしかしたら、父の運をちょっと使ってしまったのかも」

瑞希はいたずらっぽく笑ってから歩き去っていった。

病室のドアをノックしようとしたところで、「もしかしたら再発したんじゃないかね——」という男性の声がした。

安東だ。再発——という言葉に、思わずノックをしようとしていた手を引っ込めた。

「ただの立ちくらみですよ」

蒼井の声が聞こえる。

「わたしは一時期であってもきみの上司だよ。声を聞けば何かを隠しているかどうかぐらいわかる」

「参りましたね。誰にも話さないと約束してもらえますか」

しばしの間があった。

「そうです……胃がんが再発しました。三浦を逮捕した後に病院に行って告知されたんです」

「帳場にいる場合じゃないだろう。入院して手術をするなり……」

「もうそんな状態ではないんです。もう……手遅れです。おそらくあと数ヶ月といったところでしょう」

その言葉に激しい衝撃を受けた。

蒼井が、末期の胃がんで、余命数ヶ月——？

「瑞希ちゃんと健吾くんはそのことを?」

「まだ話していません。いや、何て言っていいのかまったくわからないんです。由美子もいなくなり、そのうえ自分までと知ったらあいつらはどう……」

「それでも今後のことをきちんと話さなければならないだろう。由美子さんのときはあまりにも突然すぎた。瑞希ちゃんも健吾くんもお母さんに別れの言葉すら言えずにずいぶんと後悔したことだろう。そんな思いを父親でもさせるのかね」

「わかっています……」

「いずれにしても休職することだね。それで残された時間をふたりと精一杯……」

「休職はしません。退院したらすぐに帳場に戻ります」

「何を言ってるんだ！」

それまで穏やかだった安東の語気が少し荒くなった。

「今追っている犯人を捕まえるまでは辞めません。由美子と約束したんです」

「由美子さんがそれを求めていると思っているのかね」

「わかりません。もしかしたら、ただ逃げているのかもしれません。あいつらと接しているのが辛くて……ただ、決めたんです。自分は死ぬまで刑事でいようと」

「あのことにまだこだわっているのかね」

「そうですね。自分も由美子もずっと……」

「少し頭を冷やして考え直しなさい。いずれにしても今の状態では帳場に戻っても足手まといになるだけだろう」

いきなりドアが開いて中から安東が出てきた。

安東は矢部と目を合わせて驚いている。視線をそらすと、今度はベッドからこちらを見つめている蒼井と目が合った。

「すみません。立ち聞きする気はなかったんですが」

矢部は安東の横をすり抜けてベッドに近づいた。鞄から今日の会議で使われた捜査資料を取り出してベッドの横のテーブルに置いた。

「これを届けに……」

それ以上かける言葉が見つからない。蒼井のことを見ているのも辛かった。

矢部は何も言わずに踵を返してドアに向かった。

「矢部――」

蒼井に呼び止められて振り返った。

ベッドの上の蒼井が鋭い眼差しでじっと矢部を見つめている。やがて、右手の人差し指をゆっくりと自分の口に持っていった。

「誰にも言うなよ」

26

携帯電話の着信音に、澄乃はあっと目を見開いた。

急いでテーブルの上の携帯電話を手に取った。メールが来ている。だが、会社の同僚からのもので、信一からではなかった。携帯電話を握った手から力が抜けそうになった。

時計を見ると、もう夜の十一時を過ぎていた。

信一はいったいどこで何をしているのだろうか――

携帯電話を見つめながら、焦燥に駆られているしかない自分が情けなかった。

今朝、目を覚ますと、ベッドの隣にいるはずの信一がいなかった。最初は先に目を覚まして他の部屋にいるものだと思っていたが、家の中を捜しても信一の姿はなかった。

自分にひと言もなく出かけてしまうなんて――

不安が募って信一の携帯に電話やメールをしてみたが、いっこうにつながらないままこんな時間になってしまった。

いったいどうしてしまったのだろう。

澄乃はつながらない携帯電話を見つめながらずっと考えていた。

もしかしたら、信一は澄乃のことをうっとうしく思っているのではないだろうか。

澄乃は少しでも長く信一と一緒にいたいと思っていた。そして、信一もそう願ってくれているのだろうと思い込んでいた。だから、毎日のようにこうやって信一の部屋を訪ねていたのだが、彼にとっては迷惑な話だったのかもしれない。

信一とかぎりある時間をできるだけ長く一緒にいたいという思いが澄乃のすべてだが、自分に残された時間を、信一は違うことに使いたいと思っているのかもしれない。

信一の最後の瞬間まで、少しでも長く一緒にいたいという願いは、澄乃の勝手な思いでしかないのだろうか。

そう考えると、昨夜、信一の寝室を訪ねていった自分の行動が急に恥ずかしいものに思えた。

玄関のほうから物音が聞こえてきた。

澄乃ははっとしてソファから立ち上がると、リビングを出て玄関に向かった。

ドアを開けて入ってきた信一と目が合った。だが、信一は少し気まずそうに視線をそらした。

「おかえり」

澄乃が言うと、信一は軽く頷いて靴を脱いで部屋に上がった。

足もとに目を向けると、信一の革靴は泥のようなもので汚れていた。

信一は視線をそらしたまま澄乃の横を素通りしていった。

瞬間、安っぽい香水の臭いが鼻腔に流れてきた。振り返ると、信一は疲れたように背中を丸めながらリビングに入っていく。

「とりあえずシャワーを浴びる」

信一はそう言うと、キーケースをダイニングテーブルの上に放って、浴室に向かっていった。

その背中を見つめながら、澄乃は言葉を発せずにいる。

いったいどうしたのだろう——

昨日までとは打って変わったような、自分に対するよそよそしい態度が気になった。

それにあの香水の臭い。もしかしたら、何かの当てつけだろうか。

信一は優しい性格だから、澄乃のことをうっとうしいと思っていてもそれを直接口にすることができないのかもしれない。だから、澄乃のほうで察しろということなのか。

ふと、テーブルの上に放られたキーケースが目に入った。四つの鍵がかかっている。ひとつはこの部屋の鍵だろう。もうふたつは車の鍵のようだ。四つ目の鍵は何だろう。この部屋の鍵のようにしっかりとした鍵だ。どこかの部屋の鍵だろうか。

変なことを考えていたせいか、そんな邪推をしてしまった。

浴室から信一が出てきた。バスローブに着替えている。

澄乃と目が合った。だが、信一は何も言わず、階段を上がっていった。

階上の部屋のドアが閉まる音を聞いて、澄乃はソファに向かった。

携帯電話で終電の時間を調べる。二十分後の十一時五十四分だった。まだ間に合う。

澄乃はバッグを手に取るとリビングを出た。だが、玄関に向かう途中で立ち止まった。やはり信一に黙って帰るのはよくないような気がした。一言声をかけてから帰ろう。

二階の寝室に行き、ドアをノックした。

「開けていい？」

澄乃が訊くと、「ああ……」と返事があった。

ドアを開けると、ベッドの上で上半身を起こした信一がこちらを向いた。

「今日は帰るね」

澄乃が言うと、信一の目の光が強くなった。

「あと……もし迷惑だったらちゃんと言ってね」

「迷惑？」

信一が探るような目で訊いてきた。

「わたしがここにいることが……」

少し目を伏せた。

「すまなかった」

信一の言葉に顔を上げた。

「そうじゃないんだ……澄乃がそばにいてくれることを迷惑だなんて思ったことはない」

信一の声が、急に言い訳をする子供のように弱々しくなった。

「何だか急に怖くなってしまったんだ……」

「怖くなった？」

澄乃は優しく見守るように訊いた。

「ああ。自分でもどうしていいのかわからないんだ。ひとりでいることも怖い。だけど、大切な人と一緒にいることはもっと怖いんだ。死ぬことが……死ぬことがどうしようもなく怖く思えてしまうからかな」

信一が怯えるようにからだを震わせている。

澄乃は寝室に入り信一に近づいていった。ベッドに腰を下ろして、隣にいる信一の髪を優しく撫でた。他にしてあげられることが何も思い浮かばないのがもどかしい。

「ごめん。澄乃を傷つけてしまったのなら……許してほしい。行かないでほしい。おれのそばにいてほしい……」

信一が許しを請うようにうつむきながら呟いた。

「大丈夫だよ。心配だっただけだから」

そう言うと、信一が抱きしめてきた。

澄乃のからだを強く、強く、抱きしめてくる。やがて、信一が激しく唇を求めてきた。澄乃もそれに応えた。

信一が荒々しく澄乃の服を脱がせる。ブラジャーを引き剝がし、激しく乳房を吸った。

澄乃は目を閉じて、信一の温かい手にされるがままになった。

「澄乃……」

やがて信一の熱いものが澄乃の中に入ってきた。激しい息遣いとともに自分の奥深いところに突き上がってくる。

この感覚は何年ぶりだろう。快感とともに、かすかな怯えが心の片隅に浮かんだ。

十九歳のとき、初めて信一が自分のからだに入ってきたときの感覚――

人間は性欲を満たすためなら悪魔にも獣にも変貌する生き物だと知っている。十九歳になるまで、澄乃はセックスという行為がどこかおぞましいものだと思っていた。だけど、信一に抱かれてそんな思いは吹き飛んだ。痛みに耐えながらも、信一とひとつになれて幸せだった。

今もこうやって信一に抱かれて幸せを感じている。

だけど、からだの快感が高まるごとに、心の片隅に芽生えた怯えが少しずつ増殖していく。

信一の手の温もりが、乳房から首筋あたりに移動した。

あのとき、信一に首を絞めつけられたときの感覚がよみがえってきた。

澄乃が目を開けると、信一は恐ろしい形相で自分を睨みつけながら、「死ね……死ね……」と呟いていた。

怖い……目を開けるのが怖い……

だけど、もう二度と信一を手放したくない。

澄乃は自分の首筋にある信一の手に自分の手を添えた。

ゆっくりと目を開けると、信一がじっと見つめていた。

「澄乃……澄乃……愛してる……」

愛おしむような眼差しをこちらに向けながら、激しく腰を動かしている。

もう何も考えられなかった。考える必要もなかった。

澄乃のからだの中が温もりで満たされたのと同時に、頭の中が真っ白になった。

目を覚ますと、すぐに隣に目を向けた。

寝息をたてて気持ちよさそうに信一が眠っている。

信一の髪を撫でながらしばらくその寝顔に見入っていた。愛おしさが胸の中にあふれてくる。ふと、信一の首筋が気になって顔を近づけた。信一の首筋には爪でひっかいたような傷があった。自分はそんなことをした覚えはない。

「おはよう」

目を覚ました信一が微笑みかけてきた。

「おはよう」

澄乃はささいな疑問を振り払って笑みを返した。

「今、何時？」

信一が訊いた。

「まだ六時過ぎだよ」

時計を見て答えた。会社に行く準備をしなければならない。その前に信一の朝食を作っていこう。澄乃は下着をつけるとベッドから起き上がった。

「わたしは会社に行かなきゃいけないけど信一はゆっくりしててね」

服を着ながら言った。

「そうさせてもらう。昨日は何だか疲れた……だけど、幸せな一日だった」

澄乃にとってもそうだ。初恋の人と初めて本当に結ばれた日だ。

「なあ、澄乃――」

部屋を出ようとしたところで呼び止められて振り返った。

「お姉さんって元気にしてるのか？」

信一の言葉に動揺した。

「ええ。実家の旅館を手伝ってるわ」

澄乃は胸の中に広がっていく動揺を悟られないようにして答えた。

階段を下りながら嫌な想像が膨らんでいく。

信一から姉のことを訊かれたのは初めてだった。もちろん信一は澄乃に姉がいることを知っている。ふたりであんな衝撃的な光景を目撃してしまったのだから。

だけど、大学で再会した信一は澄乃の姉の存在を忘れていた。とうぜん、あのときの記憶も。

シャワーを浴びると台所に行って信一の朝食の支度をした。テレビのニュースでは相変わらず物騒な事件ばかりを報じている。

田中祥子というＯＬが絞殺された事件だ。この女性の前には女子大生が同一犯によって殺害されている。最初の事件が発生してから二週間以上経つが、まだ犯人は捕まっていないという。

ふたりの被害者に共通点が見つからないことから、無差別に女性を襲った快楽殺人犯の仕業だろうとのことだ。この手の犯罪者は自分の欲望を抑えることができず、連続して犯行を重ねる危険性があるので注意しなければならないと、番組のコメンテーターである元刑事が語っていた。また、女子大生とＯＬを殺害した犯人が同一人物だとわかったのは、被害者それぞれの爪に付着していた皮膚片が同じＤＮＡだったことによるという。

被害者はふたりとも正面から首を絞められて殺されたそうだ。そういうときには苦しさのあまり、犯人の首や顔などを爪で引っかくことがあり、そこに皮膚片が残っていることが少なくないという。

この被害者たちは、どれほど怖く、苦しかっただろうか――

この女性たちは殺される少し前まで、きっと自分が死ぬことなど微塵も感じていなかったにちがいない。

きっと、幸せな人生を思い返すこともできないまま、死にたくないという思いだけを残して殺されてしまったのだろう。

むごい――

どうしてこんなに毎日のように人が殺されるのか。まったく理解できないと思いかけた瞬間、人を殺したいという心理が自分の心の片隅にもあったと気づいて重苦しい気持ちになった。

あのとき、小学校六年生だった自分は、たしかに人を殺してもしかたがないこともあるという思いを抱いた。

27

ノックの音を聞いて、蒼井は「どうぞ」と答えた。

ドアが開いて福田が病室に入ってきた。

「どうですか、調子は――」

福田が蒼井の顔を覗き込むようにして訊いた。

「ええ、問題ありません」

蒼井はベッドの上で上半身を起こした。肋骨に痛みが走ったが、できるだけ悟られないように笑みを作った。

蒼井の顔を覗き込んでいた福田がお見通しだと言わんばかりに、渋面を作って首を横に振った。

「いったいいつになったら退院させてもらえるんですか」

蒼井はずっと抱いている不満を吐き出した。

錦糸町の病院に搬送された翌々日、この病院に転院になった。階段から落ちて入院してから三週間が経つ。蒼井は早く退院したいとせっついているのに、福田はなんだかんだと理由をつけて引き延ばしている。

「今の状態で退院したとしてもまた同じように倒れるのがオチですよ。家で静養するのであればともかく、すぐに仕事に復帰するなんてことは認められません」

福田が毅然とした口調で言った。

「患者の希望を聞き入れてくれないのなら他の病院に……」

「だから——」

子供のわがままを窘《たしな》めるような口調で福田が遮った。

「何も蒼井さんの意志をまったく尊重しないというわけではありません。どうしても仕事に復帰したいというなら、それを止める権利はわたしにはありません。わたしは同世代ながら蒼井さんのことを尊敬しています。仕事に並々ならぬ意欲を持たれているプロフェッショナルであると。いや、意欲などという言葉では足りませんね。もはや執念でしょうか。ただ、厳しいことを言わせてもらえば、今すぐ仕事に復帰しても、それはあなたの自己満足でしかない。まともな仕事はできず、まわりに迷惑をかけるだけ」

福田の厳しい言葉が胸に突き刺さった。

「わたしが蒼井さんの立場なら休みます。少なくとも自分がまともな仕事ができる状態になるまでは。でなければ、手術中に倒れてしまって、患者を死なせてしまうことになるかもしれませんからね。それはプロフェッショナルではありません」

「体調がよくなったら退院させてもらえますね」

言質を取るように訊いた。

「それまでに犯人が捕まることを一番期待しますが……」

福田が言葉を濁した。

「それはわたしも同じですよ」

蒼井は頷いた。

「ところで、息子さんはよく来られているようですが、お嬢さんのほうは……」

「忙しいみたいですよ」

蒼井は笑いながら答えた。

今頃はＶＩＶＩのツアーのリハーサルで大忙しだろう。

健吾に聞いたところでは、ほとんど顔を合わせることがないぐらい遅い時間まで働いているようだ。

「そうですか……では、また後で」

福田が少し寂しそうな顔で病室を出て行った。

ドアが閉まると、蒼井はベッドテーブルに置いたノートパソコンを開いた。健吾に頼んで家から持ってきてもらったものだ。

クリックして一枚の写真を画面に出した。コンビニのアルバイトである加藤に協力してもらい作った似顔絵だ。マスクと帽子の隙間から覗く男の目もとだけのものだ。大きなくまを作りどんよりと澱んだ目をしている。

まるで、いつか自分が洗面台の前に立ったときに感じた死人のような目だ。

次に音楽ソフトを開いてイヤホンを耳につけた。再生ボタンをクリックすると『世界の風景』の音声が聞こえてきた。これも健吾に頼んで録音してもらった。

蒼井は似顔絵を見ながら、イヤホンから流れてくる『世界の風景』のナレーションに集中した。

熊谷俊樹というナレーターらしいが、この番組のナレーション以外あまり馴染みがない。たしかに一度聞いたら忘れられないような印象的な声と話し方だ。

蒼井は入院して初めてこの番組を観たとき、以前どこかでこのナレーションと似た声を聞いたことがあると思った。もちろん、この番組やテレビ以外でだ。

どこだっただろう——

それほど昔のことではないような気がするが、いくら思い出そうとしても思い出せないでいる。

何度か繰り返し聞いてみたが、今日もけっきょく思い出せなかった。

しかたなく、ソフトを閉じると、今度はインターネットにつないだ。

『世界の風景』のナレーションを聞くことと、いくつかのニュースサイトをチェックすることが入院してからの日課になっている。

ニュースの中でも特に、どこかで女性の死体遺棄事件が発生していないかをチェックしていた。

岡本真紀の事件が発生したのは九月十三日未明。田中祥子の事件が発生したのは九月十七日。田中祥子の事件が発生してからすでに一ヶ月が経つ。

蒼井が感じているようにこの事件の犯人が、自分の欲望に忠実な快楽殺人犯、もしくは強姦魔だとするならば、すでに次の殺人を行っている可能性が高いだろう。

　田中祥子の事件以降に起こった死体遺棄事件が二件あった。一件は十月四日に秩父の山林で死体が発見された事件。岡本真紀と田中祥子と同様に扼殺だ。身元はまだ判明していない。死体発見時にはすでに死後一週間以上は経過しているだろうとのことだ。

　もう一件は十日前である十月九日に、同じく埼玉の入間川の河川敷で死体が発見された事件だ。被害者の関係者から捜索願が出されていたこともあり、こちらの身元は判明していた。死因は扼殺による窒息死だが、年齢が五十二歳と先のふたりの被害者と大きく離れている。

　被害者の女性はいずれも全裸で布団カバーに包まれた状態で遺棄されていたという。

　秩父の事件も入間川の事件も埼玉県警が捜査している。ということは、日暮里署では先の事件と同一犯によるものとは考えていないのだろう。

　岡本真紀と田中祥子から検出された犯人と思しきDNAと一致しなかったのか、もしくは被害者以外のDNAが検出されていないのか、ニュースでは報じられていない。

　ノックの音がして、蒼井はパソコンの画面から目を離しドアを見た。

「どうぞ――」

　蒼井が言うと、ドアが開いて意外な人物が顔を出した。

　瑞希が少しためらうように病室に入ってくる。

「どうしたんだ」

「どうしたんだって……様子を見に来たのよ」

瑞希が落ち着きなく病室を見回している。

「この病院に転院してるって昨日健吾から聞いたの。どうしてもっと早くわたしに教えてくれなかったの？」

不服そうな顔だった。

「ツアーのリハーサルが忙しいんだろう。入院といったってたいしたことじゃない。あまりわずらわせたくなかった」

そう答える蒼井の顔を、瑞希はじっと見つめている。

「お父さんはお花って柄でもないかなと思って……」

瑞希が近づいてきて、鞄からCDを取り出して渡した。ジャケットを見ると、VIVIのCDのようだ。

「ありがとう。入院生活にもいい加減退屈してたところだ」

蒼井はCDをベッドテーブルのパソコンの横に置いた。

瑞希がパイプ椅子を持ってきてベッドの横に置いた。椅子に座って蒼井に目を向ける。

蒼井は瑞希と視線を合わせるのをためらっていた。

「ここ……以前、お父さんが入院したことがある病院だよね」

あのときには瑞希にも健吾にも自分が胃がんであるとは伝えなかった。胃潰瘍で入院していることにしていたのだ。

「どうしてこの病院に転院になったの？」

瑞希が怪訝そうに訊いた。

「顔見知りの先生がいるからだよ」

「お父さんは貧血を起こして怪我をしたんじゃなかったの？　検査が終わったらすぐに退院できるって言ってたよね。もう三週間も経つよ」

瑞希がじっと見つめてくる。蒼井はたまらなくなって視線をそらした。黙ったまま壁の一点を見つめていた。

「ねえ……先月、ディズニーランドに行ったじゃない。今まであんなことなかったじゃない。捜査の途中に帰ってきてどこかに遊びに行ったことなんて……休暇だって言ってたけど、お父さんは帳場が閉じる前にぜったいにそんなことをする人じゃない」

なんとも的を射た厳しい取り調べのようだった。

「ねえ、いったい何を隠してるの？　お父さんはわたしの声を聞いただけで嘘をついているかどうかわかるって言ってるけど、わたしだってお父さんのことを見てたらわかるんだよ」

もうこれ以上、黙っていることはできないようだ。

蒼井は目を閉じて大きく息を吐いた。そして、すぐに目を開いて瑞希をしっかりと見つめる。

「瑞希、これから言うことをよく聞いてほしい」

その言葉に、瑞希の心が跳ね上がったのがわかった。

「お父さんは胃がんに罹ってるんだ」

蒼井が告げると、瑞希の目が大きく見開かれた。

「どれぐらい入院しなきゃいけないの。どれぐらいで治る……」

「もってあと数ヶ月だろう」

瑞希が愕然としたように手で口を押さえた。

「嘘……」

「嘘じゃない。本当の話だ。瑞希……おまえはお姉さんだから、これから健吾のことをしっかりと支えてやってくれ」

蒼井が何を言っても瑞希の耳には届いていないようだ。

「おまえは自分の仕事をがんばるんだ。人生を懸けられるような仕事に出会えたおまえのことをお父さんは誇りに思ってる」

「何言ってるの……やめるに決まってるじゃない。そんな話を聞いてダンスなんかできないよ」

「せっかくつかんだチャンスだろう」

「これからいろいろと大変になるでしょう。病院にだって毎日来なくちゃいけないし、少しでも家族といられる時間を……」

「お父さんは退院したら仕事に戻る」

瑞希の言葉を遮るように言った。瑞希は意味がわからないという目で見つめ返してくる。

「今追っている犯人を捕まえるまで刑事を続ける」

「家族よりも仕事が大事ってこと？」

瑞希の表情が徐々に険しくなっていく。悲しそうだった眼差しが、今はナイフのような鋭さとなって自分のことを射すくめる。

「そうじゃない」

「お父さんは……お父さんはひとりよがりな人だよね。それならばずっとひとりで生きていればよかったのに。そうすればわたしも健吾も……お母さんもこんなに悲しい思いはしなかった」

胸の中に激しい痛みが走った。

28

築地駅の改札を抜けると、矢部は駅構内にある周辺地図を探した。

病院の名前と最寄り駅は安東から聞いていたが、具体的な場所は調べないままここまでやってきた。地図で確認すると、蒼井が入院している病院はここから歩いて五分ほどのようだ。

ずいぶん前に転院していることは聞いていた。だが、なかなか見舞いに来ることはできなかった。日々の仕事に忙殺されていたことと、それ以上に蒼井の顔を見るのが辛かったのだ。末期の胃がんで余命わずかだという蒼井にどんな顔で会えばいいのかわからなかった。

だが、四日前からの捜査の進展を、蒼井にはぜひ伝えておきたいという思いが勝った。

錦糸町のテレクラから犯人のDNAが検出されてからというもの、捜査は暗礁に乗り上げていた。それ以上の犯人の目撃情報も得られず、新しい手がかりも得られないまま、無為に時間だけが過ぎていくようだった。第一の事件である岡本真紀の死体が発見されてからすでに一ヶ月以上が経っている。捜査本部内にも、新人の矢部にさえ明らかに感じられるほどの沈滞した嫌な空気が漂っていた。

そんな空気を一変させる情報が捜査一課長から示された。

五日前の深夜に女性から、男に殺されそうになったという一一〇番通報があったという。被害女性は杉本加奈《すぎもとかな》という二十五歳のコンビニの店員だ。加奈はその夜に出会い系サイトで知り合った男と吉祥寺駅周辺で待ち合わせ、やってきた男の車に乗ったという。車に乗ると男は、どこかでカーセックスがしたいと加奈に持ちかけた。十万円払うということで加奈は了承し、男とカーセックスができる場所を求めてドライブすることになった。

男は町田市内の人気《ひとけ》のない林道に行き、車を停めた。

十万円を渡され財布にしまうと、いきなり男が加奈のからだに覆いかぶさって首を絞めつけてきた。加奈は必死に抵抗し、何とか車から出ると林の中を無我夢中で逃げた。林の中をさまよいながら警察に通報しようとしたが、携帯を入れたハンドバッグは車内に置き忘れている。林を抜けて市道に出ると公衆電話から一一〇番通報をした。

加奈の話によると、相手は痩せ型の男だったという。三十代ぐらいに思えたが、はっきりとはわからないと証言は曖昧だった。車内が暗かったことと、男が風邪をひいていると言って終始マスクをしていたからだ。風邪であったことは本当だったらしく、ガラガラ声だったそうだ。

協議の結果、犯行の類似性と犯人の特徴から、岡本真紀と田中祥子殺害と同一犯の可能性があるとして、この事件の捜査を本部扱いにすると捜査一課長は語った。

事件のときには雨が降っていて、加奈も林の中を這いつくばるように逃げていたことから、犯人のDNAを検出するのは困難だろうとのことだ。

犯人が出会い系サイトにアクセスした携帯の名義人はすぐに見つかった。吉岡秀人《よしおかひでと》という二十歳の大学生だ。吉岡は小遣い稼ぎに何台かの携帯を契約して、裏の業者に売り渡したと今回の事件に関しては否認した。事件が発生した時間帯にアリバイがあったことからもそれが裏付けられた。

そういうわけでこの五日間、本部の捜査員たちの大半を動員して加奈が乗ったという車の持ち主をしらみつぶしに当たっている。

加奈は男の車のナンバーを覚えていなかったが、話を聞いているうちに車種は絞られた。だが、それは日本に何十万台と走っているどこにでもある車だ。加奈は黒か紺だったと言ったが、その色を指定したとしても都内だけで四万台以上の登録がある。そのひとつひとつを当たっていくとなると気の遠くなる作業だ。

唯一の手がかりと言えるのが、バンパーのへこみだった。バンパーの右側が大きくえぐれていたと加奈は証言した。

捜査本部では、該当する傷がある同車種の車が修理にきたら連絡をくれるように全国の修理会社やディーラーに依頼している。だが、この五日間の捜査ではめぼしい結果は得られていなかった。

花屋の前を通りかかって立ち止まった。見舞いの品に花でも買っていったほうがいいかと考えたが、そういうのは蒼井の柄ではないだろうと思い直した。

その代わり、鞄の中にはこの三週間ぶんの捜査会議の内容を記したノートと捜査資料のコピーを土産に入れている。こちらのほうがきっと喜んでくれるだろう。

病院に入るとまっすぐ受付に向かった。廊下を歩いていると、向こうのほうから見覚えのある人がやってくるのが見えた。

瑞希だ――

少しうつむいたようにして歩いているが間違いない。ちょうどよかった。彼女に蒼井の病室を教えてもらおう。

「こんにちは」

矢部が声をかけると、瑞希はびくっとしたように顔を上げた。

「矢部さん……こんにちは」

疲れているのか元気がなさそうだった。

「お父さんのところにいらしたんですか」

「ええ……リハーサルが忙しくてなかなか来れなかったんだけど何とか時間を見つけて。矢部さんもお見舞いに来てくださったんですか」

矢部は頷いた。

「何号室ですか」

「五〇三号室です」

「蒼井さん、元気そうですか」

「ええ。あいかわらずです。仕事が忙しいのにありがとうございます」

「帳場のことが気になっているかなと思って」

「きっとそうですね。家族のことより仕事ですから」

どこか刺々しい口調に感じた。

蒼井は自分の病状を子供たちに伝えているのだろうか。もしそうではないとしたら、こうやって瑞希を目の前にしていることに負い目を感じる。

「ところで……VIVIってどんな人？」

どうしても訊きたかったわけではないが、気分を変えたかった。

「気さくな人ですよ。わたしたちバックダンサーにもすごく優しく接してくれるし」

「ライブ観に行きますよ。あっ、もちろん仕事がなければ」

「ありがとうございます。それじゃ」

瑞希が軽く頭を下げて歩き出した。

矢部もエレベーターに向かおうとしたときに瑞希に呼び止められた。

「お父さんが帳場に戻ったら教えていただけませんか」

瑞希の言葉に頷いて、エレベーターに向かった。

五〇三号室に行ったが蒼井はいなかった。検査でもしているのかと思い、一階のロビーに行ってベンチに座った。

売店で週刊誌を買っている蒼井の姿を見つけて、矢部は立ち上がった。

29

「ずいぶんと顔色がよくなったなあ」

高木の言葉に、榊は軽く笑みを作りながら頷いた。

「薬はどうだ。副作用はきつくないか？」

「正直に言うと、下痢が止まらなくなることがあってちょっときついです」

「そうか。薬のことは少し考えよう。だけど、思っていたよりも体重が減ってないので安心した」

「パートナーのおかげかな」

「パートナー？」

高木が興味深そうな顔をして訊いた。

「澄乃が料理を作ってくれているんですよ」

榊が答えると、高木が「そうか」と大仰に顔をほころばせた。

「もとの鞘に収まったってわけだ」

「そうですね。今、うちのマンションで一緒に暮らしているんです。彼女がいろいろと考えて毎食作ってくれて……食生活が安定しているせいか、それほど大きな体調不良はないです」

「そうか。その話を聞いてさらに安心した」

「すみませんでした……」

榊は神妙に目の前の高木に頭を下げた。

「どうしたんだよ。急に」

「いえ……高木先輩にはいろいろとご心配をおかけしてしまったなと思って」

「誰だってこの状況になれば冷静ではいられない。冷静になれるほうが不自然だ。だが正直に言うと、一時期は自棄《やけ》になっているんじゃないかとちょっと心配もしたが。気持ちが安定してきたみたいだな」

「ええ」

安定したというよりも、バランスを取れるようになってきたのだ。自分の欲望のバランスを。

きっかけは三人目の女を殺したことだ。

あのとき、隣で寝ていた澄乃への殺意をどうにも抑えることができず、榊は逃げるように部屋を飛び出して駐車場に向かった。車で蒲田に行き、路地裏で獲物を捜していると、ひとりの女が声をかけてきた。五十歳前後のずいぶんと薄汚れた女だった。おそらく住む家もなく、街を徘徊しながらからだを売って日々の糧を何とか得ているのだろう。

まったく食指が動かなかったが、それでも自分を襲う飢餓感を満たしたくて女を誘って車に乗せた。

だが、年増の小汚い女を抱いているという自分の落胆を覆すように、その女を殺したときに押し寄せてきた快感は、それまでのふたりとは比べ物にならないぐらい激しいものだった。

その後、澄乃を抱いたときにはあの欲望に苦しめられることはなかった。

きっと、あの女を殺したときの快感が強すぎて、自分の欲望をしばらくは抑えられたのだろう。

どうしてあんなババアを殺したことにそれほどの快感を得られたのかまったく理解できないが、それからは年増の女を狙うようにしている。

そのおかげか、今では澄乃の前では、人を殺したいという欲求に突き動かされることもなくいられる。

「また来週来ます」

榊は礼を言って立ち上がると、診察室から出て行った。処方箋をもらうために受付に向かう。受付の前のベンチを見て立ち止まった。見覚えのある人物が座っていた。ベンチに座った男の後ろ姿をしばらく眺めて思い出した。いつだったか、診察室から出てきて倒れそうになった男だ。

あのとき、榊はとっさに男の腕をつかんで支えてやった。まるでこの世の終わりというような絶望的な表情をしていたのをよく覚えている。

男はパジャマを着ていた。隣の背広姿の若い男と何やら話している。

パジャマ姿ということはここに入院しているのだろう。あのときは、男の絶望的な表情から、自分と同じように死の宣告でもされたのだろうと思っていた。やつれた様子からまんざら間違ってもいないだろうと思える。

自分の推理がどれほど当たっているのか、少し興味があった。

榊は受付に置かれた雑誌を手に取ると、ゆっくりと男のもとに向かい真後ろのベンチに座った。

雑誌を開いて読むふりをしながら、目の前の男たちの話に聞き耳を立てた。

秩父と入間川で見つかったのはどうなんだ——

パジャマを着た男の呟きが聞こえた。

「入ってきた情報によるとDNAや指紋はまったく検出されていないようです」

背広姿の若い男が小声で話した。

DNA——？　指紋——？

いったい目の前の男たちは何の話をしているんだ。

「うちは同一犯だとは考えていないのか」

「たしかに殺害方法は同じ扼殺ですが、入間川の被害者は五十二歳ということで岡本真紀とも田中祥子ともかなり離れていますから。秩父の被害者に関しても、身元はまだ判明してませんが、四十代から五十代ぐらいだろうとのことです」

そこまで聞いて確信した。目の前の男たちは連続殺人犯を追っている刑事なのだ。

何ということだ——

榊は雑誌を持った手が震えそうになるのを懸命にこらえた。

「それに、遺体の遺棄方法も以前とはかなり違っています」

背広の男が言った。

「何が違うんだ」

「周到に自分の痕跡を消しているところです。以前の二件の犯行はもっと場当たり的でしたから。うちでは埼玉の事件は快楽殺人ではなく、身内や顔見知りによる犯行ではないかと思っているようです」

「錦糸町はどうなってる」

「テレクラの部屋からごく微量ですが同一のDNAが検出されました。間違いありません。あの監視カメラに映っていた男が岡本真紀と田中祥子を殺した犯人です——」

その話を聞いて、心臓が大きく波打った。

捜査の手はもうそこまで来ている。いや、おまえらが後ろを振り返ったらそこにいるのだ。だが、振り返ったとしても気づきはしないだろう。あのときはかなりの変装をしていた。

大丈夫だ。自分は絶対に捕まらない。

「世界の風景……だな」

パジャマの男の言葉に「そうです」と背広の男が頷いた。

世界の風景——なんだ、それは。

「アオイさん……ひとついいでしょうか」

「何だ」

「この犯人はどうしようもない人間のクズです。そんな奴を捕まえるために自分の人生の最後の時間を使う価値が果たしてあるんでしょうか」

人間のクズ……そう吐き捨てた目の前の男を哀れに思った。

そんなことを簡単にほざくおまえは、生きることの本当の価値を知っているとでもいうのか。

「ぼくたちが絶対に捕まえてやります。だから……アオイさんは残された貴重な時間をもっと大切に使ってください。最後の最後までこんな汚泥のような世界に浸かる必要はありませんよ」

「おれは犯人の逮捕をこの目で見届ける。いつか死刑台に吊るされるべきそいつにどうしても言いたいことがあるからな」

男の言葉に、榊の背中がぞくっと粟立った。

背広の男が立ち上がろうとしたときに、パジャマの男が「もうひとつ——」と手で制した。

背広の男がふたたび座った。

「さっき言っていた車の話だが、犯人が聴覚障害者だとすれば免許センターはそのことを把握している。それをもとに当たっていく車を絞っていったほうがいいんじゃないだろうか」

「今日の会議で提案してみます。ただ……」

聴覚障害者——その言葉に反応してとっさに自分の耳から補聴器を外した。

そこまで警察は把握しているというのか。

それからは男たちの声は聞こえない。どこまで自分に迫っているのか気が気ではなかったが、前に行って男たちの口もとを見るのはためらった。

しばらくすると、目の前のふたりの男が立ち上がった。背広の男が出口に行くのを見送ってから、パジャマ姿の男はエレベーターに向かっていった。ふたりの姿が完全になくなったのを確認してから補聴器をつけた。

順番を待ちながら、先ほどの男たちの会話を頭の中で反芻していた。

榊のような殺人犯を捕まえるために、自分の人生の最後の時間を使う価値が果たしてあるのかと、背広の男は言っていた。

ということは、榊が思っていたように、あのアオイという刑事は何らかの病でそれほど余命がないということだろう。

おもしろい——

自分の余命を知ったことで、人を殺したいという昔からの願望を果たした自分と、命が尽きるまでにその犯人を捕まえようとする刑事か。

まったく、おもしろい出会いがあったものだと、思わず笑い声を上げてしまった。

おれは犯人の逮捕をこの目で見届ける。いつか死刑台に吊るされるべきそいつにどうしても言いたいことがあるからな——とあの刑事は言っていた。

だが、死刑台に吊るされることはない。その頃には自分はすでに死んでいるのだから。

いや、それ以前に自分は捕まらない。絶対に捕まるわけにはいかないのだ。

先ほどまではあれほど気持ちが落ち着いていたのに、あの欲望が急速に湧き上がってきたのを感じた。

あの男たちの存在のせいだろうか。

今日は診察が終わったら、まっすぐ豊洲のマンションに帰ろうと思っていたのに。

榊は自分の欲望に餌をやるために、頭の中でこれからの計画を練った。

30

蒼井は着替えを鞄に詰めると、ロッカーから上着を取って羽織った。

腕時計をつけた。金属が擦れる耳障りな音に手首に目を向けて、思わず息を呑んだ。手首にはめた腕時計がぶかぶかになっている。

それを見て、強引に福田に退院を認めさせた自分の意志が少し挫けそうになった。

福田は最後まで職場に戻ることに反対していた。だが、入院してから五週間もこんなもどかしい思いで過ごしていたら、自分の心が死んでしまうと訴え続けた。

岡本真紀の事件が発生してから一ヶ月半以上の月日が経っている。こんなところでくすぶっていることもいいかげん我慢の限界だった。

蒼井は腕時計を手首からはずすと、上着のポケットに入れた。

ノックの音がしてドアに目を向けた。

「はい——」

蒼井が返事をすると、ドアが開いて福田が入ってきた。

「早いですね。もう行かれるんですか」

福田は不満を残したような顔だった。

「ええ。できれば朝の捜査会議に出席したいので。先生、本当にお世話になりました」

蒼井は福田に頭を下げた。

「蒼井さん……少しでもからだの異変を感じたらすぐに病院に来てください。それから週に一回は診察を受けにきてください。このふたつは必ず守ってもらえますね」

福田が言質を取るように言った。

「ええ……約束します。他の刑事に迷惑をかけるようなら戻ってきますよ」

蒼井は頷いた。

「とにかくがんばってください。それしか、今のわたしには言えません」

福田がかすかに眉根を寄せながら右手を差し出してきた。蒼井はがっちりとその手をつかんだ。

「残りの荷物は息子が取りに来ますので」

そう言うと、蒼井は右手に鞄を持って病室を出て行った。

病院を出て腕時計を見るとちょうど七時だった。少し急いだほうがいいかもしれない。

蒼井は築地駅まで早足で歩いた。


日暮里署に着くと、すぐに三階の講堂に向かった。講堂の中にはすでに多くの捜査員が席に着いて朝の会議の開始を待っている。

「部屋長——」

一歩足を踏み入れると、ドアの近くにいた片桐が声をかけてきた。

片桐の言葉に、講堂内の多くの捜査員がこちらを振り返った。

蒼井がいない間にずいぶんと席順が変わったみたいだ。以前、蒼井が使っていた席には他の捜査員が座っている。

少し前方にいた矢部と目が合った。どこか寂しそうな眼差しでこちらを見ている。その隣に岩澤がいる。あのふたりは今コンビのようだ。矢部の視線に気づいたようで岩澤がこちらに顔を向けた。冷ややかな一瞥をくれてからすぐに視線を正面に戻す。

「おれはどこに座ったらいいかな」

蒼井が訊くと、片桐は困ったような顔をして言葉を濁した。

適当に空いている席に座ってしばらく待っていると、幹部たちがやってきて会議が始まった。

蒼井がいなかった五週間で、本部内の空気はかなり変わっていた。焦りと、馴れ合いと、疲れがない交ぜになったような微妙な空気を二十分ほどの会議の間に感じ取っていた。

会議の内容はほぼ杉本加奈を襲ったという男の車の捜索に絞られている。どうやら聴覚障害者を当たるという矢部の提案は却下されたようだ。

会議が終了すると、すぐに立ち上がって高杉のもとに向かった。

「アオさん――」

蒼井の姿を確認すると、高杉が手を上げて迎えた。

「ご迷惑をおかけしました」

蒼井は軽く頭を下げた。

「いや、それはいいが……大丈夫なのか？　ずいぶんとこけて顔色もよくないみたいだが」

蒼井の顔を見ながら困惑しているのがわかる。

「もうすっかり大丈夫です。それよりも今日からどの班に加わればいいですか」

「そうだなあ……」

高杉は講堂内を見回しながら、考えあぐねているようだ。

これから捜査に向かう捜査員たちが次々と講堂から出て行く。外を回る捜査員のほとんどはすでにパートナーが決まっているだろう。

「しばらく本部内の仕事をしてくれるか。骨折も完治していないんだろう」

高杉が壁際の何台か電話が置かれたブースを指さした。

電話番ということか――

「この数日、テレビ番組で事件のことがかなり大きく取り上げられるんだ。情報提供の電話がかなりかかってくるだろうということで何人かつけるつもりなんだが、信憑性を判断するためにできればベテランにひとりついてもらいたい」

不満が顔に出てしまったのだろう。高杉が取り繕うように言った。

「わかりました」

蒼井は頷いて、電話が置かれたブースに向かった。

「電話番か――」

その声に、振り返った。岩澤が立っている。

「しばらくのんびりしてたんだから、猫の手ぐらいにはなってもらわねえとな」

「都内だけで四万台以上ある車を一台一台当たるのにいったいどれだけ時間がかかる」

蒼井は岩澤の嫌味を無視して言った。

「何が言いたいんだ」

「犯人は聴覚障害を持っている可能性がある」

「おまえに変なことをたきつけられてあいつもかわいそうだな」

岩澤が講堂から出て行く矢部に目を向けた。

「勘と言われればそれまでだが……だけど、やってみる価値はあるんじゃないのか。それでかなり絞れる。一日も早く犯人を捕まえないとさらに犠牲者を増やすことになるぞ」

「おまえのたわごとを聞いてる余裕はない」

岩澤が険しい表情でその場から立ち去っていった。

31

「おめでとうございます。五週目に入ってますね」

目の前の女医の笑顔に、澄乃はどう反応していいかわからなかった。

じゅうぶんに予期していた結果ではある。

生理が五日ほど遅れていた。毎月正確に来ておりこんなことは初めてだった。まさか、と思いながら、信一の部屋に行く前にドラッグストアで妊娠検査薬を買って近くの喫茶店のトイレで試したのだ。結果は陽性だった。

その後、何事もなかったように信一の部屋に行った。もちろんそのことは伝えていない。

そして今日、会社を早退してネットで調べた市ヶ谷の産婦人科にやってきたのだ。

「もしかして……中絶を考えているんですか？」

女医が少し表情を曇らせながら訊いた。

自分はそんなに思い詰めた顔をしているのだろうか。

「いえ、そういうわけでは……」

澄乃は首を横に振った。だが、自分でも何とも歯切れの悪い反応だと思っている。

「何か事情があるみたいですね。でも、きちんと相手のかたとお話しされたほうがいいですよ」

ちらっと澄乃の左手を見て、女医が言った。

「そうですね……」

澄乃は曖昧に頷きながら立ち上がると、診察室から出て行った。

受付の前の椅子に座って会計を待った。まわりにいるお腹の大きな妊婦や、小さな赤ちゃんを抱いた女性が診察を待っている。

ふと、自分の腹部に手を添えた。女性に抱かれた赤ちゃんを見つめながら、ゆっくりと腹部を撫でてみる。

ここに、信一と自分の子供がいる――

その事実が、とんでもない奇跡のように思えた。

それなのに、どうして素直に喜べないのだろう。

信一が余命わずかな身だから――？

父親のいない子供にしてしまうのが不憫《ふびん》だから――？

それでも信一の子供がほしかった。

将来、自分ひとりで育てることになってもかまわない。どんなに大変な思いをしたとしても、きちんと育ててみせる。

その気持ちがあるなら、何も思い悩む必要はない。信一の子供を産めばいいではないか。神様が自分たちに与えてくれた奇跡を消滅させてはいけない。

だけど……

会計を済ませて病院から出ると、澄乃はハンドバッグから携帯電話を取り出した。

『こんにちは。お時間のあるときに会ってほしいんですが』

迷った末に、高木にメールを送った。

高木に会っても、妊娠のことを話せるかどうかはわからない。でも、もし誰かに話すとしたら、今は高木しか思いつかなかった。

市ヶ谷駅に向かっている途中に、高木から返信メールがあった。

『了解。ちなみに今夜の都合はどうだ？』

『大丈夫です』

夕方の六時に以前会った銀座のイタリアンレストランで待ち合わせの約束をした。

六時を十五分ほど過ぎたときに、高木が店にやってきた。

「遅くなってすまない。職場を出る直前にちょっと用事を頼まれちまってさ」

頭をかきながら言うと、澄乃の向かいに座った。

「今夜は家ですき焼きを用意してるらしいから、おれは飲み物だけでいいや。澄乃は何か食べたかったら遠慮しないでくれ」

ウエイトレスが持ってきたメニューを澄乃に差し出しながら、高木が言った。

「いえ、わたしも……」

この後、信一のマンションに帰って夕食を作るつもりでいる。信一には先ほど、少し帰りが遅くなる旨のメールを送った。部屋で寝ているのか、まだ返信がない。

澄乃はコーヒーを、高木はビールを注文した。

「すき焼きだなんていいですね。そんなご馳走が待ってるなら他の日でもよかったのに」

澄乃は冗談めかして言った。

「おれもずっと澄乃と話したかったからな」

高木が澄乃を見つめながら、にやにやしている。

その笑顔の意味がいまいちよくわからなかった。

「うまくいってるようだな」

それでもわからず、澄乃は問うような視線を向けた。

「同棲してるんだろう」

その言葉に、ようやく高木の笑顔の意味を理解した。同時に照れくさくなった。

「同棲というか、わたしが勝手に押しかけてるだけなんですけどね。信一が話したんですか？」

「ああ。自分の体調がいいのはパートナーのおかげだってさ。ずいぶんとノロケ話を聞かされてるよ」

パートナー――

信一がそんな風に自分のことを言っているのだと知って嬉しかった。

「告知してからずっとあいつのことが心配だった。だけど、おれは医者としても先輩としてもたいしたことをしてやれなくて悔しく思ってた。だから、最近の元気そうな顔を見て本当に嬉しいんだ。澄乃のおかげだよな」

「そんな……」

自分もたいしたことはできていないと、澄乃は首を横に振った。

「そういうわけで、あいつに関しては少し安心してるんだ。だけど、逆におまえのほうがちょっと心配でな」

高木がじっと見つめてきた。

「わたし、ですか？」

いったい、澄乃の何が心配だというのだろう。

「病人のそばにいるってことは大変だからな。特に余命わずかな重病を抱えてるとあってはさ。辛いことも多いだろう」

澄乃はしっかりと高木を見据えながらその言葉を聞いていた。

高木の言うとおり、信一のそばにいて辛いと感じることはたしかに少なくない。澄乃が何よりも辛いのは、信一が苦しむ姿を見なければならないことだ。

一週間ほど前、ソファに座っていた信一が急に苦しみだしたことがあった。歯を食いしばり、ソファを鷲づかみにしながら、必死に痛みを堪《こら》えているようだった。

これから病状が進行していけば、さらに苦しみ悶える信一の姿を目の当たりにしなければならないのだ。そしてその先には、信一の死を一番間近で受け止めなければならない現実が待っている。

「大丈夫です」

それが自分の償いなのだと思っていた。どんなに辛い状況になったとしてもずっと信一のそばにいる。

「そうか……だけど、話したいことがあったら何でも言ってくれな。おれで力になれることがあれば何でも」

高木の包み込むような優しい眼差しに、澄乃は思わず顔を伏せた。

自分の悩みを見透かされたように感じたのだ。

「何か話したいことがあったんじゃないのか」

高木が訊いた。

「こんなこと……誰かに話すべきか迷っているんですけど……自分でもどうしていいかわからなくて。高木さんぐらいしか話せる人が思いつかなくて……」

顔を上げると、高木がじっとこちらを見つめながら頷いている。

「妊娠したんです」

思い切って告げると、高木の目が反応した。

「榊の……」

高木に問いかけられ、澄乃は頷いた。

「おれに話してるってことは、榊にはまだ……」

「話していません。さっき、病院で検査してもらったばかりなんです。五週目だそうです。それで……どうしていいか……」

「そうか」

高木はゆっくりとグラスに手を伸ばした。

「澄乃はどうしたいんだ？」

ビールを少し口に含ませてから、高木が訊いた。

「産みたいです」

その言葉だけ、毅然と告げられた。

「シングルマザーで子供を育てるのは大変だぞ。ご両親だってきっと賛成しないだろう」

高木の言葉に、澄乃は小さく頷いた。

それでなくても、両親の期待を裏切って離婚したばかりだ。それ以上に、この子供の父親が自分の娘をかどわかした松原の息子である信一だと知ったら絶対に許さないだろう。賛成されないどころの話ではなく、親子の縁さえ切られてしまうかもしれない。

「それに榊との子供となると抗がん剤の副作用も心配だ」

「いろいろ大変なことがあるとは思っています。でも、信一の子供ならどうしても産みたいんです」

「そうは言ってもなあ……たしかに榊にはかなりの資産があるみたいだから、経済的には問題ないだろうけど」

高木に言われるまでまったく考えていなかったが、信一の子供を産むとなったら、財産目当てで妊娠したと考える人もいるだろう。

とんでもない食わせ者だよね——

綾子に罵倒されたときのことを思い出した。

「信一は自分が死んだら残った財産をすべて施設に寄付するつもりでいます」

よくその話を澄乃にしている。

「施設って……わかつき学園か？」

「それだけではなくいろいろな施設に。子供はわたしが働いて育てていきます」

「何を言ってるんだ——子供を産むのなら、榊に話をしてそういう面をきちんとしてもらったほうがいい。自分で働いて育てるなんて言っても、本当に大変だぞ」

「それはわかってます。ただ、信一にはこの話をしないほうがいいかもしれないと思ってるんです」

「どうして？」

高木が理解できないといった顔で訊いた。

「それでなくとも大きな病を抱えて苦しんでいるときに、こんな話を持ち出したら精神的に負担をかけてしまうんじゃないかと思って」

高木が両手を組んで考え込むように唸った。

「まあな……それは、榊が子供というものに対してどんなことを思っているかにもよるだろうな。自分の子供がほしいという気持ちがあるなら、妊娠したことを伝えるのは負担ではなく、むしろ活力になるかもしれない。生まれてくる子供に会いたい。そのために病に打ち勝って少しでも長く生きようって。だけど、榊はどうだろう……自分の子供をほしいと思っているだろうか。そんな話を今までしたことはないか？」

高木に訊かれたが、澄乃には何も答えられなかった。

わからない――

それが、信一に妊娠したことを告げるべきかどうかで悩んでいる一番の理由だった。

信一は自分の子供をほしいと思うだろうか。

自分の子供をこの世に産み落としたいと願うだろうか。

妊娠したことを告げたときに、信一から産むことを拒絶されるのが怖いのだ。

「子供の話とかは特にしたことはありませんが……でも、信一は……あまり思っていないかもしれません」

「子供がほしいと思っていないってことか？」

高木に訊かれて、澄乃は頷いた。

「どうしてそう思うんだ」

澄乃は話すことをためらった。どこまで話せばいいだろう。支障がない程度の信一の家庭環境について話すことにした。

「信一の小学校時代を知っているんです」

「そういえばそんなことを話してたな。新潟だっけ」

「ええ。寺泊という小さな港町なんですけど」

澄乃は小学校時代の信一との話をした。自分にとっての初恋の相手だったことや、楽しかった思い出話とともに、信一の家族の話をした。

信一はよく顔やからだにあざや傷を作っていた。教師たちからどうしたのだと訊かれても、信一はいつも転んで怪我をしたと繕っていたが、父親の暴力であったと確信している。

「正直なところ、あまりいい家庭環境ではありませんでした。その父親と離れて新潟市内に移ってからも母親はかなり歳の離れた人と再婚をして……あまりうまくいっていなかったみたいです。東京に来てからほとんど実家にも帰っていないみたいでしたし」

「つまり、自分のような思いをするなら子供なんか生まれてこないほうがいい……ということか」

澄乃は頷いた。

「だったら……」

「だからこそどうしても彼の子供を産みたいんです。その子に彼が感じられなかった分の愛情を注ぎたいんです。信一が経験できなかった家庭の温もりや幸せを与えたい。今度はわたしが死ぬまでずっと……」

自分は信一の両親のようにはならない。

それが、二度も信一のことを裏切り、彼が本来であれば幸せでいられたはずの時間を奪った自分の、せめてもの罪滅ぼしなのだ。

「澄乃のその思いが榊に伝わればなあ……」

高木が遠い目をしながら呟いた。

豊洲駅に降り立ったときには十時を過ぎていた。

信一の夕食を作らなければならないからもっと早く帰るつもりだったが、気がついたときには九時半だった。そこで話を切り上げて、ふたりは慌てて店を出た。

今夜は家族ですき焼きだと言っていたから、高木には悪いことをしてしまった。だが、それだけ長い時間話をしても、これからどうすればいいかということは決められないままだった。

信一に妊娠したことを告げるべきか、どうか……

答えは出ていないが、自分の胸のうちを高木に聞いてもらえただけで、少し気持ちが楽になった。

ドアを開けると真っ暗だった。

「ただいま――」

澄乃は玄関に入ってとりあえず声を出した。だが、中から応答はない。靴を脱いでリビングに向かった。ドアを開けるとリビングも真っ暗だった。電気をつけてみたが、信一の姿はない。

寝室にいるのだろうかと階段を上った。階上が近づいてくると、何かの呻き声のようなものが耳に響いてきた。

いったい何だろう。寝室の中から聞こえてくるようだ。

寝室の前で耳を澄ますと、壁越しに必死に何かを堪えているような呻きというか唸り声が聞こえてくる。

「どうしたの！」

驚いて寝室のドアを開けると、ベッドの上で身悶えしている信一の姿が目に飛び込んできた。

信一はベッドの上でうつ伏せになっている。ぎゅっと両手でマットを鷲づかみにして、シーツで歯を食いしばりながらからだを痙攣させている。

「信一ッ！」

澄乃が駆け寄ろうとすると、信一がぎらぎらした視線で睨みつけてきた。

「来るんじゃねえッ！　出て行けッ――さっさと出て行きやがれッ！」

今にも飛びかかってきそうな勢いで吐き捨てる。

「痛いの？　救急車を……救急車を呼んでくるね……」

澄乃が言うと、信一はベッドの近くに置いてあるものをこちらに投げつけてきた。

「くそッアマッ――そんなもん呼ぶんじゃねえ――早く出て行けッ――早くおれの前から消えろッ――」

いったいどうしてしまったというのだ。

いつもの信一ではない。狂気をはらんだ目で澄乃を威嚇しながら、汚い言葉を吐きかけてくる。

目の前の光景を冷静に判断できないのと同時に、信一の姿が恐ろしくなった。

「痛っ――」

信一が投げつけたコップが澄乃の額に当たり、床に落ちて割れた。

「早く出て行けって言ってんだろうがッ――殺すぞッ――」

その咆哮《ほうこう》に背筋が一気に凍りついた。

澄乃は手で額を押さえながら後退した。寝室のドアを閉めると、とりあえず向かいの部屋に逃げ込んだ。震える手で内側から鍵をかける。額を押さえていた手のひらに血がついていた。鏡を見ると、右の眉の上あたりが少し切れて出血している。澄乃はその場に膝をついた。

寒いわけではないのに唇が戦慄《おのの》いている。両手で自分のからだを抱きしめるが、震えがいっこうに収まらない。

先ほどの光景を思い出してみたが、まだ現実のものとして受け止められないでいる。

信一はいったいどうしてしまったというのだ。あれが末期がんの苦しみなのか。

澄乃はハンドバッグから携帯電話を取り出した。やはり、救急車を呼んだほうがいいのではないか。一、一、とボタンを押したところで指を止めた。

信一は救急車を呼ぶなと叫んでいた。痛みや発作に苦しめられているなら自分から呼んでくれと言うはずだろう。

痛みに耐えているというよりも、むしろ何かの禁断症状に苦しめられ、のた打ち回っているように感じた。もしかしたら、何か変な薬をやっているのではないかと思い至った。病院から処方されているモルヒネ以外にも、どこかで違法な薬物を入手して摂取しているのではないか。

そう考えれば、信一の異常な言動も理解できる。それと、今まで不可解に思っていたことの辻褄《つじつま》も合ってくる。

信一は時々、夜中にこっそり家を抜け出すことがある。そして翌日の夜まで帰ってこないのだ。

がんの痛みや禁断症状に耐えられなくなると、家から抜け出して薬を買いに行っているのではないだろうか。そして、どこかで薬を摂取すると、少しばかり元気になって戻ってくる。

がんの痛みに耐えられず薬に逃げたいという信一の気持ちはわからないでもない。だけど、それがさらに信一のからだを弱めることになるのではないかと懸念した。

どうすればいいだろう。

とにかく証拠を見つけなければならないだろう。その上で、医師である高木に痛みを緩和させる方法がないか相談してみよう。

それにしても、信一はこのマンションで薬をやっているのだろうか。澄乃が仕事で外出している間のことはわからないが、どこにもそんな様子は窺えないのだ。

もし、ここで違法な薬をやっているとしたら、澄乃のことをもっと警戒するのではないかと思った。だが、今まで信一からこの部屋に入るなだとか、ここの引き出しを開けるな、ということはまったく言われたことがない。もちろん、だからといって澄乃も信一のプライバシーを勝手に覗き見するようなことはしないが。

そういえば……と、以前見かけた信一のキーケースのことを思い出した。

あのキーケースには四つの鍵がかかっていた。ひとつはこの部屋の鍵で、もうふたつは車の鍵だろう。四つ目の鍵を見てこれは何だろうと疑問に思った。

この部屋の鍵のようにしっかりとした鍵だった。

どこかに部屋を借りているのかもしれない。かなりの資産があるということだから、この部屋以外にワンルームマンションを借りることぐらいわけないだろう。

ドアの開く音がした。寝室から信一が出てきたのだ。

ドアノブがガチャガチャと動いて、澄乃はびくっと身をすくめた。

この部屋に入ろうとしている。澄乃は息を潜めて外の様子を窺った。耳を澄ませると、信一が廊下の壁にがりがりと爪を立てている音が聞こえた。ぶつぶつと何かを呟きながら、階段を下りていく。

薬を買いに出かけたのだろうか——

あの状態の信一と顔を合わせたくないので、しばらく経ってから部屋を出た。

恐る恐る階段を下りてリビングに行ったが信一の姿はなかった。玄関を見ると信一の靴がなくなっている。

それを確認すると、澄乃は少しばかりの罪悪感を嚙み締めながら階段を上って仕事部屋に向かった。何かの情報が見つかるとすればその部屋ではないだろうかと感じた。

ドアノブを回してみると鍵はかかっていなかった。

澄乃はゆっくりと部屋に足を踏み入れると明かりをつけた。机の引き出しに手をかけて、ためらった。

やっぱりこんなことはよくないのではないか。

信一は澄乃のことを信頼してくれているから、このマンションで一緒に生活することを認めたのであろう。

それなのに、こそこそとこんなことをやって、信一の信頼を裏切ろうとしている。

だけど、それは信一の身を誰よりも案じているからなのだ。

この子の父親の身を案じているからだ——と、澄乃は自分の腹部に軽く手を添えた。

わたしにはその資格がある。そうでしょう。

澄乃は意を決すると、机の引き出しを開けた。調べたことを信一に気づかれないように、注意深くそれぞれの物の位置を確認しながら中のものを見ていく。

一番上の引き出しの文具入れに、三本の鍵があった。針金のようなものでまとめられている。スペアキーのようだ。

澄乃はポケットから鍵を取り出した。信一からもらった部屋の鍵と見比べてみる。あきらかにこの部屋のものではない。

信一が持っている以外に三本もスペアキーがあるということは、やはりどこかの部屋の鍵なのだろう。

その部屋がどこにあるのかという情報を求めて、さらに引き出しの中を探した。

不動産屋の封筒が出てきた。世田谷区内にある不動産屋だ。封筒から書類を取り出した。

売買契約書と書かれている。

32

激しい快感が波のようにうねりながらからだの中を漂っている。

榊は隣に目を向けて、少しばかり現実に引き戻された。助手席に座った女は目を見開き、惚けたように口を半開きにして死んでいる。

女はトモコと名乗った。別に榊から訊いたわけではない。運転席で女に突っ込んでいるときに、トモコと呼んでとねだってきたのだ。

しょうがないからトモコと呼んでやると、女は目の前に餌を出された犬みたいに激しく腰を振りながら喘いだ。

その品のない顔を見ているうちに、激しい欲望がマグマのように突き上がってきた。

榊はトモコ――トモコ――と呼んでやりながら、女の首を絞めた。

そのとき、自分の脳裏にふたたび寺泊での光景がよみがえってきた。

だがその記憶はけっして胸が躍るようなものではなかった。以前にもそんな記憶をよみがえらせてしまったことがあった。そのときに澄乃の姉と自分の父親の記憶がよみがえってきたのだ。吐き気がこみ上げてくるのでそれからは思い出さないようにしている。

この女を殺したときによみがえってきた光景は誰もいない寺の境内だった。寺泊はそれほど大きな町ではなかったがいたるところに寺があった。あまり人目に付きたくない榊と澄乃にとって港にある廃小屋や人気《ひとけ》のない寺は格好の場所だった。

澄乃が泣いていた。悲しそうな顔で榊に「ごめんなさい……ごめんなさい……」と謝っている。

どうして澄乃がそんな悲しそうな顔をしているのか、どうして自分に謝っているのかわからなかった。

そんな澄乃を慰めようと頬に手を伸ばそうとしてためらった。なぜだかわからないが自分がとんでもなく薄汚れているように感じたのだ。こんな手で澄乃に触れるわけにはいかない。

澄乃が手で涙を拭って信一を見つめた。

自分の意思に反して、からだが勝手に澄乃を遠ざけた。澄乃から背を向けると逃げるように寺の石段を駆け下りた。

あのとき、どうして澄乃は泣いていたのだろう。どうして自分に謝っていたのだろう。何かいたずらをして自分を傷つけたのかもしれないが、澄乃がしたことであれば、許さないわけがない。

時計を見ると午後四時を過ぎている。

からだがだるくてしょうがないが、そろそろ作業を始めないといけない。

榊は車から降りると助手席のドアを開けて、女を引きずりおろした。女の脇のあたりを両手でつかむと、ガレージの端まで引きずっていく。何とか排水口の近くまで移動させると、ガレージの後部にある棚に向かった。ビニール手袋をはめてハサミを持つと、女のもとに向かった。

女の衣類をハサミで切り裂いていく。死んでしまうとからだが硬直してしまうようで、衣類を脱がせるのが大変なのだ。

女のからだから衣類をすべて剝ぐと、今度は水道にホースをつないだ。洗剤とスポンジとたわしを使って女のからだを丹念に洗う。自分の体液や痕跡をいっさい残してはいけない。

女の首を絞めつけたとき、爪で首や頰を引っかかれてしまった。特に爪のあたりは念入りに掃除をしなければならない。

榊は女の手に水と洗剤をかけた。いい年をして派手なネイルをつけてやがる。爪がはがれるのもかまわずごしごしとたわしでこすった。女の全身をくまなく洗浄すると仕上げに漂白剤をかけた。それからどこにでも売っている黒い布団用のシーツで女を包んだ。ぱっと見で死体だとわからなければいいだけだから、これでじゅうぶんだった。

シーツで包んだ女を持ち上げようとしたが無理だった。前回は死体を持ち上げてトランクに詰めることができたのに、自分の体力はここまで落ちてしまっているのだ。

あとどれくらい人を殺すことができるだろう。この快感に身を委ねられるのもあとわずかかもしれない。

女のからだを引っ張って何とか後部座席に乗せた。ガレージの電気を消そうとしたときに、奥に放置した衣類やバッグが目に入った。ここで殺した四人の女のものだ。死体は処理さえきちんとしておけば、あとは人目につかないところに捨てればいいので楽だが、衣類や持ち物は少し厄介だった。

あの衣類や持ち物には目に見えない自分のDNAが付着しているかもしれない。だから、迂闊《うかつ》には捨てられない。近いうちに小型の焼却炉を買って燃やしてしまおう。

榊はガレージの明かりを消すと、運転席に乗り込んで車を出した。

近くに人気のない空き地や駐車場がないかと探しながら車を走らせる。

以前であれば、数日は発見されないだろうというところを考えて捨てていたが、最近ではそれもあまり意味のないことのように感じている。

どんなに人里離れた山林に捨てたとしても発見されるときはされてしまう。運でしかない。それならば、榊と死体との接点は断ち切っているのだから、人に目撃さえされなければ、住宅街のごみ置き場に捨ててもたいして変わらないだろう。

それに、人里離れた場所まで車を運転する気力も体力も今の自分にはなかった。

ここしばらく、激しい倦怠感に苦しめられている。あの欲望が突き上がってきたときだけは自分のからだの中にとてつもないエネルギーが漲《みなぎ》ってくるのを感じるが、それ以外のときは、椅子から立ち上がることさえ容易ではない。

ちょうど適当な空き地を見つけて、車を中に入れた。あたりを見回しながら空き地の中を徐行させる。何かの倉庫跡のようだ。空き地には古いコンテナと廃車同然の車が放置されている。人の気配はまったくないし、当然防犯カメラなども見当たらない。

ここでいいだろう——

榊は放置されている車の横に停めると、運転席から降りた。手袋をはめた手で後部座席のドアを開けると、シーツに包んだ女を引きずりおろした。ドアを閉めると運転席に乗り込んで車を出した。

後処理を済ませてこれから家に帰ろうと思った瞬間、澄乃の顔が脳裏をよぎった。

榊が投げつけたコップで額を切り、手で押さえながら榊のことを見つめていた澄乃の顔だ。ついさっきまで自分の欲望を果たすことと、死体の処理をすることにすっかり気を奪われていて忘れていたが、榊は澄乃に対してひどいことをしてしまったのだ。いや、榊のとんでもない姿を見せてしまった。

人を殺したい――

榊の欲望が臨界点を超えたときに、澄乃がマンションに帰ってきてしまったのだ。一ヶ月以上、澄乃に対してそんな気持ちを抱くことなくいられたというのに、そのときは猛り狂った欲望を鎮めることがまったくできなかった。

とにかく澄乃を自分のそばに近づけさせてはいけない。澄乃に襲いかかりたいという衝動を必死に抑えつけながら、そのことだけを考えた結果だった。

澄乃は逃げるように部屋から出て行った。だが、目の前から澄乃がいなくなっても、殺したいという欲望は消えてくれない。

榊はたまらなくなって寝室を出た。向かいの部屋のドアノブを回すと鍵がかかっている。

このままドアを蹴破って澄乃を殺したい――

そうすればこの苦しみから解放される。

殺したい――殺したい――殺したい――

その渇望に何とか耐えながら階段を下りてマンションから出た。

車に乗り込むと夜の街をさまよった。正直なところ、どのあたりの街に行ったのかさえよく覚えていない。ただ、人があまりいなそうな寂れた街を探した。適当な場所に車を停めると、車内に常備しているかつらや眼鏡で変装して、しばらく周辺を歩き回った。

砂漠の中で必死に水を求めるように、女がひとりでやっていそうな小さな飲み屋を探した。最初に入った小料理屋は女将がひとりでやっていたが、カウンターに客がいるのを認めてすぐに外に出た。次に入った店には客はいなかったが、従業員の女がふたりいたのでやめた。そうやって何軒か巡っている中に、あの女がやっているスナックがあった。五、六人しか座れないカウンターだけのしみったれたスナックだった。

店に入るとカウンターに突っ伏すように座っている女の背中が見えた。女は入ってきた榊に目を向けることもなく、「もう、閉店なんだけど……」と呂律《ろれつ》の回らない口調で言った。

「一杯だけ駄目かな」と榊が訊くと、少し顔をこちらに向けた。榊の顔を見ると下品な笑みを浮かべながら「どうぞ」とカウンターに手招きした。

カウンターに座ると安っぽい香水の臭いが鼻をついた。女はカウンターからビールを取り出して榊の前に出すと、隣に座ってしばらくどうでもいい世間話を始めた。榊も女に酒を勧めながら適当に話を合わせた。

「お兄さん、声がすてきよね。何だっけ……テレビでやってる世界の何とか……ああ……『世界の風景』の声に似てる――」

そう言って、榊にしなだれかかってきた。

世界の風景――

その名前にどこかで聞き覚えがあった。

しばらく考えて、そういえばアオイという刑事たちがそんなことを言っていたのを思い出した。

世界の風景の声に似てる――

きっと、その番組のナレーターと榊の声が似ているということだろう。

そのことに気づかせてくれた隣の女に感謝した。

女を誘うとあっさりと車までついてきた。あとは――

何とか澄乃を殺さずに済んだ。

だが、榊のあんな姿を目の当たりにした澄乃は、今頃なにを思っているのだろうか。

33

梅ヶ丘駅で電車を降りたところで、携帯電話の着信に気づいた。

信一からだった。留守番電話にメッセージも残っている。

澄乃はホームのベンチに座って、留守番電話のメッセージを聞いた。

信一の詫びの言葉が延々と吹き込まれている。ひたすら昨夜のことを謝り、信一にとって澄乃の存在がどれほど大切なのかを訴えていた。信一が昨夜のことを本当に反省していて、憔悴しているのだということが声からもよくわかった。最後には悲壮な声で、マンションで待っているから早く戻ってきてほしいと訴えて、メッセージは切れた。

すぐにでも電話をしてあげたかったが、それをしてしまえば自分の意志が挫けてしまいそうでできないでいる。

机の引き出しにあった売買契約書に目を通して、澄乃は仰天した。

信一は梅丘に三億円以上の豪邸を購入していたのだ。あのマンション以外に家を持っているという話を今まで聞いたことがなかった。

信一が自分の金で何を買おうと勝手だと思う。信一はデイトレーダーをしていて資産もかなりあるそうだから、投資目的に家を購入することもあるだろう。夫婦ではないのだから、すべてのことを澄乃に知らせる義務も必要もない。

澄乃が気にしているのはそんなことではなかった。

家を契約した時期が気になるのだ。

信一は九月二十二日に契約をしている。ということは、自分が末期のがんに罹って余命わずかだと知ってから家を購入したということだ。

どうしてそんなことをしたのだろう。澄乃の感覚では理解できなかった。

自暴自棄になって持っている資産を散財したくなったのだろうか。それとも、自分が死んだ後の相続や税金などの問題で、家を購入したほうがいいということだったのだろうか。

資産も知識もない澄乃がいくら考えたところで、その理由はまったくわからない。

ただ、その売買契約書を見た瞬間から、心の中に嫌な予感が広がってきたのだ。

澄乃は仕事を終えると迷いながらここまでやってきた。

家に向かいながらも、自分の不安を確かめたいという思いと、やめておいたほうがいいと自分を押し返そうとする力がせめぎ合っている。

まるであのときのように——

あのとき、いつものように港にある廃小屋の中で信一としゃべっていると、外から人の話し声が聞こえてきた。こちらに近づいてくる声に、澄乃と信一はとっさに小屋の隅に身を隠した。見つからないようにそばにあった布を自分たちにかぶせた瞬間、戸が開いて人が入ってきた。

戸が閉まる音がすると男と女が話し始めた。その声を聞いて澄乃と信一は布の中で顔を見合わせた。信一の父親と澄乃の姉だとすぐにわかった。

隙間から顔を覗かせると信一の父親が姉の制服を脱がせ、からだを触ったり、舐めたりしているのが見えた。

澄乃も信一もお互いの鼓動が聞こえるほどうろたえていたが、声をかけることも、ここから出て行くこともできなかった。

信一の父親も裸になった。信一の父親の股間にあるものを見て動悸が激しくなった。自分の父親と一緒に風呂に入ったときに見たものとまったく違う、異形な棒のようなものがそそり立っていた。信一の父はそれを姉にくわえさせた。姉はまるでアイスキャンディーをしゃぶるようにそれを舐め回した。

姉は仰向けになった信一の父親の上に乗ると、棒のようなものを自分の股間に入れた。姉はゆっくりと信一の父親の上で腰をくねらせている。

その姿を見て、これが性交というものだということに思い至った。

保健の授業でその行為は知ってはいたが、目の前に映る姿は、とても子供を宿すための神聖な行いには思えず、おぞましいものにしか見えなかった。

やがて信一の父親が立ち上がり、姉を腹ばいにさせて床に押しつけた。そして尻のほうからそれを入れると、姉の腰のあたりをつかんで腰を動かした。信一の父親の動きが激しくなるにつれて、荒い息遣いとともに姉が今までに聞いたことのないような声を上げた。信一の父親も姉の胸を揉みながら獣のように叫んでいる。

そんな光景を目の当たりにして吐き気がこみ上げてきたがどうすることもできなかった。

澄乃も信一もこのおぞましい行為が早く終わることだけを願っていた。

ようやくそれが終わり、ふたりとも服を着ると小屋から出て行った。

信一は小屋から出ると澄乃に詫びた。だが、悪いのは信一ではない。それはわかっていたが、信一の父親も、自分の姉も、そしてそのふたりと同じ血が流れている自分たちもすべて穢《けが》れているような嫌悪感に苛まれていた。

信一は「このことは誰にも言わないでほしい」と澄乃に頼んだ。

澄乃としても自分の両親や姉にこんなことを言えるはずがないと思った。それをしてしまえば自分の家と信一の家族はさらに険悪な関係になってしまう。そうなれば、信一とも会えなくなってしまうのではないかと感じた。

姉はその後も信一の父親と同じことをしているようだった。

それがどうしようもなく我慢できなかった。澄乃は悩んだ末に、信一の母親にだけこの話をすることにした。そうすれば、うまくこの問題を解決してくれるだろうと子供心に思ったのだ。

だが、澄乃がその話をしてから、信一の様子が日に日におかしくなっていった。目が虚ろになり、まともに話もできなくなっていった。

どうしたのと問いかけても、信一は何も答えない。どこかに心を置き忘れてしまって、からだだけが澄乃の目の前にあるようだった。

澄乃は心配になった。父親から暴力を受けていることは薄々察してはいたが、今度は母親からも何らかの虐待を受けているのではないかと。

澄乃は夕食を済ませると家から抜け出して信一の家に行った。こっそりと裏庭に入って、カーテンの隙間から中の様子を覗いてみた。

そのとき、激しい衝撃とともに、自分がしてしまった重大な過ちに気づかされたのだ。

姉はその後、書き置きを残して信一の父親と一緒になるために家を飛び出していった。

そんな姉は澄乃が圭介と知り合う直前に何食わぬ顔で戻ってきた。十三年もの間、信一の父親にいいように貢《みつ》がされてきたという。

信一を絶望のどん底に突き落としたきっかけを作った姉と一緒にいることが耐えられなかった。

閑静な住宅街をしばらく歩いていると、それらしい建物が見つかった。

澄乃が想像していた以上に大きな屋敷だ。高い塀に囲まれ、横に大きなガレージがついている。

塀の外から見える二階部分には明かりは灯っていなかった。外から見ているかぎりでは、屋敷の中に人がいる気配は窺えなかった。

澄乃は外門の横についているインターフォンを押した。何度か押してみたが応答がない。緊張しながら外門を開けて中に入ってみる。大きな庭にはたくさんの草木が鬱蒼と生い茂っていた。ここが東京であるとは信じられないほど、あたりは真っ暗で静まり返っている。

建物のまわりを半周ほどしてみたが、やはり中に人がいる気配はない。

信一は何のためにこの屋敷を買ったのだろう。

ためらいはまだあったが、中に入ってみることにした。

頑丈そうな玄関のドアに鍵を差し込んで回してみる。ガチャッと重厚な音がして鍵が開いた。やはりこの家の鍵だったのだ。

「おじゃまします……」

一応、小声で言ってドアを開けた。

室内も真っ暗で何も見えなかった。ハンドバッグから途中で買ってきた懐中電灯を取り出して照らした。

何もなかった。

人が住んでいる気配がないどころか、誰もここに立ち入ったことがないのではと思うほど、何もないきれいな玄関だった。

澄乃は靴を脱いで上がった。誰か人がやってきたときのことを考えて、中から玄関の鍵を閉め、靴をカバンにしまって手で持つことにした。

真っ暗な中、懐中電灯の明かりだけを頼りに、屋敷の中を探索した。

一階には三十畳以上はあろうかという広いリビングと、和室と、台所や風呂場などの水回りがあった。二階には四つの部屋がある。それぞれのクローゼットの中も見て回ったが何もなかった。

この屋敷は不動産屋から引き渡されたときのままの状態のようだ。

おそらく信一も屋敷を買ってから来ていないのではないだろうか。

どうやら自分の心配はただの杞憂だったみたいだ。

何らかの薬物を摂取している可能性はまだ拭えないが、少なくともこの屋敷で変なことはしていないようだ。

玄関の横にもうひとつドアがあることに気づいた。どうせ何もないのだろうとドアを開けてみると、ひんやりとした空気に首筋を撫でられた。真っ暗な中でかすかに水の流れる音がする。

澄乃は明かりを向けた。ガレージのようだ。大きな車を楽に二台は停められるだろうというぐらい広い空間だった。ちょろちょろと聞こえてくるのは、ホースからかすかに漏れる水の音のようだ。

ライトを違うところに向けると金属製の棚が見えた。棚にはいくつかの箱のようなものが置かれている。

このガレージだけは何かに使っているようだ。

ガレージの奥のほうに布切れのようなものが積み上げられている。その中できらきらと光っているものがあった。

澄乃は少し気になって靴を履いてガレージに入った。ライトを向けながら近づいて行く。

これはいったい何だろう。

澄乃はそれらの布切れを手に取ってみた。どうやら女性用の衣類のようだ。きらきらと光っているのはラメだった。

どうしてここに女性用の衣類が放置されているのだ。しかも、すべて切り裂かれている。

ブラジャーやパンティーではないだろうかというものもあった。

澄乃は背中が粟立つのを感じながら立ち上がった。壁に光を向けて電気のスイッチがないか探した。スイッチを見つけて電気をつけた。コンクリートの床にうねっているホースの先からかすかに水が流れている。水の流れを目で追うと、ガレージの端に排水口のようなものがあった。

澄乃はゆっくりと排水口に向かっていった。その場にしゃがみ込むと、排水口の網に引っかかっているものを凝視した。

震える手で網を取り上げた。網の中には何枚かのネイルチップがあった。それだけではなく、本物の爪らしいものも引っかかっている。それ以外にも毛のようなものがからまっていた。長い毛髪もあれば、明らかに髪ではない部分の毛も混ざっていた。

網の中を見ているうちに吐き気がこみ上げてきた。

いったいこれは何なのだ。どうしてこんなところにこんなものがあるのだ。

理解できなかった。いや、違う。理解したくないことに気づいていた。

澄乃は必死に思考を遮断しようとした。だが、いくら切ろうとしても、いろいろな残像が勝手に脳裏を駆け巡っていく。

顔を紅潮させ、血管を浮き立たせながら澄乃の首を絞めつけていた信一の恐ろしい顔。

死ね……死ね……

そう呟きながら、自分の首に指を食い込ませてきた。

首を絞められると苦しさのあまり、犯人の首や顔などを爪で引っかくことがあり、そこに皮膚片が残っていることが少なくない――というテレビのコメンテーターの言葉を思い出した。

信一と結ばれたあの夜、信一の首筋にはいくつか爪で引っかいたような傷があった。

その前にも猫に引っかかれたとかで、信一は首のあたりに絆創膏を貼っていた。

路地にいた野良猫さ――

そう言って笑った信一の顔を思い出した。

この手の犯罪者は自分の欲望を抑えることができず、連続して犯行を重ねる危険性があるので注意しなければならない――

コメンテーターの言葉が頭の中を駆け巡っている。

違う。ありえない――そんなことありえない――

自分の余命を告げられたおかげで新しい世界に踏み出せた――新しい世界――新しい世界っていったい何……！

澄乃は立ち上がると衣類が積み上げられた場所に行って漁った。

何でもいいから、今までの想像を覆してくれるものを見つけたかった。

衣類の切れ端に混じってバッグが出てきた。蓋を開けると財布が入っている。財布を取り出して中を確認した。

電器店の前を通りかかり、ふと、我に返った。

ここはどこだろう……

澄乃はあたりを見回したが、ここがどこであるのかわからなかった。右手に携帯電話を握り締めている。自分はいったい何をしようとしていたのだろう。

目の前の電器店にディスプレイされたテレビが目に入り、突然、激しい吐き気がこみ上げてきた。

そうだ……思い出した……

自分がやらなければならないことを思い出してしまった。

テレビ画面には、今まで何度となく見た女子大生とOLの顔写真が映し出されている。この連続殺人事件を報道しながら、アナウンサーがフリップを向けて情報提供を呼びかけていた。日暮里警察署とあり、電話番号が書かれている。

警察に連絡しなければならないと思っていたのだ。

財布の中にあった免許証の名前を確認して、携帯のネットで検索してみた。全裸で遺棄されていた殺人事件の被害者のひとりだった。

警察に連絡しなければと思いあの屋敷から飛び出して、意識が混濁してしまったのだ。

澄乃はテレビに出ている番号をプッシュすると歩き出した。

発信ボタンに指を添えて逡巡した。

どうして信一はあんなむごいことを……

もしかしたら、自分があんなことを言ってしまったのがすべてのきっかけではないか。

そうだとすれば信一が殺人鬼になったのは自分のせいなのか。

心の中はその悲しみで満たされている。

このボタンを押して警察に知らせれば信一は捕まってしまう。もう会えないだろう。だけど、このままにしておけば信一はまた人を殺すだろう。今度は自分かもしれない。

せめて、せめて生きている間に罪を償ってほしい。とても償えるような罪ではないことはわかっているけど……

信一はまた自分から裏切られたと思うだろうか。

そう思われてもしかたがない。

澄乃は発信ボタンを押した。

数回のコールの後、「はい。こちら日暮里署捜査本部です」と、男性の声が聞こえた。

言葉が出てこなかった。

言わなければいけない。ちゃんと言わなければいけないと必死に思っているのに、言葉を発せずにいた。

「もしもし……もしもし……こちら日暮里署捜査本部です。どうされましたか？」

男性が何度も問いかけてきた。

言わなければいけない。どんなに悲しくても――どんなに辛くても――

「あの……」

口を開いたのと同時に、クラクションの音が耳をつんざいた。

澄乃が横を見た瞬間、視界が真っ白になり、続けて激しい衝撃があった――

あれ――？

頬にざらざらとした感触を覚え、ゆっくりと目を開けた。

いったいどうしたのだろう……

どうして、自分は道路に寝ているのだ。

歩道にいる人たちが驚いた顔でこちらを見ている。中には携帯電話を向けている人もいた。

自分は何か、携帯のカメラに撮られるような恥ずかしいことをしてしまったのだろうか。

慌てて立ち上がろうとしたがからだがまったく反応しない。

目の前に誰かの足が見えた。見覚えのある靴を履いている。自分と同じ靴だ……

それを見ながら、唇が激しく震えた。

どうして……どうして自分の足があんなところにあるのだ。
アスファルトに血が広がっている。まさか、これは自分の血なのだろうか。
「どうしました……！　何があったんですか……！　大丈夫ですか！」
右手に持った携帯から男性の声が聞こえてくる。
自分はこのまま死んでしまうのだろうか。
嫌だ——死にたくない——
自分にはやらなければならないことがあるのだ。このお腹の子供を……
だから、死んではいけないのだ——
それなのに、徐々に視界がかすんできて、思考も切れかかっている。
どうやら、もう無理なようだ。自分はこのまま死んでしまうらしい。
それならば、信一にせめて何かを残したい。
信一に——信一に伝えなければならないことを……
澄乃は残された気力を振り絞って携帯電話を口もとに引き寄せた。

34

火葬場の待合室に入ると、あちこちから嗚咽が漏れ聞こえてきた。

山口澄乃の親族らしい人たちが椅子に座って頭を垂れている。

「あの……」

年配の男女が立ち上がって蒼井に近づいてきた。

「わたくし、警視庁の蒼井と申します。この度はご愁傷様でございます」

蒼井が頭を下げると、目の前のふたりは「ご苦労様でございます。澄乃の両親です」と挨拶した。

澄乃の両親にはすでに連絡を取ってあった。

別室に促すと澄乃について話を聞かせてもらった。

だが、ほとんどは故人の思い出話で、自分の嗅覚に触れるものはなかった。

澄乃の実家は新潟県の寺泊にあるという。大学の四年間を東京で過ごし、その後実家に戻って二十五歳のときに結婚して新潟市内に移った。その男性とも八ヶ月ほど前に離婚したという。それから東京に出てひとり暮らしをしていたそうだ。

両親は現在の澄乃の交友関係をまったく把握していなかった。彼女が言っていた『あの人』とは離婚した元夫のことなのだろうか。

待合室の外で待っていると、中から見覚えのある人物が出てきた。蒼井が世話になっている病院の医師だ。相手も気づいたようで、立ち止まって蒼井のことを見ている。

「蒼井さんですよね？」

担当が違うのに名前を知られている。どうやら問題児として病院内では有名らしい。

「はい。東協病院の……」

「高木です」

「山口澄乃さんのご親族だったんですか」

「いえ、ぼくは彼女と大学は別ですが同じサークルだったんです。それで、サークル仲間数人で今回は……」

「そうだったんですか」

「蒼井さんはどうしてこちらに？」

「ええ、まあ……」

蒼井は言葉を濁した。

あまりおおっぴらにできる話でもない。できればとりあえず高木だけ呼び出して話を聞きたい。

「この後、少しお時間をいただけないでしょうか」

「蒼井さんのお仕事に何か関係があることですか？」

高木が少し訝しげな表情になった。

「もしかしたら、ですが」

おそらく蒼井の職業を知っているであろう高木は、それ以上何も訊かずに了承してくれた。

「お待たせしました――」

その声に顔を上げると、テーブルの前に高木が立っていた。

「どうぞ、座ってください」

蒼井は胃のあたりを押さえていた手を離して向かいの椅子を促した。

先ほどから激しい胃のむかつきに襲われている。

「大丈夫ですか」

悟られないように努めたつもりだったが、高木は蒼井の不調に気づいたようだ。

「大丈夫です。少しだけむかつきが……」

「お話なら今日でなくても」

高木が心配そうに言った。

「いや、大丈夫ですよ。それにここで話をしなければ、お互いに気になって今夜はよく眠れないでしょう」

「噂にたがわず仕事熱心なかたなんですね」

高木が苦笑した。

「福田先生は嘆いてらっしゃるでしょう」

「ええ。ここで会ったことは内緒にしておきます。福田先生の血圧が心配だ」

「そうしてください」

「ところで、蒼井さんがどうしてあの場にいらしてたんですか」

ウエイトレスに注文すると、高木が切り出してきた。

「実は……山口さんが事故に遭ったときに電話で話をしていたんです」

蒼井が話しても、高木は何のことだかさっぱりわからないという顔をしている。

「事故に遭われたとき、山口さんはご自身の携帯から日暮里署の捜査本部に電話をかけてきていたんですよ」

「日暮里署の捜査本部って……澄乃が事故に遭ったのは世田谷の梅丘のあたりですよね。それって……」

高木がおかしいのではないかという顔になった。

「いいえ、一一〇番通報ではないんです。日暮里署の捜査本部というのは連続殺人事件を担当しているんです」

「連続殺人事件?」

高木が眉をひそめて蒼井を見つめてきた。

「ええ、女子大生とＯＬが殺害された事件です」

蒼井はその事件についてかいつまんで高木に説明した。

「ここ数日、テレビで情報提供を呼びかけていまして、その専用電話に山口さんから電話がかかってきたんです。わたしが取りました」

あのとき、蒼井がいくら話しかけても澄乃はしばらく何も話さなかった。

いたずら電話だと思い、切ろうとしたときに、ようやく「あの……」と声を発した。

だが、その直後にクラクションと激しい衝撃音が蒼井の耳に響いた。

いったい何があったのだろうと耳を澄ませると、周囲からざわめきが聞こえた。どうやら交通事故に遭ったのだろうと察した。

「大丈夫ですか……大丈夫ですか……」と電話に呼びかけると、澄乃のとぎれとぎれの声が聞こえてきた。

そして、しばらくすると電話が切れた。

蒼井は気になって電話番号から山口澄乃のことを調べて安否を確かめた。だが、残念ながら彼女は車に撥ねられて亡くなっていた。

目撃者の話によると、通話に気を取られていた澄乃が信号無視で横断歩道を渡ったところに車が突っ込んできたのだそうだ。救急隊員の話によると、救急車が到着したときには澄乃は亡くなっていたそうだから、蒼井が聞いたのが澄乃の今際《いまわ》の言葉ということになるのだろう。

いったい誰に向けられた言葉だったのだろうか――

「それにしても……どうして連続殺人の捜査本部なんかに……」

高木がわからないという顔で言った。

「何かお心当たりはありませんか」

蒼井は訊いた。

「いや……まったくわかりませんね。正直なところ、しばらく疎遠になっていた時期があったので彼女の交友関係に詳しいというわけじゃないですけど、ぼくたちのまわりでは思い浮かぶことはありませんね」

高木が当惑したように言った。

「梅丘の近くに友人などがいるという話は？」

「聞いたことがないです。少なくともぼくたちサークルの仲間にはおりませんね」

「そうですか……」

「単なる間違い電話とは考えられませんか？　どこかに電話をかけたら、いきなり警察につながってしまい動揺してしまったと……それで一瞬、まわりのことが見えなくなって……」

あの専用電話には一日何百件と電話がかかってくる。かけ間違いや、いたずら電話も少なくない。だが――

「亡くなる前夜に彼女と会ったんですが、それらしい話はまったくなかったですよ」

「そのときはどんな話をされてましたか？」

「よくある恋愛相談ですよ。素晴らしいカップルだったのに……恋人は先ほどの火葬にも出席できないぐらいショックを受けていますよ」

高木が神妙な表情で言った。

「恋人……」

蒼井は呟いた。

35

澄乃が死んでしまった――

榊はその現実をいまだに受け入れられないでいる。

どうして……どうして……澄乃が自分よりも先に死ななければいけないのだ。

どうして澄乃のような素晴らしい女性が、こんなに簡単にこの世からいなくならなければならないのだ。そんなのどう考えたっておかしいだろう。

ふざけるなッ——誰かこのおれの問いに答えろッ。

もし、神というものが本当に存在するなら、そいつにそう詰め寄りながらその喉を切り裂いてやりたい。

謝りたかった。あのときの過ちを謝りたかった。榊はそんな思いでひたすら澄乃がこの部屋に戻ってくるのを待っていたのだ。

着信音が鳴った。まさか澄乃であるはずがないが、反射的に携帯電話を手に取っていた。

綾子からのメールだ。件名は『大丈夫ですか？』となっている。メールを開いた瞬間目がくらみそうになった。

『昨日、澄乃の火葬に行ってきました。榊くんも来ると思っていたので残念です。気を落とさないでください』というメッセージとともに、骨壺の写真が添付されている。

どういうつもりか知らないが、こんなものを送りつけてくるあの女に激しい憎悪を抱いた。

『おまえが死ね！』とだけ打って返信した。

今度はインターフォンが鳴った。

誰かと話をするような気分ではなかったが、もしかしたら綾子かもしれないと思って立ち上がった。

もしあの女なら部屋に連れ込んで、今すぐ心の中で猛り狂っているこの欲望を満たしてやろう。

「はい」

榊はインターフォンに出た。

「警視庁のアオイと申しますが……榊信一さんはいらっしゃいますか」

その言葉にモニターを凝視した。見覚えのある人物だった。

病院で会ったアオイという刑事に間違いない——

どうしてあの刑事がここに来たのか。

まさか、殺人事件の容疑者として自分を逮捕するためにやってきたのだろうか。

「どうされましたか」

アオイが問いかけてきた。

インターフォンに出てしまった以上、このまま放っておくわけにもいかない。

「警察のかたがいったいどんな用ですか……」

榊はとっさに声音を変えた。

先日、病院のロビーでアオイと他の刑事が容疑者の声に特徴があると話していたのを聞いていた。

インターフォン越しにとりあえず様子を見て、適当に追い返すつもりだった。

「山口澄乃さんについてお話があるのですが」

澄乃のこと――?

警察が澄乃のことで何の用があるというのだ。しかもこの刑事は殺人事件を担当している。気になった。

「澄乃のこと?」

「そうなんです。ご都合が悪ければ日を改めますが」

榊は迷った。今、この男の前に出て行くのはまずいと頭の中で警戒音が鳴っていた。この男は犯人が聴覚障害者であることに気づいている。

だが、澄乃のことでどうしてこの男が自分を訪ねてきたのかも非常に気になっている。ここで断ったとしても、いずれはまた自分のもとを訪ねてくるのではないか。

体力と気力にまだ若干の余裕がある今のような状態でなければ読唇術は使えない。

耳を隠せるようなかつらを使う手もある。だが、アオイとは病院で会っている。もし、そのときの榊をこの男が覚えていたとしたら、髪の長さから不審に思われてしまうかもしれない。

いっそのこと、今話をしておいたほうがいいのではないか――

「わかりました。ロビーでお待ちください」

榊は解除ボタンを押すと、両耳から補聴器を外した。

36

オートロックのドアが開いて、蒼井は中に入った。

一面ガラス張りのロビーにはゆったりとした配置で三ヶ所にソファセットが置いてある。そのまわりには観葉植物が飾られていた。まるでどこかのリゾート地の高級ホテルだなと、ふかふかのソファにもたれながらあたりに目を向ける。

チンという音に振り返ると、二基あるエレベーターのひとつが開いた。中から白い長袖のワイシャツに紺色のチノパン姿の男性が出てきた。

男性はエレベーターの外でいったん立ち止まり、蒼井のほうを一瞥した。ゆっくりとこちらに向かって歩いてくる。背が高く、ずいぶん痩せた男性だ。年齢は三十代半ばぐらいに見えた。

近づいてくる男性を見ながら、蒼井は少しばかり意外に思った。

これだけの高級マンションに住めるのだから、もう少し年配の男性を想像していたのだ。

「榊信一さんですね」

立ち上がって訊ねると相手が頷いた。

「警視庁の蒼井と申します」

名刺を差し出すと榊は向かいのソファに座った。その動作だけでも重労働だというように溜め息をついた。だが、視線だけは気丈にもしっかりと蒼井に据えられている。

榊は顔色が異常に悪く、目の下には深いくまが刻まれ、頬がげっそりとこけている。

だが、元々はかなりのハンサムではないかと全体の顔の造形から思った。

恋人の死に直面するまでは、きっと爽やかで優しい面立ちをしていたのではないだろうか。

目の前の榊を見ながらそんなことを想像しているうちに、胸の中に妙な感覚が芽生えてきた。

どこかで会ったことがあるような——そんな既視感を覚えたのだ。

「ご心痛のところ本当に申し訳ありません」

蒼井が言うと、榊がこちらに視線を据えながら小さく頷いた。

「同じサークルの高木さんからお聞きしたんです。山口さんとお付き合いしてらっしゃったと」

「高木さんが？」

榊が意外そうな顔をした。

「ええ。わたしも彼と顔見知りだったので、山口さんの葬儀でお会いしたときに」

「それで……あなたはどうしてここに？」

ぼそぼそと聞き取りづらい声だった。訝しく思われているのだろうか。

名刺には警視庁捜査一課と書いてある。テレビの影響か、最近では多くの一般人に重大事件を扱う部署だと認知されている。

「実は事故に遭ったときに、山口澄乃さんから警察に連絡があったんです」

じっとこちらに視線を据えていた榊が驚いたように目を見開いた。

「どうして澄乃が、警察に連絡を……」

「わたしは九月に連続して発生した二件の殺人事件の捜査をしております。女子大生とOLを殺害した事件ですがご存知でしょうか？」

しばしの間の後、榊が首を横に振った。

「それで……澄乃はどんな話をしたんですか」

榊が少し身を乗り出して訊いた。

「事件に関する話は何もされていません。しばらく無言で、何か言おうとしたときに事故に遭ってしまったみたいなんです。目撃者の話によると、通話に気をとられていて赤信号のまま交差点を渡って車に撥ねられたと」

榊は身じろぎもせず、蒼井の話を聞いている。

恋人が事故に遭った瞬間を想像させてしまっただろうか。

「大切な人を亡くされたばかりなのに失礼だとは思ったのですが、山口さんから何か事件に関する話を聞いていないかと思ってお訪ねしたんです。山口さんは何かそのようなことを口にされていませんでしたか」

榊が小首をかしげた。やがて首を横に振った。

「あの日、会社を退社してから事故に遭われるまで、山口さんがどこで何をしていたのかご存知でしょうか」

榊が弱々しく首を横に振った。

恋人の死に直面したばかりで、そうとう疲弊しているようだ。

視線だけはしっかりとこちらに据えているが、蒼井の言葉が届かないというように上の空に思えた。

心の中では激しい悲しみが渦巻いているのだろう。これ以上、話を訊くのは無理だろうか。

だが、もう一点だけ訊いておきたかった。

「どうして山口さんが世田谷の梅丘に行かれたかお心当たりはありませんか」

蒼井が訊くと、榊はしばらく考えてから首を横に振った。

「梅丘周辺に友人や知人がいるという話は？」

榊がふたたび首を横に振る。

疲れたように目頭を押さえて少し顔を伏せると大きな溜め息を漏らした。

焦っているとはいえ、恋人を失ったばかりの榊に会いに来たのは少し早計だったかもしれない。日を改めたほうがよさそうだ。

「こんなときに本当に申し訳ありませんでした。何か思い出されたことがありましたらご連絡ください」

蒼井が立ち上がって頭を下げると、榊も立ち上がった。

力のない足取りでエレベーターに向かおうとしたときに、ふらっと倒れそうになった。

蒼井はとっさに榊の肩を支えた。

「大丈夫ですか？」

榊は蒼井を見つめながら頷くと、ふらふらとした足取りでエレベーターに向かっていく。

恋人を失ったばかりなのにさらに心労をかけてしまった。せめて何か励ましの言葉でもかけたいと思って「榊さん――」と呼びかけた。

何度か大声で呼びかけてみたが、榊はまったく気づかない様子でそのままエレベーターに乗っていった。

37

全神経を集中させて蒼井の口もとを見つめていたが、さすがにすべての言葉を理解することはできなかった。

かろうじてわかったのは、同じサークルの高木から聞いて榊のもとを訪ねてきたことと、澄乃が警察に連絡したということだ。

いったいどういうことだろうと、心の中で不安が渦巻いている。

澄乃がどうして警察に連絡をしたのか、そのときどんな話をしたのかまではわからなかった。

エレベーターから降りると、はやる気持ちを抑えきれずに部屋に戻った。両耳に補聴器をつけると高木の携帯に電話をかけた。

「どうしたんだ?」

電話に出た高木が訊いた。

「さっき、ぼくのマンションに蒼井さんという刑事が訪ねてきたんですけど……」

「そうか。こんな状況だからそれなりに配慮してくれるかと期待したが、さっそく訪ねたのか。すまなかった。おまえのことを教えたのはおれなんだ」

「それはいいんですけど……ぼくも体調がよくなくて、あの人の話はほとんど上の空で、どんなことを話していたのかよく覚えていないんです。ただ、帰ってから気になってしまって……蒼井さんは澄乃が警察に連絡をしたようなことを言ってたと思うんですけど、いったいどういうことなんですか」

「ああ……蒼井さんが担当している殺人事件の捜査本部に澄乃から電話がかかってきたそうなんだ。ちょうど事故に遭ったときに」

「殺人事件の捜査本部に？」

その事実に激しい衝撃を受けた。

「何でも女子大生とOLが連続して殺された事件らしく、テレビなんかで情報提供を呼びかけてたらしい。その専用電話にかかってきたそうだ」

「それで……」

聞くのが怖かったが先を促した。

「澄乃は何も話さなかったらしい。しばらく無言で、何か言おうとしたときに事故に遭ってしまったということだ。それで澄乃がその殺人事件について何か知っていたんじゃないかと、知り合いに訊いて回っているらしい」

「そうだったんですか……高木さんはどう思いますか？」

「ばかばかしい話さ。澄乃がそんな恐ろしいことに関わりを持っているはずがない。それにおれは事故に遭う前日に澄乃と会っているが、そんなことは何も言ってなかったし、そういうそぶりもなかった」

初めて聞く話だった。もっとも、澄乃が帰ってきたときには榊は禁断症状に苦しめられていて、そんな話を聞ける状態ではなかった。

「前日に高木さんと会っていたんですね。どんな話をしたんですか」

榊が訊くと、少し間があった。

「たいした話じゃない。まあ、警察の話は気にするな。おれも間違い電話だろうとその人に言った」

電話を切ったとき、携帯を持った手が震えていることに気づいた。

今まで澄乃が榊の屋敷の近くで事故に遭ったことは単なる偶然だと思っていた。だが、警察に連絡をしたということを聞いてその考えが覆された。

澄乃は梅丘の屋敷に行って、榊と殺人事件を結びつける決定的なものを見つけてしまったのではないか。そして、それを警察に知らせるために連絡したのではないのか。

榊は二階に上がって仕事部屋に入った。机の引き出しを開けて、梅丘の屋敷のスペアキーを探した。三つあったはずの鍵が一つなくなっているのを見て、暗然となった。

何てことだ――

いや、違う。榊はとっさに頭の中に広がった想像を必死に振り払った。

澄乃は何も見ていない――何も知らない――

スペアキーがないということは、たしかに屋敷に行ってみようとしたのかもしれない。榊の言動に何らかの不審を抱いたことがきっかけだったのではないか。

だが、澄乃は何も見ていない。

電話がつながっても澄乃は何も話さなかったと言っていたではないか。きっと、高木が言うとおり、澄乃は間違い電話をしてしまったのだ。梅丘の屋敷に向かう途中にどこかに電話をかけたらいきなり警察につながってしまい動転してしまったのだ。

榊は頭の中で澄乃の次の言葉を想像した。

すみません、かけ間違えました――

澄乃はそう言おうとしていたのだ。そうだ。きっとそうにちがいない。澄乃は何も知らない。知るはずがないんだ。

早くマンションに戻って榊に会いたいと思いながら澄乃は死んでいったのだ。

榊からのメッセージを聞いて、早く許していると伝えなければと思いながら死んでいったにちがいない。

シャッターが上がると、榊は車をガレージに入れた。エンジンを切ってシャッターを下ろすと、真っ暗闇の中で深呼吸を繰り返す。

ようやく決意を固めると、榊は車から降りた。

かすかに聞こえる水の音を聞きながら壁際に向かった。手探りで電気のスイッチを探す。

澄乃はここには来ていない――何も見ていない――

そう念じながらガレージの明かりをつけた。

あたりをゆっくりと見回した。一見したところでは、以前来たときと何も変わっていないように感じる。

少しばかり安堵してガレージの奥に向かった。女たちの衣類を放置した前に行き、軽く手で漁ってみた。衣類の切れ端に混じって、固い感触があった。それをつまみ上げてみる。榊が殺した女の免許証だった。

それを見て、今まですがりついていた考えが音を立てて崩れていくのを感じた。

どこにあったのか知らないがこんなものを出した覚えはない。

誰かが……いや、澄乃はここに来たのだ。

榊は天を仰いだ。神が自分に罰を下したのだと悟った。

死刑になるよりも残酷な、自分にとって何よりも苦しい罰だった。

榊はガレージから出ると、澄乃が事故に遭ったという交差点に向かった。

目の前に電器店が見えた。ガラス越しにテレビが何台か展示されている。その中のいくつかがワイドショーを映し出している。

澄乃はここで情報提供を呼びかけるテレビ番組を目にしたのかもしれない。

三十メートルほど先に信号が見えた。榊はゆっくりと信号に向かって歩きながら、そのとき澄乃が思っていたことを想像しようとした。

自分のことを恐ろしい化け物だと感じていただろうか。

もうそばにいたくないと、警察に榊を売り渡そうとしたのだろうか。

警察の電話につながってから澄乃はしばらく無言だったという。その短い間に澄乃はどんなことを考えていたのか、どうしようもなく知りたいのと同時に、知るのが怖かった。

横断歩道の手前で立ち止まった。目を向けると、信号機のポールに花束が供えられている。

もう澄乃に会うことはできない――

澄乃にあのときのことを謝ることも、なぜあのとき泣いていたのかももう聞くことができないのだ。

もっとも、もし、澄乃と会うことができたとしても、二度と会いたくはない。自分が殺人犯だと知った澄乃と目を合わせると考えただけで恐ろしくなってしまう。

自分は澄乃と同じようにもうすぐ死ぬ。だが、たどり着く場所はまったく違う場所だろう。

そのことがせめてもの救いのように思えた。

だけど、心の中ではもう一度、澄乃に会いたいと願っている自分がいる。

榊がこんなおぞましい殺人鬼だと知らなかった、いつも自分に優しい笑顔を向けてくれていたときの澄乃に会いたい。

会えるではないか——

自分が死ぬまでは何度でもあの頃の澄乃に会おうと思えば会えるではないか——

榊は新たな欲求に駆り立てられ、屋敷に向かって重い足を引きずっていった。

38

シャッターが開いてガレージから車が出てきた。

蒼井はすぐに路地に身を隠した。走り去っていく車の姿が見えなくなるのを確認して路地から出た。ふたたび榊が入っていった屋敷に向かっていく。

先ほどのマンションの豪華さにも驚かされたが、この屋敷にはさらに度肝を抜かれた。

高級そうな家が連なる一角でも一際大きな豪邸だ。

いったい誰の家なのだろうか。

榊信一の実家だろうかと屋敷の外門を見たが、表札は出ていなかった。

豊洲のマンションを出た蒼井は榊のことが気になって帰れずにいたのだ。

榊と対面してからずっとどこかで会ったことがあるような気がしていた。そして榊がエレベーターに消えてから気づいた。

大丈夫ですか——？

病院で末期の胃がんだと告げられ茫然自失になっていたとき、倒れそうになった蒼井を支えてくれた男だ。

エレベーターを見つめながらその声と耳もとを思い出していた。

入院していたときに何度となく聴いた『世界の風景』のナレーション。どこかで似た声を聞いたのにと思い出せずにいたが、先ほどの記憶でそれは榊だったのではないかと思い至った。

だが、対面していたときの榊はそんな声をしていなかった。

もっとも自分の嗅覚に触れたのは、最後に大声で呼びかけたときに、榊が気づかなかったことだ。

病院で自分を支えてくれた男が補聴器をつけていたかどうかまでは覚えていない。ロビーで対面したときも榊は補聴器もなく、言葉少なではあったが自分と会話をしていた。ただ、刑事と別れたことで緊張感が切れて、ふたたび恋人の死に茫然自失となる男に戻っただけかもしれない。

後ろ髪を引かれる思いでマンションを見上げていたが、そろそろ戻らなければとタクシーを拾った。

「どちらまで——？」

日暮里警察署までと言おうとして、蒼井は思い直した。

「すみませんが、このマンションの駐車場の前で少し待っていたいんですが」

そう答えると、運転手は怪訝な表情を浮かべながらも地下駐車場の出入口に車を向けた。

あのときの記憶を手繰り寄せているもうしばらくの間、ここから離れたくないと心が訴えかけていた。

出入口のそばでしばらく待っていると、一台の車が出てきた。これだけの豪華マンションに住んでいるというのにいたって普通の大衆車だった。運転席に榊の姿を捉えて後を追うと、この屋敷のガレージに入っていったのだ。

十分ほどして榊がガレージから出てきた。どこかに向かって歩いていく。しばらく尾行して、澄乃が事故に遭った交差点に向かっているのだろうと察しがついた。

蒼井は気づかれないよう注意しながら反対側の歩道から榊を見ていた。榊は澄乃が事故に遭った交差点に向かって歩いていた。いや、歩いているというよりも、放心したように彷徨っているという感じだ。

交差点で足を止めると、足もとに供えられていた花束をじっと見つめていた。

彼女の冥福を祈っているのだろうか。

しばらくその場に立ち尽くしていたが、ふたたびこの屋敷に戻ってきた。

どうして澄乃が梅丘に行ったのか心当たりはないかと訊ねたとき、榊はわからないと首を横に振った。

ここがどういう場所かはわからないが、少なくとも榊は梅丘という場所に関係を持っている。澄乃が事故に遭ったすぐ近くにあるこの場所に。

どうして榊はこのことを黙っていたのだろうか。

澄乃とまったく関係のない場所だからなのか、もしくはこの場所のことをあまり話したくなかったからか。

いずれにしても、この屋敷はいったい何なのだろうかと気になっている。

蒼井は隣の屋敷に向かい、インターフォンを押した。

「はーい」という女性の声が聞こえた。

「警察の者ですが、ちょっとよろしいでしょうか」

蒼井が告げてしばらくすると、エプロンをかけた年配の女性が出てきた。屋敷とはどこか似つかわしくない恰好からこの家の家政婦ではないかと思った。

「警察のかた?」

年配の女性は不審とも好奇ともとれる視線を蒼井に向けた。

「お隣のかたのことで少しお聞きしたいのですが」

警察手帳を示しながら言うと、女性の表情が好奇に傾いたのがわかった。

「何かあったんですか?」

興味をかき立てられたようにさっそく訊いてくる。

「いえいえ、巡回パトロール用の資料を作っているんですが、お訪ねしたらお留守だったようなので」

とりあえず騒ぎにならないよう嘘を言った。

本来は制服警官の仕事だが、女性は話を信じたようでつまらなさそうな顔をしただけだった。

「表札が掛かっていないようですが、どなたかお住まいなんでしょうかね」

「以前は前田《まえだ》さんというかたが住んでらっしゃったんだけど売りに出されてね。しばらく『売り家』の看板が掛かっていたけど、一ヶ月くらい前になくなったから誰かが買ったんじゃないかしら」

「じゃあ、誰か住んでらっしゃるんですかね」

「たまにガレージに車が出入りしているのを見かけるけど、まだ引っ越しはされてきてないみたいね。家の電気がついているのもほとんど見たことがないし」

「そうですか……隣のお宅の仲介をした不動産会社をご存じでしょうか」

蒼井が訊ねると、年配の女性が記憶にあった不動産会社の名前を答えた。


「榊信一さんというかたです——」

鈴木と名乗る世田谷不動産の従業員がカウンター越しに答えた。

蒼井がここを訪ねてあの家の契約者を訊いても、鈴木はしばらく口を閉ざしていた。不動産会社にも最低限の守秘義務があるのだろう。

しかたなくある事件の捜査をしていて、契約者には内密の上で教えてほしいと切り出すと、鈴木はしかたないといった様子で資料を探し始めた。

契約日を見ると九月二十二日になっている。

岡本真紀と田中祥子の事件があった後だ。

「あの家を内覧したときに他に誰かいらっしゃいましたか」

「いえ、榊さんおひとりでしたよ。最初、ここにやってきたときには完全な冷やかしだと思っていたんですけどね……ずいぶん若いかたでしたから。だけど、あの家を紹介したら気に入ったようで即決しました」

あれほどの高級マンションに住みながら、さらにこんな豪邸を即決で購入するとは、榊信一とはいったいどういう人間なのだろうか。

「やっぱり訳ありの人だったんですねえ……」

鈴木の言葉に、資料から顔を上げた。視線でどういう意味だと訊いた。

「三億円以上の家を現金で購入ですよ」

「三億円を現金で？」

驚いて訊き返すと、鈴木が頷いた。

「すぐに金を振り込むからできるだけ早く入れるようにしてほしいって。どう考えても普通じゃないでしょう。ところで刑事さん……どんな事件の捜査なんですか」

鈴木が興味深そうに身を乗り出して訊いてくる。

「このことは榊さんにはもちろんのことどなたにも内密にしてくださいね。でないと、大変なことになりますから」

蒼井は釘をさして不動産会社を後にした。

39

ナビゲーションを見ると、目当ての家はもうすぐそこだった。

「家にいるといいんですけどね」

矢部が声をかけると、助手席に座った岩澤が「ああ……」と素っ気なく返した。

ここ何週間も杉本加奈を襲った男が乗っていた車を当たっているがまったく手ごたえを得られず、苛立ちと疲れが溜まっているのだろう。

「そこですね」

矢部は岩澤に声をかけて、車を停めた。

岩澤に続いて車から降りると、目の前の家に向かった。

ガレージには例の国産車があった。バンパーを見ると右側にえぐれたような傷がある。

「ヒットしたんじゃないでしょうか」

矢部は鼓動がせわしなくなるのを感じながら言った。

「まだ早い」

岩澤がそう窘めてインターフォンを押した。

「警視庁の岩澤と申しますが、少しよろしいですか」

しばらくすると上品そうな年配の女性が玄関から出てきて外門に向かってくる。

「警察のかたが何か？」

女性は探るような眼差しを向けた。

「白石芳郎《しらいしよしろう》さんは御在宅でしょうか」

岩澤が車の名義人の所在を訊いた。

「いえ、主人は仕事に出ておりますが……主人が何か？」

女性が少しばかり不安げな表情になった。

「実はある事件の捜査であちらと同型の車を調べておりまして。ご主人の名義ですよね」

「ええ、一応……事件ってひき逃げか何かですか？」

不安そうな顔になった。

「まあ、そんなところです。見たところ、該当する箇所に損傷がないのでお宅とは関係ないでしょうが……一応、報告書を作成しなければならないので形ばかりでもお話を聞かせていただきたいと」

岩澤の言葉を聞くと、女性は少し安心したのか口が滑らかになった。

「そうなんですか……あの車を使っているのはだいたい息子なんです。主人はほとんど乗りませんので」

「そうですか。息子さんは今どちらに？」

「ひとり暮らしをしております。たまに車が必要なときに実家に戻ってきて乗っていくんです」

「そうですか。息子さんのご住所を教えていただけませんか」

さすがにそれを聞くと女性がふたたび不安げな顔になった。

「一応、息子さんからもお話を聞かせていただきたいので」

岩澤が先ほどとは打って変わって有無を言わせぬ口調になった。

女性は渋々といった表情でいったん家に入り、息子の名前と現在住んでいる住所と電話番号を記入した紙を持ってきた。

「では、ご協力ありがとうございます」

岩澤が車に戻っていくのを見て、矢部は女性に話しかけた。

「息子さんは、耳は不自由ではないでしょうか」

そう問いかけると、女性はきょとんとして「いえ」と答えた。

車に戻ると、「余計なことを訊くんじゃねえ」と岩澤に叱られた。

40

病院のカフェテラスで待っていると、白衣姿の高木が入ってくるのが見えた。

「高木さん――」

窓際の席から蒼井は手を上げた。

高木はちょっと待ってくださいと手で示すと、入口のそばにあるセルフサービスのカウンターでドリンクを頼んだ。

「お待たせしました」

高木がコーヒーカップを持って近づいてくる。

「いえいえ、こちらこそお忙しいところ申し訳ありません」

一昨日、不動産会社を出ると、先日聞いた高木の携帯電話に連絡した。

榊という人物について気になっていたので、ふたたび高木から話を聞きたかったからだ。

留守電になっていたので会いたい旨のメッセージを残した。その日のうちに高木は連絡をくれたが、しばらく時間を取るのが難しいとのことだった。今日の午後の診療が終わった後であれば少し時間が取れるということで、病院内にあるカフェテラスで待ち合わせをしたのだ。

「いや、ぼくも気になっていましたのでね。ただでさえ寝不足気味なのに、あの話を聞いてからさらに二時間近く睡眠を削られてますよ」

冗談とも本音ともつかない口調だった。

「で、どうでしたか?」

高木が話を聞きましょうと身を乗り出してきた。

「今日から安眠なさってください。おそらく高木さんのおっしゃった通りじゃないかと思います」

蒼井はとりあえずそう言った。

友人を疑っていると悟られると、口が重くなってしまう可能性がある。

「澄乃は殺人事件とはまったく関係がなく、ただの間違い電話だったと……」

「今までにいろいろなかたから話を聞いたかぎりではそうとしか考えられないなと」

蒼井が言うと、高木は「そうでしょう」と納得したように頷いた。

「わたしらにとっては澄乃がそんな恐ろしいことに関わっていなかったとほっとするところですが、蒼井さんたちにとってはそうではないんでしょうね」

「おっしゃる通りです。山口さんが事件につながる何かを知ってらっしゃるんじゃないかと、藁《わら》にもすがる思いでこの数日あちこちと聞き歩いていましたから」

　高木が同情するように蒼井を見つめてから、コーヒーに口をつけた。

「ところで……榊さんはすごいかたですね。マンションを訪ねてびっくりしました」

　努めてさりげなく榊の話題を切り出した。

「わたしもあそこに遊びに行ってからというもの、職業選択を誤ったかなという思いに囚われ続けてますよ」

　高木が笑った。

「わたしも同じ思いです。わたしの稼ぎでは一生かかってもあんなところには住めない。榊さんは何をされているかたなんですか？　訊きたくてたまらなかったんですが、とてもそういう状況ではなかったので」

「デイトレーダーですよ」

「デイトレーダー？」

　聞いたことはあるが、具体的なことはよくわからない。

「自宅のパソコンで株を売買するあれですよ。才能があったんでしょうね。わたしらが一生かかっても稼げないほどの資産をあっという間に手にしたみたいですよ」

「大学を出てからずっとその仕事を？」

「いいえ、卒業後は証券会社でしばらく働いていました。デイトレーダーになったのは七年ほど前のことです」

「そんなに短い間で豊洲のマンションに梅丘の豪邸か。まったく羨ましいものですね」

蒼井は餌をまいた。

「梅丘の豪邸？」

高木が餌に食らいついた。

「ええ……ご存じありませんか？　榊さんは一ヶ月半ほど前に梅丘の豪邸を購入されているんです」

「そうなんですか。知らなかった……」

高木が驚きを隠せない様子で言った。

高木のように仲のいい友人たちでさえ知らない豪邸——いったい何のために購入したのだろうか。

「恋人の山口さんからも聞いていませんでしたか？」

「ええ……そんなことは何も言ってなかったな」

当惑したように答える。

澄乃はあの豪邸の存在を知っていたのだろうか。そうであれば、あの近くで事故に遭ったことの説明もつくのだが。

澄乃は会社の同僚にも事件に関する話をまったくしていなかったという。もし、間違い電話ではなく、事件に関することを知らせるつもりで捜査本部に連絡をしたとすれば、あの日に何かあったと考えるのが自然だろう。

会社を退社して梅丘で事故に遭うまでの間に――

「そうですか……この話はちょっとしたときに出たものなので、みなさんがご存じないのであれば知らなかったことにしておいてもらえませんか。もう会うこともないでしょうが、おしゃべりな刑事だと思われたくないので」

「わかりました。わたしからは言いません」

高木の言葉を聞いて安心した。

「榊さんと山口さんはどれぐらいのお付き合いなんですか」

蒼井は訊いた。

「大学時代に付き合っていたんですがいったん別れて、それでつい最近また付き合いだしたみたいです」

「そうなんですか。ひどく憔悴してらっしゃいました」

「そうでしょうね……付き合っていた期間はそう長くはなかったですが、ふたりにとっての初恋だったようですからね」

「初恋ですか？　山口さんのご実家はたしか寺泊ですよね」

「ええ。榊の実家は新潟市内ですが、小学校のとき一年ぐらい寺泊にいたことがあるんですよ。港にある使われていない小屋を秘密基地にしてふたりでよく遊んでいたそうです」

「それならばなおさらですね」

「まったくです……」

「ところで榊さんは大学時代から耳がよくないんでしょうか」

かまをかけた。

「ええ。子供の頃に事故か何かで怪我をして鼓膜を破損したとかで……」

やはり、榊は聴覚障害者なのだ。

「出会った頃はそれにコンプレックスを抱いていたのかちょっと内向的だったんですけど、サークルに参加してからは活発になって」

「どんなサークルなんですか」

「ボランティアのサークルですよ。児童養護施設や老人ホームを訪ねたりして。あいつは本当に根が優しいからどこに行っても人気者でした。そんなあいつにこれほどまでの試練を与えるなんて、神様は本当に残酷だ……」

蒼井は、そう言いながら嘆息する高木を見つめた。

その榊に、刑事としての嗅覚が殺人犯の匂いを嗅ぎつけていると言ったら、高木はどんな目を自分に向けるだろうか。

41

矢部は岩澤に続いて講堂に入った。席につこうとしたが、岩澤がドアの近くで立ち止まり、講堂内を見回している。本部内で作業している捜査員のひとりを呼び止めた。

「蒼井は？」

岩澤が訊いた。

そういえば、ここしばらく本部内で作業している蒼井の姿を見かけていない。

「今日も昼から出かけているみたいですよ」

岩澤の険しい形相に、捜査員が困惑したように答えた。

「電話番もまともにできねえのかよ」

吐き捨てるように言うと、自分の席に向かった。

岩澤の隣に座った矢部は蒼井のことが気になって、しばらく後ろに目を向けていた。

本部内での作業も苦しいほど、体調がかなり悪いのではないだろうか――

捜査員たちが次々と入ってきて席につく。幹部たちも現れて最前列の席に向かった。その後になって、ようやく蒼井が講堂に入ってきた。かなり疲れているようで、おぼつかない足取りで一番後ろの席に座る。

そうとう疲弊しているような蒼井の姿に不安を覚えたが、捜査会議の開始の声に正面を向いた。

いくつかの報告の後、岩澤が立ち上がった。

「本日、殺人未遂事件の被害者である杉本加奈さんが証言したバンパーの傷に該当する車を見つけました」

岩澤が言うと、本部内からざわめきが起こった。

「車の所有者は白石芳郎さん。車をおもに使っているのは息子の白石幸平《こうへい》さんという三十二歳のフリーアルバイターです。幸平さんは板橋区常盤台でひとり暮らしをしていますが、実家に置いてあるその車をたびたび使用していたようです」

矢部たちはあの後さっそく幸平が住んでいるアパートを訪ねてみたが不在だった。携帯電話にかけてもつながらない。ふたたび実家に戻り、至急連絡を取りたいと母親に告げるとアルバイト先を教えてくれた。

「母親は殺人未遂事件があった夜に車が使用されていたかどうかは覚えていませんでした。また母親は、車の鍵は幸平さんも持っており、使いたいときに自由に使っていたとのことで。ここ一ヶ月ほどは息子と連絡を取り合っていなかったと言っています」

アルバイト先であるコンビニに行くと、幸平は事件があった直後に仕事を辞めたい旨のメールを店長に送り、それ以降出勤していないという。

「アルバイト先の同僚や、母親が知っているかぎりの彼の友人などに事情を聴きましたが、やはり殺人未遂事件があった後から連絡がとれないそうです。岡本真紀と田中祥子の事件発生時の白石のアリバイは判明していませんが、両日ともその時間帯にはアルバイトはしていませんでした。また両親や友人たちからもその日のアリバイは確認できていません。杉本加奈さんに彼の写真を見てもらいましたが、目のあたりの雰囲気が似てなくもないが断定はできないとのことです。また、コンビニの同僚や友人に似顔絵を見せたところ、幸平さんにはあまり似ていないとのことでした」

岩澤が報告すると本部内から溜め息が漏れた。

「ただ、似顔絵の作成に協力してくれた加藤さん自身、あまり自信がないと言っています」

「白石幸平の声に関してはどうなんだ？」

刑事課長が訊ねた。

「友人たちに訊いたところ、声の低さは近いけど、そういう喋り方ではないと言っています。ただ、喋り方に関してはいかようにも変えることができると思っています」

断定することは避けているが、あきらかに岩澤は白石幸平が犯人である可能性が高いと睨んでいるようだ。

「以上です——」

岩澤が座った。

「他に報告はないか。なければ——」

刑事課長の言葉を遮るように、「はい——」という声が後ろから聞こえた。

振り返ると、手を挙げていた蒼井がゆっくりと立ち上がった。その動作だけでも辛いというように顔を歪める。

「以前から……テレビで事件に関する情報提供を呼びかけていましたが……ひとつ……有力と思われるものがありましたので……報告します」

ときおり溜め息をつきながら、一語一句、絞り出すように話し始めた。

蒼井の言葉に本部内のほとんどの捜査員たちの視線が注がれる。蒼井の話に興味があるというよりも、今にも倒れてしまいそうな姿を不安そうに見ているようだ。

「体調が悪いようだが、報告なら後でも……」

「いえ、大丈夫です……一週間前にある女性から連絡がありました」

その山口澄乃という三十三歳の女性は捜査本部に連絡してきたまさにそのときに、交通事故に遭って亡くなったという。山口澄乃は事件に関することを何も口にしていなかったが、蒼井はこの一週間独自に彼女の周辺を捜査していて、ひとりの人物に目をつけた。

山口澄乃の恋人で榊信一という男だ。

蒼井はそこまで話すと辛そうに机の上に手をついてからだを支えた。

「まったく目立ちたがり屋がよッ!」

岩澤が蒼井のほうを見ずに毒づいた。

矢部や捜査員たちはもとより、正面に座っている幹部たちにとってもまったく寝耳に水の話だったようだ。

「で……その、榊信一というのはいったいどういう人物なのかね」

刑事課長も少し困惑したように言葉をつないだ。

「三十三歳のデイトレーダーです。現在は豊洲にある高級マンションにひとりで住んでいます」

　榊はそうとうな資産を持っているようで、田中祥子の事件の直後に現金で梅丘にある屋敷を購入しているという。

「それで、その男が今回の事件の犯人ではないかという根拠は？」

「正直なところ、根拠と言えるほどの材料はまだ揃っていません。山口澄乃は事件に関することを誰にも話していないようですし、もし、捜査本部に知らせるような状況を得たとすれば事故に遭ったその日ではないかと考えられます。ただ、わたしは以前彼と会ったことがあるんです」

「会ったことがある？」

「ええ、病院でひと言だけ言葉を交わしました。その声が『世界の風景』のナレーターに似ていると記憶しているんです。しかも、榊信一は耳が不自由で補聴器をつけています」

　その言葉に岩澤が鼻で笑った。

「その男が乗っている車は？」

　刑事課長が訊くと、蒼井は車種と色を答えた。自分たちが追っているのとは違う国産車だ。

「ただ、彼にはそうとうな資産があるので他にも車を持っている可能性があります」

「榊信一という人物は今回のリストにあるかね」

刑事課長が前列の捜査員に訊いた。捜査員が慌てて資料を調べて、首を横に振る。

「梅丘の屋敷を訪れた山口澄乃が事件に関わる何かを見つけて捜査本部に連絡してきた可能性があると、わたしは考えます」

蒼井が渾身の力を込めるように言った。

「だが、榊が梅丘の家を購入したのはこの二件の事件の後だろう。いったいそこでどんなものを見るというんだね」

「わたしはこの犯人が今回の二件以外にも殺人を行っているのではないかと思っています」

蒼井の言葉に、本部内がざわついた。

蒼井はその声を無視するように、田中祥子の事件の後に発生した四件の死体遺棄事件を挙げた。警視庁管内の事件だけではなく、近隣の県で発生したものも含まれている。

どこからともなく失笑が漏れた。岩澤だろうかと思って見たが、岩澤ではなかった。岩澤は憮然とした表情で正面に視線を据えている。

前を向くと、幹部たちの表情がみるみる険しくなっていくのがわかった。

蒼井の今の発言は、捜査本部としての見立てや方針を全否定するものなのだ。

近頃の蒼井は明らかに焦っているように思えた。

焦る気持ちはわからないでもない。自分の病によって一ヶ月以上も捜査から外れなければならなくなり、復帰しても蒼井が求めているであろう捜査に携われないでいる。そして、次に病院に担ぎ込まれるような事態に陥れば、もはや捜査に携わることはできなくなるだろう。

それは理解できるが、今まで捜査本部の事件に携わったことのない矢部でさえ、今回の蒼井の言動は明らかに勇み足に思えた。

「最近のきみは――」

最前列の真ん中に座っていた捜査一課長が声を発した。

「少し冷静さを欠いているように思えるが」

「刑事としての勘は鈍っていないつもりです」

蒼井が毅然と答えた。

「捜査本部は個ではなく組織として動いているんだ。独断で行動する前に必ず上に情報を上げろ。でなければここにいる価値はない」

捜査一課長が蒼井に厳しい言葉を投げつけた。

その後、白石幸平の所在を早急に確認することを最優先事項として捜査会議は終了した。

講堂内にざわめきが広がった。幹部たちが憮然とした表情をしながら退席する。

苦々しい表情をしながら高杉係長が通り過ぎていく。目で追うと、まっすぐ蒼井のもとに向かっていった。蒼井を壁際に連れていき何やら話をしている。

どうやらスタンドプレーを慎むよう叱責されているようだ。

蒼井は軽く頭を下げると、誰とも目を合わせることなく講堂から出ていった。

42

目を覚ますと、リビングテーブルに置いた携帯に手を伸ばした。

確認してみたが、綾子からの返信はなかった。

この五日ほど、何度となく綾子の携帯に電話をかけていたが、そのたびにすぐに電話を切られてしまった。詫びの言葉を綴ったメールを送り続けているが、まったく返信がない。

おまえが死ね！――

あんなメールを送ってしまったのだから、そう簡単には許してもらえないだろう。

だが、それも時間の問題だと思っている。綾子はきっとふたたび自分になびいてくるだろうという自信があった。

わたしは本当に怒っているんですよ。榊くんがどれぐらい本気で自分に尽くしてくれるかを見てから許すかどうかの判断をします。

連絡はなくともあの女の打算的な匂いに、今頃はそんなことでも思っているのだろうと確信を持った。

もう一度、あの頃の澄乃に会いたい――

別に綾子でなくても、あのときの記憶をよみがえらせることができるだろうが、次に殺す女はあいつだと決めている。

澄乃の骨壺の写真を送りつけてきたあの女が許せない。

だが、今の自分には、あの女の駆け引きに付き合っていられる時間もないことも悟っていた。最近では、二階の寝室に上がることさえ困難で、リビングのソファで横になる日々が続いている。自分のからだが限界に差しかかっていることを痛感した。

本当なら綾子にここに来てもらって欲望を果たしたいのだが、もはやそんなことも言っていられないだろう。

早くしなければ――

榊はそうからだに訴えかけると、気力を振り絞ってソファから起き上がった。

池袋にある綾子のマンションに行ってみよう。

何をするのも億劫で何日も風呂に入っていなかったが、今日ばかりはそういうわけにはいかない。シャワーを浴びるために浴室に向かった。

服を脱いで、鏡に目を向けたとき、ぞくっと背中が粟立った。

誰か知らない者がいると思って鏡を覗き込んだが、そこに映っていたのは自分だった。

骨と皮だけのミイラみたいな姿だ――

43

激しい物音がして、蒼井はゆっくりと瞼を開いた。

眩しい光に目を瞬いた。誰かが窓をどんどんと叩いている。よく見ると制服警官だった。

いったいここはどこなのだろう――

朦朧とした頭であたりを見回した。車の運転席に座っていた。ぎこちない手つきで運転席の窓を開けると制服警官が覗き込んできた。

「大丈夫ですか？」

制服警官が訝しそうな眼差しを向けながら問いかけてきた。

「ええ……どうしたんですか？」

蒼井はわけがわからずに問いかけた。

「近隣のかたから通報がありましてね。マンションの前にずっと停まっている車があるけど、どうも車内の様子がおかしいようだと。ここでいったい何をしているんですか」

詰問口調で警官が訊いたが、答えることができなかった。

自分はこんなところで何をやっているのだろう。

それを思い出そうと、窓の外に視線を配った。目の前にマンションの地下駐車場の出入り口があった。

それを見てようやく思い出した。自分は榊の行動を監視していたのだ。

時計に目を向けた。午後二時を過ぎている。たしか、午後四時頃にここに車を停めたはずなのだが、どうして……

「一応、話をお聞きしたいので交番まで来ていただけますか」

感染症に罹るのを恐れてマスクをしている。さぞや怪しい人物に映っているのだろう。

「実はわたし……こういう者なんです」

慌ててジャンパーのポケットから警察手帳を取り出して示すと、制服警官の顔つきが変わった。

「事件の捜査で」

そう言うと、制服警官が困惑したように「大変失礼いたしました」と身を引いた。

「いえ。ご苦労様です」

蒼井が声をかけると、制服警官はきまりが悪そうな表情でその場から立ち去っていった。

制服警官の姿が見えなくなると、混濁した思考を整理しようと、腕時計に目を向けた。

十一月十七日の午後二時過ぎだ。

十三日の夜の捜査会議の後、高杉に呼び止められて少し休養を取るように言い渡された。

長年仕えてきた高杉の信頼を失ったことに激しい衝撃を受けながら、それもしかたないことだと心の中で納得した。

以前の蒼井であれば、捜査本部の和を乱すようなこんな強引なやりかたはしない。それなりに順序立てていれば、高杉も他の幹部もきっと自分の意見に耳を傾けてくれたはずだ。それは理解している。

だが、今の自分にはそれだけの余裕がなかった。

からだも、そして心も……いつ果ててしまっても不思議ではないほどぼろぼろになっているのだ。

自宅に帰ると、仏壇の前で横になりながら由美子に一晩中語りかけた。

自分は間違っているのだろうか。人生の最後に家族だけではなく、大切な人たちの信頼も失おうとしている。それでも、満足に機能しないからだの中で、刑事としての嗅覚だけは確かに告げているのだ。

あいつが、犯人だと——

翌日、蒼井は自宅の車に乗り込むと、榊のマンションに向かった。

こんなことが本部に知られれば、自分はそれなりの懲罰を受けることになるだろう。今まで築き上げてきた刑事としての誇りを、自らの手で崩してしまうことになるかもしれない。

だが、それでもよかった。

あの男が尻尾を出すそのときまで、そして自分の力が尽きるまで、猟犬としての本能に従うつもりだった。

女性を物色するなら夜に動くのではないかと、午後の四時から深夜まで榊の車が出てこないかと監視していた。

二日間は榊に動きはなかった。それは断言できる。だが、昨晩のことに関してはあまり記憶がなかった。おぼろげに覚えているのは自分の意識がひどく混乱していたことだ。

自分がどこにいるのか、ここで何をしようとしているのかわからなくなった。

どうやら終末期の患者によくあらわれるという、せん妄という症状が出てしまったようだ。時間や場所がわからなくなるといった意識障害や、幻覚を見たり、妄想を抱いたり、焦燥や興奮に駆られるなどの状態になるらしい。

こんな状態でいる間に、もしかしたら榊は次の犯行を遂げてしまったのではないか――

蒼井は唇を嚙み締めて自分を責めた。

マンションの駐車場から車が出てくるのが見えて、身を乗り出した。

榊の車だ——

蒼井は慌ててギアをドライブに入れるとアクセルを踏んだ。気づかれないように適度な車間を開けて榊の車の後を追った。

池袋にあるマンションの前で車が停まった。

蒼井は十メートルほど後方の場所で車を停めて様子を窺った。

榊が車から降りてきた。目の前のマンションを見上げると、ゆっくりとした足取りで中に入っていった。

三階建のマンションだからエレベーターはついていないようだ。マンションの外階段に榊の姿を捉えた。じれったくなるほどゆっくりとした足取りで階段を上っていく。途中で何度も立ち止まりながら二階に着くと榊の姿が消えた。二階の住人を訪ねたようだ。

どの部屋に行ったのか知りたかったが、マンションの中に入るわけにはいかない。

しばらくすると外階段に榊が現れた。ふたたび、足場の悪い山道を歩くような慎重な足取りで階段を下りた。マンションから出ると車に乗り込んで走らせた。

後をついていくと、近くにあるコインパーキングに車を停めた。だが、榊はいっこうに車から出てこない。

どうやらあのマンションの住人が帰ってくるのをあそこで待つらしい――

榊は体調がよくないらしいと、先ほどの光景を思い出しながら考えていた。

以前会ったときにも具合が悪そうだったが、それは恋人を失った心労だけではなさそうだ。

そんな状況のときに出かけてまで、榊はあのマンションの住人にいったいどんな用があるのだろう。

蒼井は車を動かして近くに他のコインパーキングがないか探した。榊が車を停めた場所から少し離れたコインパーキングに駐車した。

からだを動かすのが苦痛だったが、ここにいては榊の動きがつかめないと思い、助手席に置いたジャンパーを手に取って車から降りた。

たしか、マンションの向かいに公園があった。あそこで様子を見ることにしよう。

途中にあった自販機で温かい紅茶を買うと公園に入った。ジャンパーのポケットに手を突っ込みながらベンチに座った。

以前は、灼熱の日差しと暑さが自分のからだをなぶっていたが、今は冷たい風が鋭い切っ先となって内臓や骨に突き刺さるような痛みを与える。

だがそれ以上に今の自分を苦しめるのは激しい倦怠感だ。終末が近づくと、痛み以上に、全身のだるさに襲われるという。立ち上がることも、足を一歩前に踏み出すことも、今まで無意識のうちにしていた動作をすることにさえ相当な意志の力を強いられる。がん細胞によってからだの機能が奪われていき、徐々に肉の塊になりつつあるのを痛感させられていた。

ポケットから缶の紅茶を取り出した。プルタブを開けようとして、それだけの力もこもらないことに気づき愕然とした。

蒼井は缶の紅茶を両手で包み込みささやかな暖をとりながら後ろを振り返り、垣根越しに見えるマンションに視線を据えた。

44

捜査会議が終わって道場に着替えに行く途中で、瑞希からメールが届いていることに気づいた。

『父は元気にしていますか?』

その文面を見ながら、矢部は首をひねった。

『蒼井さんは家にいるはずですよ』

四日前の捜査会議の後、高杉係長から何か言われたようで、蒼井はそれから署にはやってきていない。

『家にはいません。ゆっくりと家で静養しているはずだ。弟に訊いてもずっと戻ってきていないと言っています。そちらにはいないんですか？』

『ええ。蒼井さんは三日前から署には来ていません』

メールを返してから気になったままでいると、二時間ほど経ったときにメールがあった。

『警察署の前にいるんですが今、お忙しいですか？』

その文面を見ると返信するまでもなくすぐに一階に向かった。警察署を出ると歩道に立っている瑞希を見つけた。

「ごめんなさい……」

矢部の姿を見るなり、瑞希は少しうろたえたような表情で頭を下げた。

「いいえ。それよりもライブのツアーは大丈夫なの？」

「昨日から関東に戻ってるんです。今日はオフだったので父の様子を聞きたくて。父のことが気になって仕事にも集中できないんです……」

「蒼井さんは体調はよくないみたいでずっと仕事を休んでいます。てっきり家で休んでいると思ってたんだけど。蒼井さんの携帯は」

「何度かけてもつながらないんです。親戚に連絡してみたんだけど心当たりはないって。まさか自分の病気を悲観して……」

不安そうな眼差しを向ける。

瑞希も蒼井の病状を知っていたのだ。

「いや、それは絶対にないと思います」

蒼井はそういうタイプではない。

子供にこんな心配させて、蒼井はいったいどこにいるのか——

ひとつだけ思い浮かぶことがあった。

蒼井がこの前の捜査会議で報告していた榊信一という男——蒼井はひとりで捜査を続けているのではないだろうか。

「何か心当たりがあるんですか」

矢部の表情で何かを察したのか、瑞希がすがるように訊いてきた。

「いや……」

こんなことを本部の幹部や、ましてや岩澤に話すことなどできない。そんなことをすれば蒼井には何らかの制裁が下されるだろう。だけど、自分ではどうすればいいのかわからない。

ひとりだけ相談できそうな人の顔が浮かんだ。

「ちょっと来て」

矢部は瑞希の手を引くと警察署に入った。すぐに警務課の部屋に向かう。ドアを叩くと安東が顔を出した。

「やあ、矢部くん」

「すみません。ちょっとお話ししたいことがあるんですけど」

「どうしたんだい？」

安東が少し首をかしげながら矢部から瑞希に視線を移した。

「瑞希ちゃん、こんにちは」

「この前病院でお会いした……」

「まあ、中に入りなさい」

安東が微笑みかけた。

「まったく世話の焼ける男だねえ」

矢部から一通りの話を聞くと、安東がそう言って茶を飲んだ。

だが、困惑したり、怒ったりしている様子は窺えない。

「どうすればいいんでしょうか……」

矢部は呑気に茶を飲んでいる安東に問いかけた。

「どうするって……蒼井くんが連絡をよこしてくるまで待っているしかないでしょう」

「そんなッ」

矢部の隣に座っていた瑞希が身を乗り出した。

「父は体調がよくないんです。よくないなんていう以前に、仕事なんかできるからだじゃないんです。今頃、どこかで倒れているかもしれない」

取り乱すように言った。

「お父さんの病気を聞いたんですか」

安東が一瞬寂しそうな眼差しになって訊くと、瑞希が頷いた。

「末期の胃がんで残り数ヶ月も生きられるかどうかって……安東さんもご存じだったんですか？」

「彼はわたしには嘘はつけませんよ」

「この前お会いしたときはお名前をお聞きしただけでしたけど、安東さんは父の……」

「所轄時代の彼の上司でした。瑞希ちゃんが三歳ぐらいのときに一度お宅に行ったかな。それに由美子さんの葬式のときにも。本当に惜しい……」

安東が言うと、隣からすすり泣きが聞こえてきた。

「まさか、お母さんがあんなことになっちゃうなんて……倒れる直前までわからなかった。お別れもちゃんと言えなかった……」

瑞希がうつむいた。膝の上にぽたぽたと涙が垂れ落ちている。

「蒼井くんもさぞやショックだっただろう。葬儀のときには気丈に振舞っていたが」

「そんなことはないと思います」

瑞希がうつむきながら呟いた。

「どうしてだい？」

「父は家族を捨てたんです。家族よりも仕事を取ったんです。お母さんや、わたしたちのことなんかどうでもいいと思ってるんです」

「そんなことはないと思うよ」

安東が優しく話しかけると、瑞希が顔を上げた。

「現に今だってそうじゃないですか！　もうすぐ会えなくなってしまうっていうのにわたしたちのことなんか放って仕事してる。警察官はたくさんいるけどわたしたちのお父さんはひとりしかいないっていうのにッ！」

「お父さんなりに悩んだ結果じゃないかな」

「そんなんじゃないです。お父さんはもともと家族のことなんかどうでもいいんです。お母さんのことだって自分がいい仕事をするための便利な家政婦ぐらいにしか思ってなかった。お母さんが倒れて意識不明になったときだって、連絡しても駆けつけて来なかった。ずっと連れ添ってきた妻なのに……自分のことをあれほど支えてくれた人なのに……そんなに仕事が大事なんでしょうか。わたしもそう割り切ろうとした。父のことなんか見捨てて仕事に専念しようと思った。だけど、できない……わたしはお父さんみたいに冷血じゃないから」

瑞希が今まで抱えていたであろう不満を一気に吐き出した。

「蒼井くんは冷血なんかじゃないよ。むしろ、血が熱すぎるぐらいだ」

「それは仕事に対してで家族に対してじゃないでしょう。お母さんとの最後の時間よりも仕事を選んだんですから」

「お母さんはきっとそれでいいと思っていたんだよ」

「どうしてそんなことが言えるんですか」

食ってかかるような口調だった。

「お父さんとお母さんの馴れ初めを聞いたことはあるかい？」

安東が瑞希の怒りを包み込むようにして問いかけた。

「ありません」

首を横に振った。

「聞きたいかい？」

瑞希がこくんと頷いた。

「由美子さんは蒼井くんと出会うまで洋服を作る会社に勤めていたんだよ。アパレルなんとかというのかね……そこで働きながらデザイナーを目指していたそうだよ」

「お母さんがデザイナー？」

初めて聞く話だったようで、瑞希が意外そうな顔をした。

「どうしてそんなお母さんと警察官のお父さんが……」

「二十五年前にある殺人事件が起きたんだ」

安東の話を聞きながら、矢部も自然に身を乗り出していた。

瑞希の母親である由美子が住んでいたアパートの隣室で殺人事件が起きたそうだ。

その捜査を担当したのが所轄署の刑事だった蒼井で、被害者の女性の隣に住んでいた由美子に事情を聴きに行ったことが出会いのきっかけだったという。

最初に、隣の様子がおかしいと警察に通報したのは由美子だった。被害者の女性は普段から奔放な性格だったらしく、毎晩のように男を連れ込んでは騒いでいたという。由美子は日頃からそのことを迷惑に思っていたらしく、隣から物音が聞こえても気にしなかったそうだ。

だが、あまりの物音の激しさに隣の壁を強く叩いた。

そのとき、壁から「助けて……」という女性の声が漏れ聞こえてきたそうだ。

由美子はその声を聞いた瞬間、恐怖のあまり金縛りにあったようにしばらく動けなくなったという。やがて、隣のドアが開く音がした。こつこつと外の廊下から響く足音を部屋で震えながら聞いているしかなかった。

被害者の女性は由美子と同い年だったそうだ。首を絞められて殺されたうえ、部屋は物色されていた。

犯人のものと思われる指紋が残されていたが、捜査は難航したという。

由美子は毎日のように警察にやってきて、捜査の進展を訊ねた。もっと早く警察に通報していれば女性は死なずに済んだのではないかと自分を責め、あのとき勇気を振り絞ってドアスコープからでも犯人の姿を目撃していれば、有力な情報になったのではないかと悔やんでいたそうだ。

由美子はそれらの心労が祟《たた》ってか勤めていた会社を辞め、罪の意識に苛まれるように家に引きこもるようになってしまったという。

そんな傷心の由美子を慰め続けたのが蒼井だった。

蒼井は「事件が起きたのはあなたのせいじゃない」と由美子を諭し、「必ず犯人を捕まえるから」と約束した。

「あるときね……蒼井くんからこんなことを相談されたんだよ。由美子さんと交際しているが、決して結婚を了承してくれないんだと。自分が幸せになることに罪の意識を感じているようで結婚に踏み切れないと言うが、どうすればいいだろうかってね」

「それで……何てアドバイスをしたんですか」

瑞希が興味深そうに訊いた。

「何もアドバイスできなかった。だけど、それからどういう経緯があったのかは知らないけどふたりは結婚して、瑞希ちゃんたちが生まれたんだよ」

安東の話を聞いて、瑞希はしばらく呆然としているようだった。

「ところでその事件の犯人は？」

矢部は気になっていることを訊いた。

「まだ捕まっていないね。蒼井くんはその事件があってから所轄の刑事ではなく捜査一課に入ることを強く熱望するようになったんだ。多くの陰惨な事件と、たくさんの人たちの悲しみや慟哭が渦巻く世界にね」

蒼井は今でもその事件と闘っているのだろう。

いつか蒼井はこんなことを言っていた。

自分が何かを見過ごしたせいで犯人を見逃しているんじゃないだろうかと怯えているだろ

うと。

犯人を捕まえないかぎりその思いはいつまで経っても消えてくれない。死ぬまでその思いを抱えて生きていくことになる。それがこの仕事の原動力だと。

蒼井は妻のためにその犯人を追い求めているのではないかと思った。いつか妻に再会できたときに、あのときの犯人を捕まえたと報告したいために、自分の命を懸けて捜査に奔走しているのではないか。

「お父さんの……」

瑞希の声に目を向けた。

「お父さんの職場を見てみたいんですけど……」

安東が頷いた。

「矢部くん、連れて行ってあげなさい。わたしが許可したと言っていいから」

矢部は頷いて瑞希とともに立ち上がった。警務課の部屋を出ると階段を上がって講堂に向かった。

瑞希はためらうようにしながらゆっくりと講堂に足を踏み入れた。一番後ろの台に目をとめて近づいていく。岡本真紀と田中祥子の遺影に手を合わせた。そして、多くの捜査員たちの息遣いで満たされた帳場をゆっくりと見回している。

45

目を覚ますと、あたりは薄闇に包まれていた。

ルームライトをつけて時計を見ると、夜の八時を過ぎている。

榊は車から出ると、綾子のマンションに向かった。外から二〇一号室を見上げた。窓から明かりが漏れている。

エントランスに入る前に、ドアのガラスに映る自分の姿を確認した。

自分の本性を包み隠した、弱々しく優しげな男の姿がそこにあるのを認めるとマンションに入った。

階段を上がり、二〇一号室に向かう。

インターフォンのボタンを押すと、「はい――」という声がした。

綾子だ。

「どちらさまですか」

すぐに答えないでいると、少し警戒するような声音に変わった。

「ぼくです……榊です……」

榊が弱々しく答えると、インターフォン越しでも綾子が絶句したのがわかった。

「切らないで！　話だけでも聞いてほしい」

「話っていったい何ですか？　榊くんがあんなひどい人だとは思わなかった。帰ってくださいッ」

「あのときのことは本当に申し訳なかったと思ってる。どうかしてた……いや、ここのところずっとどうかしてるんだ。とにかくきみに謝りたい。どうしてあんなメールを送ってしまったのか話だけでも聞いてほしい」

榊は切々と訴えかけた。

綾子はずっと沈黙している。だが、完全に拒絶するつもりならインターフォンを切っているだろう。

「家に上げてくれとは言わない。向かいの公園で待ってる。来てくれるまでずっと待ってるから」

榊はそう言い残すと階段に向かった。マンションを出て公園に入ると、ちらっと綾子の部屋を見上げて、ベンチに座った。

綾子はなかなか現れない。きっと、榊がどんな殊勝な姿でいるのかあの部屋から見下ろしているのだろう。

三十分ほどうなだれたようにしていると、後ろから足音が聞こえてきた。

必死に許しを乞うような情けない顔を繕ってから立ち上がって綾子に目を向けた。

榊の顔を見た綾子が驚いたように息を呑んだのがわかった。

「榊くん、どうしたの……その……」

最悪、土下座でもしようかと考えていたが、今の自分の姿はそれ以上の効果があったようだ。

「本当のことを伝えようと思って。ぼくは末期の胃がんに罹っているんだ」

「嘘……」

綾子が驚いたように口に手を当てながら言った。

「本当だ。きみたちがうちに遊びに来てくれたすぐ後かな……体調が悪くて高木さんの病院に検査に行ったんだ」

「そう言えば……そんな話をしてたよね……」

「そしたら末期の胃がんだと告げられた。スキルス胃がんというやつだそうで、余命はわずかということだった」

「そんな……」

「ずっと自分は死ぬんだってことを考えてた。死ぬのが怖い……死ぬのが怖い……そんなときにあのメールが送られてきて、骨壺の写真を見たら……もうすぐ自分もこうなってしまうんだって思って……」

「そうだったんだ……わたしのほうこそ、知らなかったとはいえあんなメールを送ってしまって本当にごめんなさい」

「きみは悪くない。きみと付き合いたいなという気持ちはあったけど……ぼくはもうそんな状態だし迷っていたんだ。そんなときに高木さんから病気の話を聞いた澄乃が家に押しかけてきたんだ」

「押しかけてきた？」

榊は頷いた。

「いろいろと世話を焼いてくれたけど……彼女が何を考えているのかそのうちにわかってきた。きみの言うとおり、澄乃は打算でぼくと付き合っていたんだろう。余命わずかなぼくと再婚して、それで……」

いくら欲望を果たすためとはいえ、澄乃のことをそういう風に言うのは辛かった。

「ひどい……」

綾子が呟いた。

「たしかにぼくには生きている間にはとても使いきれない財産があるからね。心の片隅では澄乃が思っていることに気づいていたけど、でも寂しくて、怖くて……このままひとりで死んでいくのが怖くて……」

「榊くんはひとりじゃないよ」

綾子が榊に抱きついてきて言った。

「だけど……こんなぼくを愛してくれる人なんてもう……」

「ずっと言っているじゃない。わたしは榊くんのことが好きだって。わたしがずっと最後までそばにいてあげる」

綾子がそう言って榊に口づけをしてきた。思いっきり舌を絡ませてくる。その瞬間、何かの劇薬を飲まされたように、激しい衝動が突き上がってきた。

この女の首を絞めつけながら、もう一度、あの頃の澄乃に会いたい。

「駄目だよ。我慢できなくなっちゃうよ」

榊は綾子の唇を引き離した。

「それじゃわたしの部屋で……少し散らかってて恥ずかしいけど」

綾子はそう言うと、榊の肩に手を添えて出口に向かった。

公園から出るときに、慌てたように物陰に隠れた人物を視界の隅に捉えて愕然とした。

蒼井だった――

どうしてあの男がここにいるのだ。まさか、自分が殺人事件の犯人だと察して行動を監視しているのか。

榊はそれとなくあたりを見回した。だが、マンションの周辺に蒼井以外の人の気配は窺えなかった。

「どうしたの？」

マンションの前で立ち止まった榊に綾子が声をかけた。

「いや、何でもない……」

そう答えると、綾子に続いてマンションに入っていった。

二〇一号室に向かう間にも、とめどなく湧き上がってくる衝動を抑えるのに必死だった。

階段を上っていく綾子の後ろ姿を見つめながら、早くあの首を絞めつけたいという欲求にのたうち回りそうになる。

だが、少しでも早く綾子の部屋にたどり着きたいという思いとは裏腹に、からだが言うことを聞いてくれなかった。階段を一段上がるだけで内臓に激しい痛みが走る。

ようやく部屋に入ると、玄関口で綾子がふたたび榊の唇を吸ってきた。

榊は後ろ手にドアの鍵をかけると、綾子の首に両手を添えた。

駄目だ——このまま絞めつけても、きっと殺せるだけの力を込めることができないだろうとからだが訴えている。

「少し休ませてもらってもいいかな」

榊はそう言って綾子から離れると、靴を脱いで部屋に上がった。すぐ目の前にあるベッドに崩れるように倒れた。

「大丈夫？」

綾子が心配そうに訊いてくる。

「ああ、大丈夫だ……少し疲れただけだから」

榊は綾子から視線をそらした。天井を見つめながら、からだの中を駆け回っている不快な痛みを何とか鎮めようとした。

ここまで来てどうしてッ――！

早く……早く……

悔しい思いを噛み締めたが、胃のあたりからこみ上げてくる苦しさはいっこうに収まらない。天井を見つめている視界がだんだんかすんできて、意識が混濁していくようだ。

下半身のあたりに気配を感じた。少しだけ顔を持ち上げると、綾子がベッドの横に座って榊の下半身を撫でているのが見えた。

何をしてるんだ――やめろッ――

叫んだつもりだったが、声にならなかったようだ。

綾子は榊のベルトを外してズボンのジッパーを下ろした。パンツを脱がせると、あらわになった榊の性器をもてあそぶようにいじりだした。しぼんでいた性器が綾子の愛撫で徐々に硬くなり、熱を帯びてくる。

綾子は立ち上がるとジーンズとパンティーを脱いだ。下半身の上に乗ると、榊の性器をつかんで自分の陰毛にこすりつける。榊の性器をつかんで自分の中に入れるとゆっくりと腰を動かしだした。最初はゆっくりだった動きが、喘ぎ声とともにだんだん激しくなっていく。

綾子は服を脱ぎ捨てると榊の手をつかんで自分の胸に持っていった。

「揉んで、強く揉んで……もっと強く――」

榊の上で獣のような咆哮を上げる女を見ているうちに、胸の底から激しい感情が突き上げてきた。

殺せ……殺せ……

耳鳴りのように響いてくるその声に従うように、榊は乳房に添えていた両手を綾子の首もとに持っていった。

そうだ……そのまま絞めつけろ――目の前の女の首を絞めつけろッ――

そのとき、澄乃と目が合って榊はぎょっとした。

小学生の澄乃がじっとこちらを見つめている。唇を苦しそうに歪め、悲しそうな眼差しでじっと榊のことを見ている。

その瞬間、榊はあのときの光景を、今まで断片的にしかなかった記憶をすべて思い出した。

ここでこの女を殺してしまってはだめだ。マンションのそばにいる蒼井に捕まえられてしまうかもしれない。自分にはやるべきことがある。

目の前の女を殺したいという欲望に全身を支配されそうになりながら、必死に抗った。

榊は首にかけていた手を少しずつ離していくと、最後の力を振り絞って綾子を押しのけた。

「いったいどうしたっていうの？」

ベッドの下に倒された綾子が啞然としたように榊を見つめた。

46

蒼井は二階の角部屋の窓から漏れる明かりに視線を据えながら、じっと耳を澄ませていた。

榊と女性がマンションに入っていってすぐに明かりのついた部屋だ。おそらく榊と女性はあの部屋にいるのだろう。

何か異変を感じたときにすぐに対処できるようにあの部屋を注視しているが、いざ何かあったときにはどうすればいいだろうか。

今の自分の体力では、たとえ二階といえどもベランダを伝って向かうことは難しいだろう。

蒼井はあたりを見回して公園の垣根に向かった。それなりの大きさの石をつかむと、ふたたびマンションに戻った。

最悪のときには、この石をあの窓にぶつけて気を引くよりしかたがない。

それにしても――

公園でのふたりのやり取りを聞いて、蒼井はにわかには信じられない思いを抱いていた。

榊はあの女性に自分が末期の胃がんで余命わずかな身だと話していた。

蒼井よりもかなり若い榊が自分と同じ病を抱え、しかも、いつ死ぬとも知れない身だという。

だが、思い返してみれば榊と初めて出会ったのは病院だった。倒れそうになった蒼井を支えてくれた榊は、これからの人生に一点の曇りも見えないような笑顔を向けていた。

おそらく、あのときには自分の病名を知らされていなかったのだろう。

マンションのエントランスから物音が聞こえてきて、蒼井は路地に身を隠した。

「榊くん、いったいどうしたのよ――」

女性の声に続いて、エントランスから榊が出てくる。

榊は女の呼び声に反応することもなく、ふらふらした足取りでコインパーキングのほうに向かっていく。

蒼井は自分の車を停めたコインパーキングに向かった。気持ちはこんなに逸《はや》っているのに、足が思うように動かずなかなかコインパーキングが近づいてこない。ようやく車に乗り込むと、急いでエンジンをかけて榊のもとに向かった。

コインパーキングが見える場所に車を停めた。榊の車がまだ停まっているのを見てほっと息をついた。車内に人影が見えた。

だが、しばらく車のほうを見つめて、何か様子がおかしいことに気づいた。

運転席に座った榊はハンドルに突っ伏すようにして動かない。寝ているようにも感じたが、同時に嫌な予感もこみ上げてくる。

先ほど、公園で榊が言っていた話が本当であれば、病状が急変して倒れているのではないかと。

だが、そばまで様子を見に行けば、蒼井が尾行していたことが榊にばれてしまう。

どうしたらいいだろうか……。

蒼井は車を動かした。コインパーキングの前を素通りしながら、気づかれないように様子を見てみようと考えた。

徐行しながらコインパーキングの前を通った。榊の車の前を通過したときに、フロントガラスに赤いペンキをぶちまけたような跡が見えた。

それを目にした瞬間、蒼井は車を停めた。急いで降りると榊の車の運転席の窓を叩いた。

だが、榊はこちらに目を向けることなく、ハンドルに突っ伏しながら苦しそうに呻いている。

「大丈夫か……大丈夫か……？」

蒼井は運転席のドアを開けて榊に呼びかけた。

榊は少しだけ反応したが、すぐに口から血を吐き出した。蒼井はポケットからハンカチを取り出して榊の口もとを拭い、シートを倒して横に寝かせた。

蒼井は携帯電話で救急車を呼んだ。救急車が通れるよう自分の車をコインパーキングに停める。五分ほどすると救急車が到着した。

「お知り合いのかたですか」

榊を担架に載せると救急隊員が訊いた。

「まったく知らないわけではありません」

隊員に同乗してくださいと言われ、蒼井は救急車に乗った。

「かかりつけの病院などはありますかね」

隊員から訊かれ、蒼井は「ちょっと待ってください」と携帯で高木に連絡した。

「もしもし……どうされましたか？」

こんな時間に蒼井から電話があったからだろうか、高木の声が少し訝しそうなものに思えた。

「榊信一が血を吐いて倒れました。今、救急車に乗せてますが、高木さんの病院に搬送したほうがいいんでしょうか」

蒼井の言葉を、高木はすぐに理解できなかったようだ。

「――榊が倒れた？」

「そうです」

「すぐに病院に向かいますのでそちらに搬送するよう伝えてください」

「わかりました」

電話を切ると救急隊員に病院名を告げた。担架に載せられた榊に目を向ける。

先ほどからうわ言のように何かを呟いているが、聞き取れなかった。蒼井は榊の口もとに耳を近づけた。

スミノ……スミノ……やっとわかったよ……自分の……使命が……

榊が熱に浮かされたようにからだを震わせる。痙攣させながら両手を突き出してくる。意識がないながらも何かの意志に従うように両手に力を込めた。

「蒼井さん――」

薄暗い廊下のベンチで待っていると声をかけられた。

顔を上げると目の前に高木が立っている。

「榊の具合は……」

蒼井は訊いた。

「何とか持ち直しました。早く病院に搬送してもらえたおかげです」

「そうですか……」

高木の言葉を聞いて、蒼井は安堵の溜め息を漏らした。

犯人を失わずに済んだ。

「それにしても――蒼井さんはどうして榊のそばにいらっしゃったんですか」

友人を助けてくれた感謝と同時に、どこか探るような眼差しだった。

「尾行していたんです」

蒼井は正直に答えた。

その答えに、高木の表情が険しくなった。

「わたしは……彼が今回の事件の犯人だと思っています」

そう言い切ると、高木が愕然としたように目を見開いた。

「何をおっしゃっているんですか。あいつが……あいつが人を殺すだなんてあり得ませんよ。そんなこと……」

高木が動揺を隠せない口調で言い返す。

「何か……あいつがやったという証拠のようなものはあるんですか」

蒼井は首を横に振った。

「刑事の勘です」

「勘って……」

蒼井の言葉に、怒りとも呆れともとれる表情をした。

「ですが確信しています」

「勘でそういうことを人に話すのはどうかと思います。それに……そんなことに蒼井さんの貴重な時間を費やすのは無駄なことだとわたしは断言しますよ」

「彼はあとどれぐらいもつんですか」

蒼井は立ち上がった。地に足がつかないような感じがする。

「そんなこと――」

言えるわけがないと手で拒絶を示した。

「逮捕したら事情聴取に耐えられるからだなんですか。多くの被害者の無念を晴らせるだけの時間は残されているんですか！」

蒼井は問い詰めるように高木に訊いた。

「それは警察の見解なんでしょうか」

高木がふらついた蒼井の肩を手で支えた。じっと見つめてくる。

蒼井が答えないことが答えだと察したように、小さく頷いた。

「今のあなたの言葉はとても受け入れられない」

じっと蒼井の目を見つめて、高木が冷静な口調で言った。

「福田先生からいろいろと聞いています。今の蒼井さんはとてもまともな仕事ができる状態じゃない。そうでしょう？」

諭すように頷きかける。

否定できなかった。確かに、自分のからだがすでに限界に達しているであろうことは嫌というほど感じている。

からだの中で何かが暴れ回っている。日に日に増殖していくそれらが蒼井のからだだけでなく心まで蝕んでいく。

榊を追い続けるという執念だけが、自分の気力をかろうじて支えていた。

その姿が目の前から消えてしまった今――一歩足を踏み出すだけの力すら湧いてこないのだ。

「このまま入院されたほうがいい。担当ではないですが、あなたにも無駄に命を削ってほしくない」

「わかりました。ただ、最後に仲間に報告にだけ行きたいので……」

「電話ではだめなんですか？」

「すぐに戻ってきますから」

そう言うと、高木を振り切ってふらふらとエレベーターに向かった。ロビーの公衆電話でタクシーを呼ぶと出口に行く。

「日暮里警察署まで……」

蒼井は運転手に告げると、目を閉じて後部座席に横になった。

肩を激しく揺さぶられて目を開けた。どうにかからだを起こして運転席から手を差し出している運転手を見た。

「着きましたよ――」

そう言った運転手の顔がぼやけている。

「ああ……」

蒼井はポケットから財布を取り出した。だが、手が震えていてうまく札を取り出せない。中に入れている札の種類すら判別できないでいる。適当に二、三枚つかんで投げるように運転手に渡した。

「こ、こんなにいいんですか？」

運転手の驚いたような声が聞こえたが、蒼井はかまわずタクシーから降りた。

警察署に向かうと、入口に立っていた制服警官がこちらを見て敬礼した。だが、その男の姿が視界の中でぐにゃぐにゃと揺れている。

蜃気楼の中をさまようように蒼井はひたすら階段を探した。ようやく階段らしいものにたどり着き、一段、一段上っていく。

「蒼井さん、どうしたんですか」

途中で何人かの者に声をかけられたが、自分の足もと以外に意識を向けられない。

何とか三階までたどり着くと、ゆらゆらと波打つ廊下を歩いていった。講堂が見えてきた。ドアは開け放たれていて、近づいていくごとにざわめきが聞こえてくる。

今何時だろう——

時間の感覚すら定かではないが、捜査員たちは今もあの中で働いている。殺人犯を捕まえるために必死に闘っているのだ。

信頼する仲間たちがあの中にいる。

もう少しだ――あともう少しでこれを託せる――

蒼井はポケットの中からハンカチを取り出した。

光の中に足を踏み入れた瞬間、さっとざわめきが消えた。

どうした――みんな、どこに行ってしまったんだ。

どこに目を向けても、自分の知っている世界はなかった。ここはいったいどこなんだ。視界の中でどす黒い影が広がっていく。

「蒼井さん――」

矢部の声が聞こえた瞬間、視界が真っ暗になった。


蒼井さん――！　蒼井さん――！

その声に瞼を開くと、うっすらと人の顔が浮かんできた。矢部だ――

矢部が必死に話しかけているようだ。

こんなところで何をしているんだ。仕事は……仕事はどうした……

ぼんやりとしていたまわりの光景が少しずつ輪郭を取り戻していく。どこかで見たような光景だ。しかもそれほど遠い昔ではない……

救急車だ。おれは救急車の中にいるのだ。どうして……救急車の中にいるのだろう。講堂に行ったつもりが、どうして救急車に乗っているのだ……まったくわからない。何かを伝えなければと思っていたが、それが何だったのかすら思い出せない。おれはこのまま死んでしまうのだろうか……それとも、もう死んでいるんだろうか。

「蒼井さん――！　蒼井さん――！　しっかりしてくださいッ！」

悲鳴のような声が耳に突き刺さって、切れそうになっていた意識が少し息を吹き返してきた。

そうだ……おれはまだ死んでいないのだ。まだ死んではいけないのだ。これを伝えなければ……これを伝えなければ死ねない……

蒼井は必死に矢部に向かって手を差し出した。矢部がその手を握り返してくる感触があった。

「これを……これを頼む……榊の血……」

そこまで言うと、ふたたび視界が真っ暗になった。

47

駆けてくる足音が聞こえてきて、矢部はベンチから立ち上がって振り返った。瑞希がこちらに向かってくるのが見えた。

警察署から帰っていったそのすぐ後にこんなことになってしまうなんて。

「お父さんは――！」

瑞希が叫んだ。

「今、先生が処置をしてくれています」

「どうして……どうして……」

瑞希はそれ以外の言葉が思いつかないほどうろたえている。

矢部は何とか瑞希を落ち着かせようと、肩に手を添えて隣に座らせた。

「とりあえずここで待っててくださいと言われたので」

真夜中ということもあってか、半分明かりの落ちた受付には他に人はいない。重苦しい静寂の中で、ひたすら誰かが来るのを待っているしかない。

じっとうなだれている瑞希を見て何か声をかけなければと思ったが、言葉が見つからない。何か言葉を発した瞬間、瑞希が必死に押し留めているものをあふれさせてしまいそうで怖かった。

じりじりとした時間を噛み締めていると、人がやってくる気配があった。

矢部と瑞希は同時にそちらを向いた。白衣を着た医師が歩いてくる。

「先生――！」

弾かれたように立ち上がった瑞希につられて矢部も腰を上げた。

「お父さんは……」

その先を訊くのが怖いというように医師を見ている。

「大丈夫ですよ」

優しそうに告げた医師の言葉に、瑞希は力が抜けたようにベンチに崩れた。

「ありがとうございます……ありがとうございます……」

瑞希は口もとに手を当てて嗚咽を嚙み締めながら何度も礼を言った。

「お父さんに会われますよね」

医師に促されるように、瑞希がベンチから立ち上がった。矢部に目を向ける。

「ぼくは……これから仕事があるのでこれで……」

矢部が言うと、瑞希が頷いた。

「お仕事、頑張ってください。父のためにも――」

そうだ――自分には大きな仕事がある。蒼井から託された大切なことが――

瑞希は小さく頭を下げると、医師についてエレベーターに向かっていった。

日暮里署に戻ったときには朝方の五時を過ぎていた。

とりあえず道場で仮眠をとろうと思い廊下を歩いていると、講堂の明かりがついているのが見えた。

こんな時間に誰かいるのだろうか——

入っていくと、椅子に座っている岩澤の背中が見えた。

人の気配を感じたのか、岩澤がこちらを振り向いた。

「起きてらっしゃったんですか」

ちょうどよかったと思い、矢部は近づいていった。

「手間を取らせたな。会議までには少し時間があるから仮眠をとれ」

岩澤が立ち上がって言うと、ドアに向かおうとした。

「岩澤さん——お話があるんです」

声をかけると、岩澤が立ち止まって振り返った。

「これを」

矢部はポケットからビニール袋に入れたハンカチを取り出した。

「何だ、これ……」

渡されたハンカチを見て、岩澤が怪訝な表情を浮かべる。

「榊信一の血液です。これをDNA鑑定に回してもらえないでしょうか」

「榊って……どういうことだ」

矢部の言葉を聞いて、岩澤の表情が険しくなった。

「蒼井さんが手に入れたんです。これをDNA鑑定に回してほしいと頼まれました」

「ふざけるなッ。そんなことができると思ってるのか──」

岩澤が矢部を睨みつけて一喝する。

思っていた通りの反応だ。いつもならその一言で怯んでしまうが、今回ばかりはこのまま引き下がるわけにはいかない。

「お願いです。岩澤さんの力で何とかできないでしょうか」

「おまえまであいつの馬鹿が感染しちまったのかッ！　勘だけでそんなことをすれば人権侵害だと叩かれるのがオチだ。そんなこともわからねえのか」

「蒼井さんは半分意識を失いながら必死にこれを託したんです。蒼井さんにはきっと確信が……」

「くだらねえッ──あんなもうろくした奴の何が確信だ。てめえの勝手で捜査をかき乱しやがって。あいつは疫病神だ。どんな病気かは知らねえが、厄介払いができて清々したぜ」

岩澤は吐き捨てるように言うと、矢部に背を向けて歩き出した。

岩澤の背中を見ながら激しい怒りがこみ上げてくる。

「そこまで言うことないじゃないですかッ！」

矢部は岩澤の背中に向けて吠えた。

「あ、何か言ったか？」

岩澤が振り返って矢部を見た。ちっちゃな犬っころを軽くあしらうような舐めた眼差しだ。

「蒼井さんの無念があなたにはわからないんですか。捜査から外れなければならない無念さが」

「それはあいつの自己管理の甘さだ。いつも偉そうなことをほざいてるが刑事失格だ――」

「ちがうッ！」

その勢いに、岩澤が少し気圧されたように顎を上げた。

「蒼井さんはからだの芯から刑事ですよ。自分の残された人生をなげうってまで犯人を追っている。命がけでそれを手に入れたんです」

「残された人生……？」

岩澤は意味がわからないというように呟きながら、手に持ったハンカチに目を向けた。

「蒼井さんは末期の胃がんに罹っていて、残された時間はあとわずかなんですよ」

そう言うと、岩澤の目が反応した。

蒼井から絶対に話すなと口止めされていたのに、とうとう言ってしまった。

ずっと苦しかった思いを解放した瞬間、涙があふれ出してきた。

「お互いに考えかたが違うのはわかります。だけど同じ仲間じゃないんですか。殺人犯を絶対に赦《ゆる》さないという思いで生きている……同じ仲間じゃないんですか？」

視界が滲んでいて、岩澤の姿がはっきりとわからなくなっている。

「矢部──ひとつだけおまえに言っておく。おれたちはここで仲良しごっこをしてるんじゃねえんだ。奴がそういう状態なら……そんな判断能力を失っちまった奴の言うことならなおさら聞くわけにはいかねえ」

冷たく言い放つと、岩澤が講堂から出ていったのがわかった。

48

夜の闇に目を向けていると焦燥感ばかりがこみ上げてくる。

窓ガラスに映った自分の姿が一分一秒と衰弱していくのがわかるからだ。

榊は窓から視線をそらした。

自分の使命を果たさなければ――

頭の中でその思いだけが渦巻いている。

自分を絶望のどん底に突き落とし、澄乃との未来を奪い、自分をこんな化け物にしてしまった元凶を人生の最後に取り除いてやる。

ノックの音に、榊はゆっくりとドアのほうを向いた。

「具合はどうだ？」

病室に入ってきた高木が榊の顔を覗き込むようにして訊いた。

「そう悪くはありませんよ。いつになったら退院できるんですか」

「まだしばらく難しいな」

高木の顔には無理だと書いてある。

「一日だけでも外出することはできませんか」

榊が訊いた。

「どうした……どこか行きたいところでもあるのか」

「母親に会いたいんです」

「こっちに来てもらえばいいじゃないか」

「そうですね……」

榊は言葉を濁した。

「ひとつ訊いていいか」

しばらく黙っていると、高木が見つめてきた。

「何ですか」

「新しい世界っていったい何なんだ？」

「新しい世界……」

榊は高木の目を見つめ返した。

「ほら、以前言ってたじゃないか。おれが病名を告知したおかげで新しい世界に踏み出せたとかなんとか」

「ああ……」

確かにそんなことを言ったのを思い出した。

「もしかしたら、なんか変な宗教にでもはまっちまったんじゃないかと少し気にしていたんだ」

「宗教か……遠くはないかもしれないですね」

そう答えると、高木が少し探るような眼差しになった。

「うまく言葉では説明できません。だけど、自分の死を突きつけられたことで、自分が生きてきたことの意味がわかったような気がしたんです。自分が生きているうちに果たさなければならない……使命みたいなものを思い出したんです」

「使命？」

いくら話したところで高木にはわからないだろう。

自分とは違って死ぬことを恐れ、この世に生きる本当の意味を見出せないでいるであろう男もいる――

「そういえば……蒼井さんという刑事は高木さんのお知り合いなんですか」

蒼井の名前を持ち出すと、高木の顔色が少し変わった。

「知り合いってわけじゃない。ここの患者さんで顔を知っているってだけだ」

「ぼくを病院に運んでくれたのはあの人ですよね。少しだけ記憶があります」

そう言うと、高木が表情を曇らせた。

「今度会ったらお礼を言っておいてください」

「蒼井さんも今入院している。今度会ったときに自分で言えばいい」

蒼井が入院している――

その言葉を聞いて、少しずつからだに力が宿ってくるように感じた。

動くとしたら今しかない。

「そろそろ行くな。何かあったらすぐにナースコールで呼んでくれ」

「高木さん――」

高木を呼び止めた。

「よく眠れないんで睡眠薬がほしいんですけど」

「わかった。看護師に指示しておくよ」

おやすみ――と言って、高木が病室から出て行った。

49

「こんなところにいていいのか?」

蒼井が声をかけると、先ほどから窓際に置いた花を整えていた瑞希が「えっ?」とこちらを向いた。

「バックダンサーの仕事はどうしたんだ」

蒼井が訊くと、瑞希は「辞めさせてもらったの」とあっさりと言った。

「そうか……悪いことをしちまったな」

きっと自分の病気のことがあって、夢にまで見ていたチャンスを諦めさせてしまったのだろう。

「そういうことじゃないよ……」

瑞希はパイプ椅子をベッドの横に置いて座った。

「もちろんお父さんの病気が理由のひとつではある。でも、わたしなりにずっと考えて出した結論なの。どうすれば後悔しないで済むだろうかって」

瑞希が笑顔を向けた。

「お父さんだってそうだったでしょう？」

瑞希に訊かれたが、意味がわからずじっと見つめ返した。

「ひとつ訊かせてほしいの」

「何だ」

「お父さんのプロポーズの言葉を知りたい」

「何だってそんなことを……」

気恥ずかしさに顔をしかめた。

「安東さんからお父さんとお母さんの馴れ初めを聞いたの」

安東もまったく余計なことを言ってくれたものだ。

「だけど、お母さんみたいな素敵な人がどうしてお父さんみたいな無粋な人に引っかかっちやったのかだけがどうしても謎だったの。今後の参考のために教えて」

瑞希がいたずらっぽく笑いながら言った。

「しかたがないな。そこから財布を取ってくれ」

蒼井が苦笑しながらロッカーを指さして言うと、瑞希は意味がわからないといった様子で立ち上がった。ロッカーから財布を取って蒼井に差し出す。

蒼井は財布の中から一枚の写真を取り出して瑞希に見せた。

「この人……お母さんの隣に住んでいた女性？」

すぐにわかったようだ。

「そうだ。お母さんはずっと罪の意識に苛まれていた。別にお母さんが悪いわけではないのにな……」

付き合いだしてしばらく経った頃、由美子は被害者の実家に行きたいと蒼井に言ってきた。

蒼井はやめたほうがいいと返した。たとえ由美子が悪くないとわかっていても、被害者の両親は彼女に対して何か非難めいたことを言うかもしれない。これ以上、彼女に傷ついてもらいたくなかった。

蒼井の口から被害者の実家の住所を教えてもらえないと悟った由美子は、せめて被害者の写真がほしいと頼んできた。

　渋々、捜査で使っていた写真を焼き増しして由美子に渡した。

　由美子はそれ以来、その写真を部屋に置き、ことあるごとに線香をたいて被害者の冥福を祈っていた。

　だが、蒼井の目には痛々しい光景にしか映らなかった。

　由美子は罪の意識に押しつぶされて、これから訪れる幸せを自ら手放そうとしているようにしか見えなかったからだ。

「こんなものをずっと部屋に置いていたら幸せにはなれない。これをおれに託してくれないかと言った。おれは犯人を捕まえるまでこれを財布の中にしまう。ふたりの思いを忘れないように。だから、きみもその思いを胸の中に留めてくれないかと」

　蒼井はそのときのことを思い出して、溜め息を漏らした。

「お父さんは後悔してないよね。最後の最後までお母さんの思いに応えるために仕事に奔走したんだから」

　確かにあのときは、病院で死線をさまよっている由美子の姿を頭に思い描きながら、殺人犯を追っていた。

　そいつを捕まえて、早く由美子のもとに向かいたいと――

　だけど……

「後悔していないわけじゃない」

蒼井は呟いた。

「わたしだって後悔しちゃうかもしれない。どんなことをしても……きっと……いろいろと後悔しちゃうんだろうな。もっとお父さんといろんな話をしておけばよかったとか……あのとき、あんなことを言わなければよかったとか……きっといろいろ考えちゃうよ」

「そうだな……それはお父さんも同じだ」

もっとおまえたちと話をしておけばよかった。もっとおまえたちといろんなものを見たかった。もっと……もっと……

「だから、これからはずっとお父さんのそばにいて、少しでもその後悔を減らしていきたいと思ったの。それに今回の仕事を辞めたからってチャンスがなくなるほど、わたしはやわじゃないわよ」

「そうか」

「わたしはそう思ってるけど……」

瑞希は表情を曇らせてドアを見た。

ジュースを買いに行っている健吾のことを思っているのだろう。

まだ健吾には自分の余命があとわずかだということを話していない。

そう思っていると、ドアが開いて健吾が病室に入ってきた。

「アップルジュースがなかったからオレンジにしておいた」

健吾は瑞希にジュースを差し出すと、隣にパイプ椅子を置いて座った。

「それにしてもまた倒れたって聞いてびっくりしちゃったよ。親父もいい加減年なんだからあまり無理するなよな」

ジュースを飲みながら屈託なく笑った。

「ああ……そうだな……」

健吾を前にして、そう答えるのがやっとだった。

「再来週には退院できないかな」

「どうしてだ」

「再来週の日曜日に試合があるんだよ。おれ、レギュラーなんだぜ。親父もサッカーの試合を見るなんてひさしぶりだろ」

そう言った健吾の鼻の下に、何本かのひげが生えているのを見つけた。

ついこの前まではすべすべの肌をしていたのに、いつの間に……

そんなことを考えた瞬間、激しい感情がせきを切ったように押し寄せてきた。

自分はもうすぐ目の前にいるふたりの子供を遺して死んでいく。

もう、おまえたちの成長を見届けることができない。

そんなことは嫌だ……死にたくない――

一分一秒でも長く生きていたい――

最近、あまり感じることのなかった死への恐怖が胸を締めつける――

「どうしたのさ……」

父親の涙を見て、健吾が呆気にとられたように訊いた。

「お父さんは……お父さんは……もう長くないんだ」

そう言うと、健吾が愕然としたように身を乗り出してきた。

「どういうことだよ……言ってる意味がわかんないよ。なあ、あねき……」

必死に答えを求めるように瑞希に問いかける。瑞希は言葉なくうつむいた。

「すまない……すまない……」

「どういうことだよ……親父がいなくなったらおれたちどうすればいいんだよ。そんなの嫌だよ……なんでだよッ！」

健吾がベッドに顔を埋めて泣き叫んでいる。

蒼井は「すまない……」と呟きながら、健吾の頭を撫でてやることしかできなかった。

ノックの音がして、蒼井はドアのほうを見た。瑞希に目を向けると、立ち上がってドアを開けた。

ドアの外にいた矢部が入ってくる。病室の光景を見て、少し戸惑っているようだ。

「どうしたんだ」

「いや……お見舞いがてら報告に……お取り込み中だったらまた後で……」

「報告？」

「ええ。会議の後に岩澤さんに行って来いって言われたんです」

「岩澤が？」

蒼井はそう言いながら瑞希を見た。瑞希は蒼井の思いを察したように泣き崩れている健吾を立たせた。

「また明日来るから――」

そう言うと矢部に一礼して、健吾を連れて外に出て行った。

「すみません」

頭を下げた矢部に、「いいから」と目の前のパイプ椅子を勧めた。

「それで報告っていうのは……」

「昨日の夜、容疑者を逮捕しました」

矢部の言葉に、思わず身を乗り出した。

「ただ、逮捕といっても杉本加奈の事件の容疑者です」

町田市内で発生した殺人未遂事件だ。

「それで……」

少し力が抜けたが一応話を聞こうと先を促した。

「容疑者は白石幸平という三十二歳の男です。岩澤さんが会議で報告したので覚えているかもしれませんが」

昨日の夜、ネットカフェにいた白石幸平を確保したという。任意で事情聴取をすると、殺人未遂事件に関しては容疑を認めたということだ。

「ふたつの殺人事件に関しては認めてないんだな」

蒼井が訊くと、矢部は頷いた。

「ええ。昨夜から岩澤さんが聴取していますが他の事件に関しては否認してますね。現在、白石の毛髪をＤＮＡ鑑定に回していますが、結果が出るのに数日かかるそうです」

「そうか……ところで、榊信一のほうは？」

「岩澤さんに頼んでみましたが、おそらく……」

矢部の表情を見て、蒼井は溜め息をついた。

「本部ではとりあえず白石を挙げたことに沸き立っています。もし、ＤＮＡの結果が違っていれば捜査方針を変えるでしょうが」

それをじっと待つしかないということか――

「ところで……さっき通ったら看護師さんたちが異常に慌ただしそうにしていたんですけど何かあったんですかね」

「さあな……」

「どなたか亡くなられたとか」

矢部の言葉を聞いた瞬間、榊信一の顔が脳裏によぎった。

「ちょっと悪いが榊の病室の様子を見てきてくれないか」

蒼井の考えを察したように、矢部がすぐに病室を出て行った。矢部を待っている間、こみ上げてくる嫌な予感を必死に払おうとした。

そんなに簡単に死なせてたまるか――

しばらくすると、慌てて矢部が戻ってきた。その顔を見て、自分の予感が当たってしまったのかと悔しさに目を閉じた。

「榊が病院にいないそうです」

矢部の言葉に、目を見開いた。

「病院にいない？」

「ええ。無断で病院を抜け出したようで看護師の何人かで捜しているということです」

蒼井はすぐにナースコールを押して看護師に高木を呼んでくださいと伝えた。しばらくすると高木が病室に入ってきた。

「榊信一が病院から抜け出したというのは本当ですか」

蒼井が訊くと、高木がしかたなさそうに頷いた。

「看護師の話によると、朝食を持っていったときに榊がいないことに気づいたそうです。とても出歩けるような状態じゃないのに……いったい……」

高木が焦燥感をにじませるように言った。

「どこに行ったか心当たりはありませんか」

「ありません……」と首を振りかけて、何か思いついたようだ。

「昨日の夜に話したとき……母親に会いたいと言ってました」

母親に会いたい――

ただ、死ぬ前に母親に会いたいというだけか。それならば病院に来てもらえばいいだけだ。

なぜ、榊は無理なからだを押してまで――

スミノ……スミノ……やっとわかったよ……自分の……使命が……

熱に浮かされたようにからだを震わせながら、両手を突き出してきた榊の姿を思い出した。

榊の使命というのはいったい何なのだ。

「榊の実家は新潟市内のどこですか？」

「いや……詳しい場所は知りません」

高木が首を横に振った。

「岩澤に連絡してくれないか」

そう言うと、矢部が携帯電話を取り出した。

「岩澤さんに何を――？」

携帯の番号を探しながら問いかけてくる。

「岩澤が出たら代わってくれ」

電話が通じてしばらく話をすると、「ちょっと待ってください」と言って蒼井に携帯を差し出した。

「いったい何の用だ。こっちはおまえと違って忙しいんだよ」

電話を代わるなり、岩澤の怒声が耳に響いてきた。

「大切な話だ。聞いてくれ」

「何なんだよ」

「おまえのことを見込んでいるから訊く。白石は間違いなく殺人事件のホシか――？」

蒼井が訊くと、しばしの間があった。

「相手は否認してる。あとはＤＮＡ鑑定の結果待ちだ。今はそれしか言えない」

「おまえの感触はどうなんだ？　取り調べをした感触だ」

「取り調べを始めたばっかりだぞ。感触も何も……いったい何なんだよ」

「一刻を争うんだ！　榊信一が病院を抜け出した。新潟にいる母親に会いに行っていると思われる。榊の実家をすぐに調べてくれないか」

「おまえ、何言ってるんだ……そんなこと……」

「あいつは母親を殺すために新潟に向かっているとおれは思っている」

「その根拠はいったい何だ？」

「勘だ――」

「勘って……そんなもので動きまわったらどうなるかわかってるのか。もう少し待てないのか。せめてあと半日……」

「待てない！」

「おまえの勘が当たるのはだいたい五分だ」

「頼む――今回だけその五分におまえものってくれないか。刑事としての最後の勘だ。後悔したまま死にたくない。最後のわがままを聞いてくれないだろうか」

岩澤が押し黙った。唸り声が聞こえてくる。

「わかった。榊の現住所を教えろ。区役所に人をやってわかりしだい連絡する」

「ありがとう」

初めてこの男に礼を言った。

「言っておくが……後々問題になったらおまえの勝手な暴走だということにするからな」

「ああ。その頃にはおれはもういないだろう」

蒼井は電話を切ると、全身の力を込めてベッドから起き上がった。

「蒼井さん、何を――」

高木が驚いたように止めようとする。

「これから榊を捜しに新潟に向かいます」

蒼井は言うと、一歩ずつ足を踏み出して服をかけてあるロッカーに向かった。

「何を言ってるんですか。そんなこと無茶ですよ。担当医じゃなくてもとても認めることはできません」

高木が必死に止めるのも聞かず、蒼井は服を着替え始めた。

「蒼井さん、ぼくも一緒に行きます」

その声に、矢部を振り返った。

「駄目だ」

何かあったら矢部にまで責任を負わせてしまうことになる。

「蒼井さんひとりで行って取り逃がしたらどう責任を取るんですか。それにぼくは介助人として付き添うだけです。何かあったら蒼井さんにすべてかぶってもらうので」

矢部はそう言うと蒼井の着替えを手伝い始めた。

50

長岡駅で新幹線を降りると母親に電話をかけた。

「もしもし——信ちゃん、どうしたの？」

ひさしぶりの電話で母親は驚いているようだ。

「うん。今、長岡にいるんだけど……母さんにどうしても話しておかなければならないことがあるんだ」

「何？」

「電話で言えるようなことじゃないんだ。これから車で来てもらえないかな」

「長岡まで？　いったいどうして」

「実は……ぼくは末期の胃がんに罹ってるんだ……」

涙交じりにそう言うと、母親が「えっ……」と絶句した。

「お母さんに心配をかけたくなくて今まで黙っていたけど……おそらく、もう数日ぐらいしか持たないと思う」

「そんな……」

「もうすぐ死ぬんだって考えたら不思議なもんでさ……昔、自分が住んでいた街の風景が見たくなって病院を抜け出したんだ。ほら、寺泊に行くまで長岡に住んでただろう。ぼくが生まれたのも長岡なんだよね」

「ええ……」

息子の余命があと数日ということを知ってか、母親はその言葉を吐くのに精一杯という感じだった。

「もうからだがあまり動かない状態なんだ。車で来てぼくたちが暮らしていた街を案内してもらえないかな」

「これから準備するから二時間以上かかっちゃうわよ」

「大丈夫。大手口のロータリーで待ってるからさ」

そう言って電話を切った。

まさか、警察が自分を追ってくることはないだろうと思ったが、念のために携帯電話の電源を切った。

今朝、病院を抜け出した後に部屋に寄って着替えをすると、いくつかの荷物を鞄に入れて持ってきた。

駅の近くにあるスーパーに入ると、魔法瓶と紙コップとガムテープとジュースを買った。ロータリーのベンチに座って待っているとクラクションが鳴った。重い顔を何とか上げた。目の前にベンツが停まっていて、中から母親が手を振っている。

榊はのっそりと立ち上がると車に向かった。ドアを開けて助手席に座ると母親に顔を向ける。

「信ちゃん……本当なの？　本当に病気……」

榊の顔を見た瞬間、母親が顔をこわばらせて言った。

「ああ……残念だけど本当さ。あと数日で死ぬって顔をしているだろう。悪いけど、ぼくたちが住んでいた街に行ってくれないかな」

そう言うと、母親は動揺を抱えたまま前を向いて車を走らせた。

しばらく、かつて自分が住んでいた街の光景に目を向けた。榊が住んでいたアパートのそばや通っていた小学校、そして自分が生まれたという病院の前を車で走らせた。誰もいない空き地に車を停めてもらった。

「シートベルトをしているのはつらいな。後ろに行ってちょっと話がしたい」

「信ちゃん……病院を抜け出して本当に大丈夫なの？　すぐに戻ったほうが……」

「ぼくにとってはこれからの数日が人生のすべてなんだ。その時間を少しでもお母さんと語り合いたい」

ドアを開けていったん外に出てから後部座席に乗り込んだ。母親もエンジンを止めると榊の隣に移った。

榊は鞄の中から魔法瓶を取り出して中のジュースを紙コップに注いで母親に渡した。

「ぼくはいい息子だったかな」

「もちろんよ」

母親は大きく頷いてコップのジュースに口をつけた。

しばらく昔話をしているうちに、ジュースに混ぜた睡眠薬が効いたようで母親は眠りに落ちた。

榊は母親の頬を叩いてぐっすりと眠っていることを確認すると、口にガムテープを貼り、後ろ手に手錠をはめて寝かせた。あのとき澄乃からもらったペーパーナイフを取り出すと上着のポケットに入れて運転席に移る。

エンジンをかけると忌まわしい記憶の残る場所に向かった。

51

蒼井は矢部とともに上越新幹線に乗り込んだ。

席に座った瞬間、重い溜め息を吐き出した。

病院からタクシーに乗って東京駅に来るだけでかなりの体力を消耗している。

「新潟に着くまで休んでいてください」

矢部が声をかけてきたが、蒼井は目を閉じることなく窓の外に目を向けた。

ここで眠ってしまったら二度と起き上がれないのではないかと不安になったからだ。

電光掲示板に『次は新潟』と出ると、両足を踏ん張るようにしながら椅子から立ち上がろうとした。

「まだ着くまでに少し時間がありますよ。ぎりぎりまでからだを休めたほうが……」

そう言ってこちらを見上げた矢部に小さく首を横に振った。

ただ立ち上がるだけでも、全身にからみついた鎖を少しずつ引きちぎるようにしなければできないのだ。

何とか立ち上がると、矢部にからだを支えられながらデッキに向かった。

新潟駅のホームに降り立つと、矢部にそばにあった売店で地図を買ってきてもらってから、エスカレーターに向かった。

「これからレンタカーを借りてきます。ここで待っていてください」

矢部が駅の待合室を指さした。

「いや、時間がもったいないから一緒に行こう」

蒼井はそう言って重い足を踏み出した。

駅前にレンタカー店を見つけて向かった。矢部に手続きをしてもらっているときに岩澤からメールが届いた。

新潟市内にある榊の実家の住所が添えられている。

手続きを終えるとすぐにレンタカー店の駐車場に向かった。

「実家に行けばいいんですね」

頷きかけると、矢部がナビゲーションに住所を入力して車を走らせた。

榊の実家は新潟駅から車で十分ほどのところにあった。閑静な住宅街の一角に『榊』と表札の掛かった屋敷を見つけた。

広いガレージには車が一台停まっている。呼び鈴を押したが応答はなかった。すぐに隣の家に向かって呼び鈴を押した。

「申し訳ありません。隣の榊さんのことについてお聞きしたいのですが」

出てきた女性は蒼井の顔を見るなりぎょっとした顔つきになった。

あきらかに不審な人相になっているようだ。

「東京の警察の者なんですが」

女性の視線にかまうことなく警察手帳を示した。

「東京の警察のかたが何か……？」

さらに不審が募ったようだ。

「至急、榊さんと連絡を取りたいのですが不在のようでして……」

「旦那様はお仕事に行かれていると思いますよ」

「お勤め先をご存知でしょうか」

「『マルケイ』っていう不動産会社があるんですけど、そこの社長さんですよ」

矢部がすぐに携帯電話を取り出した。『マルケイ』の所在地と電話番号を調べているようだ。

「奥様はどちらかで働いてらっしゃるんですか」

「いえ……いつもでしたらこの時間にはいると思うんですけどね」

女性がちらっと隣家に目を向けた。

「奥様の車がないからどこかに買い物に行かれたのかもしれないわね」

「旦那さんが乗って行ったものではない？」

「ええ。普段は運転手が迎えに来ているみたいだから。それに旦那様が運転するときはベンツではないわね」

「奥さんの携帯番号などはご存じありませんか？」

はやる気持ちを抑えきれずに訊いた。

「自宅の番号でしたら町内会名簿でわかりますけど、携帯のほうはちょっと……」

「ちなみに何時頃から奥様の車がなかったのかわかりませんか」

「そんなに一大事なんですか？」

蒼井の勢いに圧倒されたのか、女性が訊き返した。

「おそらく」

そう答えると、女性が門扉から出てきて近隣の住人に訊いて回ってくれた。

「二時間前にそこを通ったときにはなかったそうですよ」

不動産会社『マルケイ』の前で車を停めると中に入った。

「社長さんはいらっしゃいますか」

応対に出た女性に問いかける。

「失礼ですが……」

女性に警察手帳を見せると、戸惑ったように奥の部屋に向かった。

しばらくすると奥の部屋から恰幅のいい男性が出てきた。訝しげな表情を浮かべながらこちらに近づいてくる。

「警視庁の蒼井と申します」

警察手帳を示しながら言った。

「警察のかたが何の用ですか？」

「奥様のことでお聞きしたいんです。すぐに奥様の携帯に連絡を取ってみてください」

「どういうことだね。いきなりやってきてそんな……」

「ゆっくりと話している時間はないんです。早くッ！」

思わず命令口調になった。

「ちょっとどういうことだッ。だいたい警察が用というなら何で新潟県警じゃないんだ。おまえら詐欺か何かか！」

自分の焦りで怒りを買ってしまったみたいだ。

「奥様のことを捜しています。危険な状況にあるかもしれません。一刻も早く捜し出さないと」

「雅子《まさこ》が危険な状況……？」

蒼井の言葉に男性の顔色が変化した。

「わたしは東京で発生した殺人事件を捜査しています。その犯人と思われる人物が奥様を狙って新潟にやってきている可能性があるんです」

「どうして雅子がそんな人間に狙われるというんだ。だいたいその犯人っていうのはどこの誰なんだ」

「榊信一です——」

蒼井が言うと、男性は唖然としたようだ。だが、次の瞬間、憤然とした顔つきになった。

「信一が殺人事件の犯人だと？　馬鹿も休み休み言えッ！」

「もし間違っていたらわたしは職を辞します。ただ、そんなことよりも今は奥様の身の安全が先決です。お願いですからすぐに奥様に連絡してください」

男性は渋々といった様子で携帯電話を取り出してかけた。

だが、つながらないようだ。何度かかけ直してみる。

「雅子も信一も電話がつながらない」

「どうしますか」

不動産会社を出ると矢部が切迫したような表情で訊いてきた。

わからない。どうすればいい。榊はどこに行って何をしようというのだろう。

そのとき、ひとつの場所が思い浮かんだ。

「寺泊に行こう」

矢部に目を向けて言った。

「寺泊って……どこですか？」

「よくわからない。新潟県内にある港町だ」

「どうしてそんなところに」

「勘だ――」

そうとしか言いようがない。

「勘って……」

一瞬、頼りなげに蒼井を見たが、すぐに車に戻ってナビゲーションに入力した。

「かなり時間がかかりますよ。本当にいいんですか？」

最終確認というように訊いてくる。

「ああ」

海岸線に夕陽が沈んでいく。

次第に暗くなってくる湾岸沿いの道路を見つめながら、蒼井は焦燥感に駆られていた。

携帯電話を取り出して岩澤に電話をかけた。

「どうだった」

電話がつながると、岩澤のぶっきらぼうな声が聞こえた。

だが、いつものぶっきらぼうさではなく、こちらの様子が気になっているのだとかすかに察した。

「悪いが、榊信一の住所歴を教えてほしい。寺泊というところに住んでいたことがあったはずだ」

そう言うと、「ちょっと待て」と言って電話が保留になった。すぐに電話に出て住所を告げる。

「ありがとう」

メモに書いて電話を切ると矢部に渡した。

「このあたりだと思います」

矢部が暗い路地に車を停めてあたりを見回した。細い路地が入り組んでいて、そこかしこに小さな民家があった。だが、どれが榊の昔住んでいた家なのかはわからない。

「歩いて調べたほうが早そうだ」

そう言ったが、すぐに車を降りることができなかった。

長時間の移動で体調を悪化させてしまったのか、先ほどから内臓を突き刺すような激痛に苛まれている。

「大丈夫ですか？」

矢部が心配そうに訊いてきた。

蒼井は頷くと、ゆっくりと車から降りた。

矢部もすぐに車から降りてあたりを見回した。ここらへんは丘陵地になっているようで、狭い路地の中にも坂道や所々に階段がある。

蒼井と矢部は階段を上がったり下がったりしながら番地にある家を探した。

「大丈夫ですか？」

ぜえぜえと息を切らして石段を上っている途中で、矢部が振り返って言った。

蒼井は頷くと、階段の手すりにつかまりながら一歩一歩足を進めた。

やがて、階段の上にそれらしい一軒家を見つけた。周囲を草木に覆われた廃屋と思われるような二階建ての家だ。

52

がさがさという音に榊は目を向けた。

ようやく母親が目を覚ましたようだ。後ろ手に手錠をかけられそこに転がっていた母親が身悶えるようにからだを揺すっている。

榊は起き上がって母親に近づいていった。母親は驚愕の目を榊に向けながら、いやいやと首を振っている。

「お母さん……昔のように楽しもうよ」

もっとも、楽しんだ後には殺してしまうのだが。

綾子を抱いたとき、この女を殺したいという激しい衝動とともに、自分の脳裏にあのときの光景がよみがえってきた。

澄乃と目が合った。

カーテンの隙間から、唇を苦しそうに歪め、悲しそうな眼差しで榊のことを見ていた。

自分のからだの上では、目の前の糞女が醜い獣のような咆哮を上げながら激しく腰を振っていた。

絶望的な羞恥心にさらされて母親を払いのけたかったが、後ろ手に手錠をされていて身動きができなかった。

手錠をかけると、母親はまず榊の性器をキャンディーでも舐め回すようにしゃぶっていた。自分の気持ちに逆らうように、だんだんと膨張していく性器を見つめながら、母親は隠微な笑みを浮かべている。

「信ちゃん――恥ずかしいことじゃないのよ。これは大人になっていく証拠なの。でもねえ信ちゃん、大人になってもお父さんのようになっちゃだめよ。あの人は最低だから――お母さんには信ちゃんしかいないんだから……信ちゃんがお母さんの言うことを聞いてくれるなら気持ちよくしてあげる――」

そして、榊の心の叫びを無視するように、榊の性器を自分の中に入れて喘ぎだすのだ。

その日もいつものように榊の上で狂ったように母親が腰を動かしながら叫んでいた。部屋の窓の隙間から覗く澄乃の視線にさらされながら。

そのとき、激しい物音がしてドアが開いた。榊が顔を向けるといきなり部屋に入ってきた父親に顔面を蹴られたのだ。顔面に数発の蹴りを入れると、今度は榊のからだから母親を引き離して動かなくなるまで殴りつけた。

「おまえらは獣以下だな――」

おぞましいものでも見るような目を向けてそう吐き捨てると、父親は部屋から出て行った。

それから父親の姿は見ていない。おそらく澄乃の姉とどこかに行ったのだろう。

榊は、必死にからだを揺すって自分から遠ざかろうとする母親に近づきながら、ポケットからペーパーナイフを取り出した。丹精込めて先を尖らせてくれた澄乃からのプレゼントだ。

またあの人からあんなことをされそうになったときのためのお守りにして——

榊との別れのとき、澄乃はこのペーパーナイフを渡しながら悲しそうな顔でそう言った。

ずっと忘れていた。澄乃のことも、母親から自分がされてきたことも、そして自分が死ぬまでに果たさなければならない使命も——

おそらく母親と父親からの虐待と、何よりも初恋の人だった澄乃にあんなことを見られたショックで今まで思い出せずにいたんだろう。

自分の股間が激しい熱を放っている。

もうすぐ死んでしまうというのに、どこからこんなエネルギーが湧き出てくるのかわからないほど、最後の自分の欲望が熱くそそり立っていた。

53

外から様子を窺うと、一階の窓はすべて雨戸が閉ざされていた。二階を見上げたが、そちらも雨戸が閉まっているようだ。

入り口に近づこうとしたときに、背後から明かりが漏れた。蒼井が先ほど買った懐中電灯をつけた。近くにあった石をつかむと明かりをガラス戸に向けて鍵がついているあたりを叩きつけた。割れた隙間に手を差し入れて鍵を開けた。

「警察官になって初めて法を破った」

蒼井が小声で言った。

「その前は……」

思わず訊いた。

「二十歳前の飲酒と喫煙だ」

戸を開けて中に入ろうとした蒼井の肩を叩いた。

「ぼくが先に行きます」

蒼井の手から懐中電灯を取ると中に入っていった。部屋に入った瞬間、かびとほこりの臭いが鼻をついた。もう何年も放置されているみたいだ。台所と六畳の和室があったがそこに人の気配はない。天井を見上げて耳を澄ませてみたが、物音はなかった。

矢部は足音を立てないように階段を上っていった。音を立てているつもりはないが、徐々に大きくなっていく自分の心臓の音が耳に響いてきた。

二階にはドアが二つあった。そのひとつを開けて懐中電灯を向けた。誰もいなかった。もうひとつのドアに懐中電灯の明かりを向けた。

ドアの向こうからがさがさという小さな物音が聞こえて、思わず蒼井に目を向けた。蒼井と頷き合ってからドアを開けて明かりを向けた。

薄闇の中で、冷たい風が頬を撫でた。破れた窓から夜風が吹き込んでいる。床に放られていた雑誌が風にあおられて音を立てていた。

誰もいなかった――

「外した……」

蒼井が放心したように呟いた。そして、崩れるように膝を落とした。

「蒼井さん、まだです！　まだ倒れちゃだめです！　この寺泊は間違いなく榊にとって思い入れの強い場所です。先ほど、車の中で蒼井さんが言っていたじゃないですか。他に何かないんですかッ！」

どやしつけると、蒼井が何か閃いたように顔を上げた。

「港に行こう」

「港？」

「ああ。使われていない小屋を探すんだ」

蒼井はそう言うと、いったんは切れかかった生気をふたたびよみがえらせるようにして立ち上がった。

家から出て先ほど来た道を戻りながら車に戻った。

蒼井はかなり苦しいようで車に手をついたまましばらく動けないでいる。ぜえぜえと肩で大きく息をしていた。

「早く行きましょう！」

辛かったが、ハッパをかけるように言うと、蒼井がドアを開けて助手席に乗った。

道路から港に入り車を徐行させながらあたりに目を向けた。だが、ヘッドライトの先以外は漆黒の闇に包まれている。

「どれでしょうか……」

不安に縛りつけられながら訊くと、蒼井が窓を開けた。

闇の中で波の轟音が不気味に響いている。港にはいくつもの小屋があるようだ。蒼井は小屋のひとつひとつに懐中電灯を向けているつもりのようだが、明かりが不規則に揺れてなかなか小屋に焦点が合わない。助手席の蒼井に目を向けると、まるで重い鉄アレイでも持っているみたいにして懐中電灯を両手で支えている。

「あれ――」

蒼井が少し先にある小屋に光を向けた。目の前に車が停められている。

矢部は速度を上げてその小屋に近づいた。目の前に停まっている車はベンツだ。

急いで車から降りたが、助手席の蒼井は胃のあたりを手で鷲づかみしながら苦しそうに身をよじっている。

矢部は蒼井の手から懐中電灯を奪うと、逡巡する間もなく小屋の扉を開けた。

自分が向けた明かりの中に、驚愕したような顔でこちらを振り返った男の姿があった。男の下に人影があった。

「やめろーッ!」

矢部は男に向かって飛びかかっていった。その瞬間、左の太股に激痛が走った。目を向けると鈍い光が自分の太股から飛び出した。ナイフだ――

男がそのナイフを人影に向けて振り下ろすと同時に激しい衝撃があった。蒼井がこちらに体当たりしてきたようだ。

薄暗い中ですぐに状況を把握できない。四人の人間が重なり合ってもつれている。

「痛ッ――！」

蒼井の声が聞こえた次の瞬間、窓ガラスが破れる大きな音がした。榊が窓を突き破って飛び出したようだ。

「大丈夫か？」

「ええ」

矢部は転がった懐中電灯をつかんで声のするほうに向けた。だが、そう訊いてきた蒼井自身も脇腹のあたりを手で押さえている。

「太股を刺されましたけど大丈夫です。蒼井さんは？」

「大丈夫だ」

荒い息づかいで答えた。矢部の下で倒れている人影に明かりを向けた。女性もとりあえず無事なようだ。

「警察に通報してくれ」

蒼井は目の前でしゃがみ込むと、脇腹から手を離して矢部の上着のポケットを探った。手錠をつかむと立ち上がってふらふらと出て行く。

「蒼井さん――」

すぐに後を追おうとして立ち上がったが、太股の激痛に倒れた。

くそッ――！

焦燥感を噛み締めながら携帯を取り出して警察に通報した。ネクタイを外すと、太股に巻いてきつく縛りつける。

矢部は左足をかばうようにして小屋から出た。

大きな声で呼びかけながら暗闇の中を捜し回ったがまったく応答がない。

「蒼井さん――」

呼びかけているうちに心細さで泣きそうになる。

それでも蒼井の名前を叫びながら懐中電灯の明かりをあたりに向けていると、道路と浜をまたぐ階段に折り重なるように倒れたふたつの人影が見えた。

蒼井さん――？

矢部は太股の痛みも忘れて階段に駆け寄った。榊が荒い息を吐きながら必死に階段を這い上がろうとしている。蒼井は榊の足をつかむように倒れていた。

「蒼井さん――大丈夫ですか……」

肩を揺すりながら呼びかけたが、蒼井は反応を示さない。脇腹のあたりから血があふれている。

金属がすれる乾いた音に矢部は目を向けた。手すりのパイプにかけられた手錠のもう片方を目で追う。榊の足首にかけられていた。

54

ノックの音がして、ドアのほうを向いた。

その瞬間、脇腹に激痛が走って蒼井は思わず顔をしかめた。

「ノックしてもいちいち反応しなくてけっこうですよ」

病室に入ってきた高木が蒼井の顔を見て微笑んだ。

「条件反射ってやつじゃないですかね。わたしが最期っていう瞬間に……一度、ノックしてもらえるよう誰かに頼んでもらえませんか」

笑えない冗談に、今度は高木が顔をしかめる。

「それだけの冗談が言えるようなら当分大丈夫でしょう」

「ええ、まだまだ死にたくはないですよ。やり残したことがたくさんありますから」

「何をしたいですか？」

「そうですね……もっといろんな人と話がしたいですね。自分がこの世で出会って大切だと思える人と……今までしようとも思わなかった照れくさい話をね」

「感謝の言葉とか、ですか？」

「まあ、そうですね……」

「ここは格好の場所ですね。毎日、お子さんが訪ねてらっしゃるし、すぐ近くにお友達もいらっしゃる」

高木がちらっとドアのほうを向いた。

榊の病室の前には交替でふたりの捜査員がついている。

「榊は……どうしてますか」

蒼井が訊くと、高木の表情が少し陰った。

「日に日に悪化していってます。ただそれ以外は、以前と変わらないように思えます。病室を訪ねても彼は以前と……わたしたちが知っている榊と変わらないように……それが辛いですね」

長年付き合っていた友人が連続殺人事件の犯人だった。しかも、その友人の治療を最期までしなければならないのだ。

高木の苦悩を思うと、蒼井も胸が苦しくなった。

「大丈夫ですか？」

高木の心情を慮《おもんぱか》って訊いた。

「ええ。最期まで最善の治療をして見届けるのがわたしの仕事ですから」

高木の言葉に、蒼井は頷いた。

「澄乃はやはり知っていたんでしょうか。榊が、その……」

高木が口もとを歪めながら言った。

「そうでしょうね。事故に遭ったときの山口さんの所持品の中に梅丘の屋敷の鍵があったと聞いています」

「そうですか……彼女の最期を思うと不憫《ふびん》でならない。実は……事故に遭う前日に彼女から相談を受けたんですよ」

「相談？」

蒼井は訊いた。

「榊の子供を身ごもったと……」

その話を聞いて、蒼井は驚いた。

山口澄乃はひとりででも榊の子供を産んで育てるつもりだったという。自分と榊との子供に惜しみない愛情を注ぎたいと強く言っていたそうだ。

「榊は子供の頃に親からひどい虐待を受けていたそうです。だから、榊との子供にはそんな思いは絶対にさせないと……榊もある意味かわいそうなやつだったのかもしれません」

「だからといって人を殺していいわけがありませんよ」

「そうですね……あいつはどうしようもない馬鹿ですよね」

寂しそうに呟くと、高木は病室から出て行った。

蒼井は天井を見上げた。高木の言葉を思い出しながら溜め息を漏らす。

しばらくすると、ふたたびノックの音が聞こえた。

「どうぞ――」

今度は天井を見上げたまま言った。

「暇そうにしてるな」

意外な男の声にドアのほうを向いた。やはり脇腹に激痛が走り顔を歪めた。

「少しいいか」

岩澤がドアの外から声をかけた。

「ああ……」

頷くと、岩澤は病室に入ってきてドアを閉めた。ベッドの横に置いたパイプ椅子にどすんと座る。

「ＤＮＡ鑑定に回してくれてたそうだな。無理をさせたな」

後で知った話だが、岩澤は矢部から預かっていた榊の血がついたハンカチをＤＮＡ鑑定に回していた。そのおかげで、榊の行方を捜しているあいだに逮捕状が出ていたらしい。

「たいしたことはない。おまえよりは上司の受けがいいんでな」

相変わらず憎まれ口を叩く。

「だが……今回ばかりはおまえの執念が勝ったってことかな」

岩澤が苦笑を浮かべる。

「そうじゃない。この捜査に携わった全員が執念を燃やしていた。ただ、たまたま山口澄乃からの電話を受けたのがおれだったというだけのことだ」

そう——本部の捜査員の全員が血眼になって犯人を追っていた。だが、結果的にひとりの女性を救うことしかできなかったことが無念でならない。

「榊は……」

「むかつくぐらい淡々と供述してるよ。岡本真紀と田中祥子以外にも四人の女を殺したと話してる。今、梅丘にある屋敷を捜索してるところだ」

「そうか……母親を殺そうとしたことに関してはやはり虐待が原因か？」

「そのことについては何も話さない。他の事件に関しては薄笑いながらいろいろとしゃべってるがな。死ぬことはまったく怖くないとうそぶいてやがる。あいつを見てると二年前の通り魔事件を思い出しちまってやり切れなくなる。いったいどうすりゃ被害者の無念を晴らせるんだか……おまえに一発ぶちのめしてほしいぐらいだ」

岩澤が嘆息を漏らした。

「なあ……あいつに会わせてくれないか」

蒼井が言うと、岩澤が眉根を寄せた。


しばらくすると、岩澤が車椅子を押して病室に戻ってきた。

蒼井は脇腹を押さえながら少しずつベッドから起き上がった。からだ全体が鉛のように重く、脇腹に鋭い痛みが走る。

「おい、大丈夫か？」

岩澤が訊きながら、蒼井のからだを支えて車椅子に乗せる。

「おまえが会いたいと言ってると話したら、あいつは顔色ひとつ変えずに了承したよ。おれたち刑事と話すことも暇つぶしのひとつぐらいにしか思ってねえようだ」

「そうか」

「おい、まさかさっきおれが言ったことを本気で……」

「今のおれにはそんな力はないさ」

だが、あいつの心を刺し貫いてやりたいという思いで満たされている。

岩澤が車椅子を押して病室から出した。廊下を進んでいくと、病室の前で椅子に座っている捜査員の姿が見えた。蒼井たちが近づくと、ドアの両脇に座っていたふたりの捜査員が立ち上がって敬礼する。

蒼井はドアをノックした。中から応答はなかったが、ドアを開けた。

病室に入ると、ベッドで少し上半身を持ち上げた榊の姿が目に入った。初めて会ったときとは別人のように、頰がそげ落ちて目が落ち窪んでいる。榊は蒼井の姿を見ても微動だにしない。まるですでに死んでいる霊鬼のような佇まいで、じっとこちらを見つめている。

岩澤がベッドから一メートルほどのところで車椅子を止めた。

しばらく無言で見つめ合った。榊は瞬きすらせずにじっと視線を据えている。何の感情も窺わせないビー玉のような目をしていた。

「具合はどうだ」

蒼井は榊の目に視線を据えながら切り出した。

「退屈でしょうがないですよ。ポーカーかババ抜きでもやりませんか。ぼくは一回も負けたことがないんですよ」

榊が抑揚のない声で言う。

「悪いが、貴重な時間を遊びに割くつもりはない」

「そうでしたね……ぼくと話がしたいってことでしたね。お友達もご一緒ですか？」

榊が視線を上げた。車椅子の後ろに立っている岩澤を見ているのだろう。

「ふたりにしてくれないか」

振り返って言うと、岩澤が「大丈夫か？」と目で訊いた。

蒼井が頷くと、岩澤は気をつけろよと肩をぽんと叩いて病室から出て行った。ドアを閉める。

「さてと、どんな話をしましょうか」

榊が口もとをかすかに持ち上げた。

「どうして……どうして六人もの人の命を奪ったんだ」

蒼井が問いかけると、榊の歪めた口もとが軽い笑いに変わった。

「病気になったこと以外は満たされた生活を送っていただろう。優雅な暮らしをして、優しい友人たちに囲まれ、恋人もいた。自分の命があとわずかだと知らされて自棄にでもなったか」

「自棄になったわけじゃないですよ。自分の命が残りわずかだと知らされたからこそ、自分がこの世に生きていく本当の喜びと価値を知ったんです」

この世に生きていく本当の喜びと価値——だと？

「病院であなたと初めて会ったときのことを覚えてますよ。岡本真紀を殺した後です。あなたはまるでこの世の終わりというような表情でふらふらとしていた」

福田から末期の胃がんだと宣告された直後のことだ。

「ぼくはあなたの顔を見て思わず笑ってしまった。憐れな人だとね」

「憐れ……？」

「死を恐れることしかできない。この世で生きていくことの本当の意味を知らないから死を恐れることしかできない。ぼくは自分の死を知らされたから、人を殺すという最大の快楽を味わうことができた。本当に楽しい三ヶ月だった。今まで生きてきた三十三年が糞みたいに思える、本当に濃密な時間だった」

榊は今まで殺してきた女性を頭に思い描いているかのように、嬉々とした表情を浮かべながら話している。

「あなたは今でも死ぬことを恐れているでしょう。死ぬことが怖くて怖くてしかたないんでしょう」

榊の問いかけに、蒼井は何も言えなかった。

そうだ、死ぬことが怖くてしかたがない——

「それはあなたが本当の意味で生きていなかったからだ。自分を偽るように生きてきたからだ。だけど、ぼくは違う。ぼくは自分の欲望に正直に生きてきた。この世に思い残すことはない。だから死ぬことなんかこれっぽっちも怖くない」

榊は本当に死ぬことを恐れていないのだろうか。

このまま自分が犯してきた罪を後悔させることなく死なせてしまうことになるのか。目の前で嘲笑《あざわら》うこの男に報いを与えることはできないのか。

「ひとつだけ思い残すことがあるとすれば、あの女を殺すことができなかったってことさ。だけど、息子が連続殺人犯だということになれば、あの女の人生は終わったも同じだろう。ある意味、ぼくの使命は果たされた」

蒼井の使命はこの男を捕まえることだった。

自分に残されたわずかな時間を、大切な人との最後を過ごすための貴重な時間と引き換えにしてまで果たそうとした——

それなのにこのやり切れなさと虚しさは何なのだ。

おまえは何を恐れる。本当に何も恐れるものはないのか——

蒼井は心の中で必死に問いかけていた。

「どうせ、ぼくみたいな人間は地獄に堕ちると思っているんでしょう。そう思うことだけがきっと今のあなたの救いだ。自分は天国に行き、ぼくは地獄に堕ちる。違いますか?」

榊が薄笑いを浮かべた。

この世で、榊に罰を与えることができないというならそれを願うしかない。

被害者や遺された遺族にとっても、もはやそれにすがるしかないのだろう。

この世に、天国やら地獄やらの概念が存在するのは、人が人を罰することの限界と、人間という弱くて愚かしい生き物がこの世界でまっとうに生きていくための最後の寄る辺なのかもしれない。

罪を犯せばこの世の後に無限の地獄が待っていると——

蒼井もその思いを無意識のうちに胸に抱きながら今まで生きてきた。

由美子が亡くなってからは、さらにその思いを強くした。

いつかふたたびおまえに会いたい——

おまえに会えたときのために、恥ずかしくない生き方がしたい——と。

だけど……

「さあな……天国だとか、地獄だとか、そんなものが本当にあるのかなんてわかりゃしない。死んだ後のことなんて誰にもわからない」

蒼井が正直な思いを告げると、榊が少し意外そうな顔をした。

そうだ——死んだ後にどうなるかなんてわからない。わからないから怖いのだ。

そして……

瑞希と健吾の姿が脳裏によぎった。

その瞬間、この数日間の思いがせきを切ったように胸に流れ込んでくる。

死ぬのが怖い——

人は誰でもいつかは死ぬというのに、どうしてこれほどまでに死を恐れるのだろう——

それはきっと、死そのものを恐れているのではないのだと、最近になって思い始めていた。

自分が遺していかなければならない大切な存在を思うとき、蒼井は無性に怖くなるのだ。

人を愛した人間は、その人と二度と会えなくなることを怖いと思い、自分にとって素晴らしい場所を見つけた人間は、その存在が消えてなくなってしまうことを怖く思うのではないか。

そして、罪を犯した人間は、これから自分の知らない世界に放り出されて、何かの報いを受けるのではないかということに怯える。

きっと、死そのものが怖いのではない。

すべては、死ぬ寸前まで、自分の人生という鏡を見せつけられることが怖いのだ。

榊にその鏡を向けるにはいったいどうすれば——

そこまで考えて、蒼井はひとつ閃いた。

目の前の男が恐れるものは、もしかしたら……

「ひとつだけ言っておかなければならなかったことがある」

蒼井が言うと、余裕の表情を浮かべていた榊が拝聴しましょうと少し顔を差し出した。

「山口澄乃からの伝言だ」

「澄乃の……」

榊が言った。

「ああ。彼女は交通事故に遭って自分の死を悟っていたんだろう。必死に、とぎれとぎれの言葉で、わたしに呟いてきたんだ」

榊の表情がこわばった。

「『あなたのことを待ってる……子供と一緒にあなたのことを待ってる……あの人にそう伝えて』と……それが彼女の今際の言葉だ」

その言葉を発すると、榊の動きが静止した。

からだを流れる血が一気に凍りついたように硬直している。

榊の目をじっと見つめたが、一点の反応も窺えない。

きっと、思考そのものも凍りついてしまっているのだろう。

しばらくすると、榊のからだが小刻みに震え出した。激しく動揺しているのがわかる。

「嘘だ……」

榊は口もとを震わせて呟いた。

「彼女が死ぬ間際にどうしても伝えたかったことなんだろう」

蒼井が言い放つと、榊は感情を爆発させた。

「嘘だッ！　澄乃がそんなことを言うわけがない。それに子供っていったい何の話だッ！　嘘を言うんじゃねえよッ！」

取り乱したようにまくしたてる榊を、冷ややかに見つめた。

「本当だ。彼女はおまえの子供を妊娠していた」

「嘘つけッ……どうして彼女がそんなことを言うんだ。おれは人殺しなんだぞ。そんなことを言うはずがない！　ふざけんなッ！　嘘をつくんじゃねえよッ！」

発狂したように叫びまくる。

その声を聞きつけて、岩澤と捜査員が病室に入ってきた。ベッドの上で暴れ回る榊を捜査員たちが押さえつける。

「澄乃が待っているはずがないッ！　おれが行くところは地獄なんだからなッ！」

「言っただろう。天国や地獄など、本当にあるかなんてわかりゃしないと。これから死ぬまでの間、彼女と再会したときの言葉でも考えておくんだな」

死ぬ寸前まで、自分が犯してきた罪という鏡を見つめながら怯えるがいい。

蒼井は岩澤に「行こう」と促した。岩澤が車椅子を押して病室から出る。廊下を渡ってい
る間にも榊の咆哮が耳に響いていた。

「いったい奴に何を言ったんだ？」

後ろから岩澤が訊いてきた。

「嘘さ――」

「嘘……？」

岩澤が訊き返してきたが、蒼井はそれ以上何も言わなかった。

本当は、澄乃は榊のことを待っているなどとは言っていない。

あのとき、彼女がとぎれとぎれに言った言葉は――

あなたと出会わなければよかった……そうしたら愛することもなかったのに……あの人に
そう伝えて――だった。

榊の子供を身ごもったまま死んでいかなければならない彼女が最後に伝えたかったことな
のだろう。

病室の前まで来て、岩澤が「悪い……」と車椅子を押す手を止めた。携帯電話を取り出し

て何やら話し始める。

蒼井は自分の手で車椅子を動かし、病室に入った。

しばらく待っていると、岩澤が病室に入ってきた。

「大塚で殺人事件が発生した。これから向かわなきゃならない」

「そうか。もう会えないかもしれないな」

そう答えたが、岩澤はすぐに病室を出て行かない。

心残りがあるというように蒼井を見つめてくる。

「なあ……最後はこうしないか」

蒼井は言いながら右手を差し出した。

「いやだね」

そう言って蒼井の手を叩くと、岩澤は病室から出て行った。

まったく、最後の最後まで愛想のない奴だ――

55

さっきから女の顔がちらついて離れない――

どこかで見覚えがある。どこだっただろうか……そうだ……岡本真紀——榊の運命の女だ。

真紀の首を必死に絞めつけている。真紀の顔がどんどんと変色していき、眼光からふっと力が抜けた。

いい女だった。死ぬ瞬間の顔が最高だった……

どこからか誰かが呼びかけてくる。邪魔をするんじゃない。今、おれは自分の人生の最高だったときを思い出しているのだ。

突然、澄乃の顔が浮かんできた。憐れむような眼差しをこちらに向けている。

その姿に怯んだ瞬間、目の前に光が差し込んできた。

かすんだ視界の中でふたつの人影がぼんやりと浮かんでいる。高木と看護師がこちらを見て何かを訴えかけている。

だが、何を言っているのかまったく聞こえない。

どうやら……おれは……もうすぐ死ぬみたいだ……

ふたたび視界が真っ暗になると、首を絞めつけて死んでいった女たちの阿鼻叫喚の顔が、次々と走馬灯のように目の前に浮かんでは消えていく。

ふたたび澄乃の姿がぼんやりと浮かんでくる。今度は赤ん坊を抱えながら無言でこちらを見つめているが、どんな表情をしているのかわからない。

澄乃と赤ん坊の姿がだんだんと近づいてくる。

おれに家族なんか持てるかな――

どこからか、自分の声が聞こえてきた。

あれはいつだっただろうか。そうだ……わかつき学園からの帰り道に澄乃から、結婚しないのかと訊かれてそう答えたのだ。

どこで間違えたんだろう。自分はいったいどこで間違えてしまったんだ……

そうだ、あのとき。

信一に会いたい。どうしても会いたい――

あのメールを見たとき、自分の欲望をかなぐり捨てて澄乃に会いに行っていれば、こんな恐怖にさらされることはなかったのだろうか。

無限に続くかもしれない恐怖を――

怖い……そこに行くのが怖くてしかたない……死にたくなんかない……

だが、どんなに逃げようとしてもどこからも光は差し込んでこない。ゆっくりと澄乃に近づいていく。

澄乃――そこに行くのが怖くてたまらない。

そこに着いたら、おまえたちはどんな目でおれを迎えるつもりなんだ――

56

矢部はひさしぶりに早稲田駅に降り立った。懐かしむように駅周辺を見回すと、左足を少し引きずりながら歩き出した。

しばらく路地を歩いていくと、古い家並みの中に『矢部ベーカリー』という看板が見えてきた。

店の前まで来て、安堵と落胆が入り混じった溜め息を漏らした。シャッターが開いていて店が営業していたからだ。

蒼井との約束を果たすためにコロッケパンを買いに来たのだが、同時に、父親と顔を合わせることに少しためらいがあった。

決心をつける前に、店の中にいた母親に見つかってしまった。母親が店を飛び出してきた。

「知樹――どうしたの」

母親が早く入れと店の中に強引に引き込む。

「痛てて……」

矢部は左の太股を押さえて呻いた。

「どうしたの。怪我してるの？　もしかして仕事で何かあったんじゃないでしょうね」

母親が心配そうに訊いた。

「大丈夫だよ。たいしたことないから」

そう言いながらちらっとショーケースのほうを見ると、中に立っていた父親と目が合った。

「何か用か」

憮然とした口調で訊いてくる。

「何か用かって……パンを買いに来ただけだよ」

矢部は素っ気なく答えてショーケースを見た。コロッケパンがない。

「コロッケパンは？」

矢部が訊くと、父親は「売り切れた」と答えた。

「どうしても食べさせたい人がいるんだ。作ってくれないかな」

そう言うと、しかたがねえなあという顔で厨房に入っていった。

ずっと立っているのが辛くて、レジのパイプ椅子に座った。母親がしつこく怪我の理由を訊いてくる。しかたがないので、今回の大捕り物の様子を話して聞かせた。

父親が厨房から出てきて袋に入れたパンを無言で差し出した。

「お父さん、聞いてくださいよ――知樹が仕事で怪我したのよ。殺人犯と格闘して刺されたって……お願いだからそんな危険な仕事は早く辞めてよ」

母親が懇願するように言った。

「どうせこいつのことだからそのうち辞めちまうだろうよ」

父親は馬鹿にしたような言いかたをしたが、半分はそれを期待しているようにも思える。

「話しておきたいことがあるんだ」

矢部の言葉に、父親と母親が同時にこちらを向いた。

「おれ、今の仕事辞めないからさ。親父が死んでも絶対に店は継がないから」

「あなた、何を言ってるのよ。別にうちの店なんか継がなくてもいいから、お願いだから警察官なんていう危険な仕事は早く辞めてちょうだい。ほら、お父さんからも何か言ってくださいっ！」

母親が必死に訴えかけてくる。

矢部は父親のほうに顔を向けた。

「そうか……早く持っていけ」

そう呟いた父親の表情は、微笑んでいるようにも寂しがっているようにもどちらにも見えた。

「親父のコロッケパン好きだから……長生きしろよな」

矢部はそう告げると、店から出て行った。

早稲田駅に戻ると地下鉄を乗り継いで蒼井が入院している病院に向かった。

ドアをノックすると、「どうぞ――」と瑞希の声が聞こえた。

病室に入ると、ベッドの上にいる蒼井の顔を見て愕然とした。数日前に会ったときよりもさらに衰弱している。ほとんど動かない父親を瑞希と弟の健吾が見守っていた。

「お邪魔していいですか……」

矢部が訊くと、瑞希は「もちろんです」と、席を立って中に促した。

「実は以前……蒼井さんとうちの実家の話をしたんです。パン屋なんですけどうちのコロッケパンは絶品だって。それでこれ……」

矢部が袋を差し出すと、瑞希は「ありがとうございます」とパンを皿に移した。

「お父さん、矢部さんがコロッケパンを持ってきてくれたんだよ。すごくおいしそうだよね」

瑞希がパンを目の前のテーブルの上に置いたが、蒼井はほとんど反応できないでいる。

「ごめんなさい。今は食べられないみたいだけど後でいただきます」

「いえ……」

それは難しいだろうと、蒼井の姿を見つめながら悟った。この場にいることがどうしようもなく辛くなった。

家族の大切な時間を邪魔するのも悪いと、矢部はすぐに帰ろうと立ち上がった。

「蒼井さん――」

矢部は蒼井に顔を近づけた。

「榊が昨日亡くなったそうです」

耳もとで最後の報告をすると、かすかに目だけ反応した。

その三日後、瑞希からメールがあった。

父が危篤です――

「おい、矢部――ガサをうちにいくぞ！」

先輩刑事の声に、矢部は我に返った。

まわりを見ると、目の前の倉庫に向かって捜査員たちが駆け出していく。

これから窃盗グループのガサ入れに踏み込むのだ。

蒼井さん、ぼくもいつかあなたみたいな刑事になります――

携帯とともに感傷を閉じると、矢部は目の前の倉庫に向かって走った。

57

世界は闇に閉ざされたままだ――

おれはいったいどこにいるんだろう。

この暗闇の中をずっとさまよっているというのに、どこにも出口が見つからない。

蒼井は寂しさと心細さを噛み締めながら暗闇の中を進んでいた。

誰かが自分に呼びかける声が聞こえる。必死に力を振り絞ってその声のするほうへ向かおうとするが世界は変わらない。相変わらず目の前には漆黒の闇が広がっている。

お父さん――

ふたたび誰かが呼びかけてきた。

目の前に少しだけ光が差し込んでくる。最後の力を振り絞ると、その光があたり一面に広がった。

ぼんやりとした視界の中で、瑞希と健吾が必死に何かを訴えているのが見えた。その横には福田がいる。少し後ろのほうに安東がいた。

瑞希と健吾は目に涙を浮かべながらこちらを見つめている。

どうやら、自分はもうすぐ死ぬようだ……

だけど、不思議と恐れはなかった。

あれほど死ぬことが怖くてしかたなかったというのに……

今は穏やかな心で、目の前に映る最期の光景を記憶に焼きつけている。

そして、途切れそうになる意識の中で自分の人生の鏡をじっと見つめていた。

自分はこの世にたくさんの大切なものを遺してこられた。自分なりに必死に生きてきて、人を愛して、大切な存在を遺すことができた。それでもう十分だ——

うっすらとみんなの姿がかすんでいく。ゆっくりと視界が暗転していくようだ。

もう……これで……

そのとき、何かの物音にふたたび光が戻ってきた。

ドアから岩澤が駆け込んでくるのが見えた。

あの馬鹿……いったい何を考えてやがるんだ……こんなところに来ている場合じゃないだろう……

おぼろげな視界の中で、岩澤がこちらに向けて右腕を突き出したのがわかった。親指を立てている。

そうか……捕まえたか……おつかれさま……

ふたたび視界が暗転していく。ゆらゆらと漂うようにどこかに向かっていくようだ。
由美子――おれもこれからそっちに行くけど、そこはいったいどんな場所なんだ――？
こっちの世界で言われているように、そこには、天国や、地獄があるのか？
おまえのまわりには仲間はいるのか？　それともひとりぼっちなのか？
そこにはこっちの世界にあるような争いがあるのか？
傷つけたり、傷つけられたり、そんな苦しみや悲しみが存在するのか？
何もわからないから少し戸惑っているだけさ。
だけど、そこがどんな世界であってもかまわない。
由美子……
そこに着いたらまっさきにおまえを捜しにいくよ――

解説

岩下悠子

わがこころのよくてころさぬにはあらず、と親鸞は語っている。自分が他者を害することなく生きていられるのは、心が清らかなためではなく、ただ悪しき因子が整わなかった幸運の結果に過ぎないと。「さるべき業縁のもよおせば、いかなるふるまいもすべし」――環境と条件いかんによっては、人はどのような残虐非道な行いにも手を染めるものだと浄土真宗の開祖は言う。

薬丸岳氏の作品に読みふける時、しばしば業縁という言葉が頭をよぎる。ある人間の内部で凶行の動機がかたち作られる過程を、薬丸氏の筆は丹念に、時に映像的な臨場感をもって描き出す。

『死命』に登場する連続殺人犯・榊信一は、自身を縛している業縁の正体を知らない。彼の胸中では女性への殺人願望という毒蛇が密かにとぐろを巻いているが、特定の状況で鎌首をもたげるその毒蛇を、彼はそのつど懸命に押さえ込み、邪悪な欲望をどうにか統御しながら生活を続けている。

〈人を殺したい――（中略）すべての女に向けられた自分の願望だった。〉

〈こんなことを渇望している自分は間違いなく病気だ。そんなことはわかっている。だけど、一度芽生えた欲望をどうしても消し去ることができなかった。いったい自分の心はどうなってしまったのだろう。〉

榊は自らの異常性を客観視することができる常識人である。その心根は優しく、他者への態度はつねに気遣いにあふれている。そんな彼に、末期癌の宣告がおそるべき翻意を促す。〈この世からいなくなる前に、ずっと自分を苦しめ、ひたすら封じ込めていたこの欲望を解き放ちたい〉――みなに愛される好青年が、内なる毒蛇の解放を自身に許してしまい、連続殺人鬼に変貌を遂げる光景は、そこに至るまでの過程が丁寧に書き込まれている分、奇妙な説得力をもって読者を納得させ、背徳的なカタルシスすら感じさせる。

榊を追う警視庁捜査一課刑事・蒼井凌もまた、同じ病に侵された身だ。榊が死を意識したことによって初めて自己を解き放ち、精神的自由と願望実現への意欲を手に入れたのに対し、余命いくばくもないことを知らされた蒼井は死というものに対してごく一般的な態度を示す。〈自分はタフな人間なんかじゃない。ほら、見てみろ……足が震えてやがる〉。しかし死の恐怖に苛まれてなお、彼は殺人鬼を捕縛すべく敢然と刑事の仕事を続行するのである。

かくして、欲望を果たし続ける者と信念を全うしようとする者との戦いが始まるのだが、本作の魅力は追走劇のスリリングな面白さばかりではない。犯人として追われる榊は、同時に探偵的存在でもあるのだ。邪欲に突き動かされて女性を殺めるたびに、彼の脳内には、長らく忘れ去っていた少年期の情景の断片が一つ一つよみがえる。凶行の積み重ねは、図らずも過去というパズルのピースを採集する作業と化してゆき、やがて業縁がその全貌を現した時、彼は人生の最後に果たすべき真の「使命」を自覚するのである。

記憶の欠落に苦しむ榊とは対照的に、蒼井はある忘れがたい記憶を胸に生きている男だ。自らの死期を悟った蒼井が、綻びた家族関係の修復を後回しにしてまでも刑事としての「使命」に一切を捧げる理由は、彼の過去にまつわる叙述とともに物語の後半で明かされる。蒼井と榊、それぞれの「使命」の立脚点を目にした読者は、ひりつくような気持ちで彼らの行動の必然性を了解することだろう。

迫りくる命のタイムリミットを前に、蒼井は考える。
〈きっと、死そのものが怖いのではない。〉

〈すべては、死ぬ寸前まで、自分の人生という鏡を見せつけられることが怖いのだ。〉

　蒼井と榊の死闘は、刑事と犯人の戦いであると同時に、死を恐れる者と恐れぬ者の戦いであり、二つの死生観の格闘でもある。この小説が投げかけてくるテーマは重く哲学的だが、薬丸氏の他の作品群と同様、物語のヘヴィネスがページを繰る手を妨げることは一切ない。息を呑む攻防戦からクライマックスへのうねりはまさに巻を措く能わず、引きずられるように読まされてしまう。刑事は命が尽きる前に殺人鬼を捕らえることができるのか。だが仮に捕らえ得たところで、極刑すらも恐れぬ、つまりは法の鉄槌が効かぬ者に罰を与えることなど可能なのか。人間にとって、悔悟と改悛の糸口は果たしてどこにあるのか——作者が出した答えをどうか見届けていただきたい。

　本作がすぐれたバディ作品の顔を持つことも強調しておきたい。蒼井とコンビを組む若手刑事・矢部知樹の存在がとても良いのである。法の番人たる自覚に乏しい平凡な若者が、蒼井の鬼気迫る仕事ぶりに接する中で徐々に刑事魂を獲得してゆく光景は、この物語に一匙の清涼味を加えている。蒼井と榊は同病に蝕まれた鏡合わせの二人だが、矢部という人物もまた、榊と対照をなす者として配置されているように私には思われた。善良な青年が恐ろしい殺人鬼に変貌してしまった裏側では、何者でもなかった一人の若者が、着実に一人前の刑事に進化を遂げていたのだ。

矢部が物語の終盤で固めるある決意に注目されたい。欲望がその所持者の死とともに潰える運命である一方、信念は他者に継承され、滅びることなく現世にとどまり続けるのだと、その決意は読者に訴えてくる。人はこの世界に何かを遺《のこ》し得るのである。

著者の薬丸岳氏は（もはや説明不要だろうが）、二〇〇五年『天使のナイフ』で第五十一回江戸川乱歩賞を受賞してデビュー。以来、『ハードラック』『悪党』『友罪』『Ａではない君と』等、社会派ミステリーの傑作を数多く世に送り出してきた人気作家である。映像化された作品も複数あり、その中の二作『刑事のまなざし』（二〇一三年、ＴＢＳ）および本作『死命』（二〇一九年、テレビ朝日）のドラマ化の際には、私が脚本を担当させていただいた。

台本作りはなかなかに緊張した。なにしろ、薬丸氏の小説は素晴らしいエンタテインメントであるにもかかわらず、エンタメとして消費されることを静かに拒んでいるように感じられたのだ。薬丸氏が生み出す物語には、単純な勧善懲悪も、罪人への粗雑な糾弾も、むろん過剰な同情もありはしない。「さるべき業縁のもよおせば、いかなるふるまいも」やり果《おお》せてしまう人間の弱さを、あるいは己の弱さを識《し》るがゆえの克己《こっき》の姿を、薬丸氏はいつも真摯に、きわめて誠実に書き上げる。読者は筋立ての面白さでぐいぐい牽引されながらも、気づけば作者に重く貴いものを手渡され、小説を閉じてなお、容赦なく思考を促され続けるのである。そのような作品の映像化にあたって脚本家がすべきことは、ただ原作の真髄とテーマを損なわぬよう注力することのみであった。原作を繰り返し読み、登場人物の心境に分け入る中で、私は薬丸岳という作家が、人間の負の側面にこれだけ目を凝らしながらもなお人間性のタフネスを信じていることに感服した。人なるものを信頼するには胆力がいる。薬丸氏の静謐な豪胆さには及ぶべくもないが、私も脚本を書くにあたって、自身の内部からあるかなきかの胆力を絞り出したつもりである。

以下、蛇足ながら筆が滑るまま記しておきたい。

私が薬丸氏と初めてお会いしたのは、二〇一三年初夏、TBS局内で行われた『刑事のまなざし』の台本読み合わせの席であった。その日はにわか雨が降ったのだったか、会議室に現れた薬丸氏は、少し乱れた髪に雨滴を光らせておられた。TBSの建物は赤坂駅から直結しており、雨に濡れるはずはないのだから、もしかするとその日、薬丸氏は少しばかり赤坂の街を逍遥なさっていたのかもしれない。

第一印象とは妙にくっきりと心に刻まれる場合もあるもので、あれから十年以上が過ぎた今でも、通り雨が路上を叩く時など、ふいに薬丸氏の濡れ髪を思い出すことがある。薬丸氏がまさに今、傘を持たぬ若者と都会の一隅で向き合い、ご自身も驟雨《しゅうう》に濡れながら、若者が発する言葉に耳を傾けておられるような気がするのである。

――脚本家・作家

この作品は二〇一四年十一月文春文庫に所収されたものです。

幻冬舎文庫

●最新刊
わんダフル・デイズ
横関 大

盲導犬訓練施設で働く歩美は研修生。ある日、盲導犬の飼い主から「犬の様子がおかしい」と連絡を受け――。犬を通して見え隠れする人間たちの事情、秘密、罪。毛だらけハートウォーミングミステリ。

●最新刊
骨が折れた日々
どくだみちゃんとふしばな11
吉本ばなな

大好きな居酒屋にも海外にも行けないコロナ禍で、骨折した足で家事をこなし、さらには仕事で思いもよらない出来事に遭遇する著者。愛犬に寄り添われながら、日々の光と影を鮮やかに綴る。

●幻冬舎時代小説文庫
夫婦《めおと》道中
うつけ屋敷の旗本大家《おおや》 三
井原忠政

謎の三姉妹からの屋敷の店子になりたいという申し出。だが、姉妹の目的はある住人の始末だった!? しかもここで借金問題も再燃。小太郎は、二つの難題を解決できるのか? 笑いと涙の時代小説。

●幻冬舎アウトロー文庫
総理を刺す
実録・岸信介襲撃刺傷事件
正延哲士

浅草の顔役・東五郎は戦後、大臣の要請で保護司となり自民党院外団幹部としても活躍する。周辺には常にヤクザと政治家。時は60年安保、右翼による総理刺傷事件が勃発。東は黒幕だったのか。

●好評既刊
［新装版］暗礁(上)(下)
黒川博行

警察や極道と癒着する大手運送会社の巨額の裏金にシノギの匂いを嗅ぎつけるヤクザの桑原。彼に唆されて、建設コンサルタントの二宮も闇の金脈に近づく……。「疫病神」シリーズ、屈指の傑作。

幻冬舎文庫

●好評既刊
作家刑事毒島の嘲笑
中山七里

右翼系雑誌を扱う出版社が放火された。思想犯のテロと見て現場に急行した公安の淡海は、作家兼業の刑事・毒島と事件を追うことに。テロは防げるのか？　毒舌刑事が社会の闇を斬るミステリー。

●好評既刊
メガバンク無限戦争
頭取・二瓶正平
波多野　聖

真面目さと優しさを武器に、専務にまで上り詰めた二瓶正平。だが突如、頭取に告げられたのは、無期限の休職処分だった。意気消沈した二瓶だったが……。「メガバンク」シリーズ最終巻！

●好評既刊
ママはきみを殺したかもしれない
樋口美沙緒

手にかけたはずの息子が、目の前に――。今度こそ、私は絶対に〝いいママ〟になる。あの日仕事を選んでしまった後悔、報われない愛、亡き母の呪縛。「母と子」を描く、息もつかせぬ衝撃作。

●好評既刊
降格刑事
松嶋智左

元警視の司馬礼二は、不祥事で出世株から転落したダメ刑事。ある日、新米刑事の犬川椋と女子大生失踪案件を追うことになるが、彼女はある秘密を抱えていたようで――。傑作警察ミステリー。

●好評既刊
残照の頂
続・山女日記
湊　かなえ

「ここは、再生の場所――」。日々の思いを嚙み締めながら、一歩一歩山を登る女たち。山頂から見える景色は過去を肯定し、これから行くべき道を教えてくれる。山々を舞台にした、感動連作。

死《し》命《めい》

薬《やく》丸《まる》岳《がく》

令和6年11月10日　初版発行
令和7年1月30日　3版発行

発行人——石原正康
編集人——高部真人
発行所——株式会社幻冬舎
〒151-0051東京都渋谷区千駄ヶ谷4-9-7
電話　03(5411)6222(営業)
　　　03(5411)6211(編集)
公式HP　https://www.gentosha.co.jp/

印刷・製本—株式会社　光邦
装丁者——高橋雅之

幻冬舎文庫

ISBN978-4-344-43429-5　C0193　や-37-3

この本に関するご意見・ご感想は、下記アンケートフォームからお寄せください。
https://www.gentosha.co.jp/e/